湖南省教育厅优秀青年项目“国际比较视域下鲍勃·迪伦在中国的传播与接受”（19B559）

湖南省社会科学成果评审委员会一般项目“鲍勃·迪伦反战歌诗文化记忆建构研究”（XSP24YBC245）

鲍勃·迪伦

文学创作艺术特色研究

吴群涛——著

Bob Dylan

WENXUE CHUANGZUO YISHU TESE YANJIU

湘潭大学出版社
XIANGTAN UNIVERSITY PRESS

图书在版编目（CIP）数据

鲍勃·迪伦文学创作艺术特色研究 / 吴群涛著．
湘潭 ： 湘潭大学出版社， 2024. 12. -- ISBN 978-7
-5687-1627-7

Ⅰ. I712.065

中国国家版本馆 CIP 数据核字第 2024RG8660 号

鲍勃·迪伦文学创作艺术特色研究

吴群涛 著

责任编辑：李馨童
封面设计：李 平
出版发行：湘潭大学出版社
社　　址：湖南省湘潭大学工程训练大楼
电　　话：0731-58298960 0731-58298966（传真）
邮　　编：411105
网　　址：http://press.xtu.edu.cn/
印　　刷：长沙创峰印务有限公司
经　　销：湖南省新华书店
开　　本：710 mm×1000 mm 1/16
印　　张：14
字　　数：200 千字
版　　次：2024 年 12 月第 1 版
印　　次：2024 年 12 月第 1 次印刷
书　　号：ISBN 978-7-5687-1627-7
定　　价：70.00 元

前言

PREFACE

诗人是时代的感官，诗作则是诗人感觉的升华与提炼。鲍勃·迪伦(Bob Dylan，1941—) 作为一位享誉全球的音乐家和诗人，同时也兼具画家、演员等多种艺术身份。自20世纪60年代以来，鲍勃·迪伦创作的歌曲以其诗性意蕴享誉全球，曾多次荣获格莱美奖等著名音乐奖项，更因其在美国歌谣传统下创造了全新的诗意表达而荣膺2016年诺贝尔文学奖。这一殊荣不仅高度肯定了其独树一帜的创作风格，同时也认可了他在文学及文化领域的非凡贡献。

鲍勃·迪伦及其创作是那个多姿多彩、动荡不安20世纪60年代的象征。在那个时代，艺术的标准，以及所有其他标准，都经历了翻天覆地的变革。鲍勃·迪伦通过自己的文艺作品，为美学上的争议提供了独到的见解。他选择了民谣这一源自民间的艺术形式，并不断吸收古典与现代艺术的技巧，因此他的作品既有融合性，又显得朴实无华，更贴近普通人的生活。与那些严格自律、高度形式化的传统艺术相比，鲍勃·迪伦的艺术表达方式显然更易于被大众所接受和喜爱。纵观人类历史的发展，艺术的标准是不断变化且力求平衡的。艺术的兴衰和受众的多寡总是交替出现，因此，艺术并没有绝对的主流与边缘之分。艺术家的地位和作品的真实价值，都需要经过时间的考验才能得到确认，正如阿多诺所言，艺术的“真实内涵”是在历史的长河中逐渐显现的。现在可以肯定的是，鲍勃·迪伦的艺术作品代表了那个时代的精神状态，是那个特殊的时代塑造了鲍勃·迪伦的艺术。①

鲍勃·迪伦所走的艺术道路和当时美国的社会环境密不可分，他的许多作品都是当时集体文化记忆的结晶。20世纪60年代，美国反战运动、民权运动、“垮掉派”风潮、激进主义等时代风云都潜移默化地影响了他的创作，他用个人创作历程揭示了时代的变迁。鲍勃·迪伦早期的社会抗议歌曲，无论是《随风飘荡》，还是《暴雨将至》，无论是针对民权运动，还是揭示古巴核导弹危机，都体现了他对于时代风向和社会问题的关注与思考。此外，鲍勃·迪伦广泛阅读各国著名诗作，博采众多诗人之长。他在其自传体回忆录《编年史》中写道：“我读得最多的是诗集。拜伦、雪莱、朗费罗和爱伦·坡。我背下了坡的诗歌《钟》并在吉他上拨弄着给它配了曲”。在其词作中，我们不仅可以发现弥尔顿、布莱克、兰波、布莱希特、普希金的踪影，也能看到“垮掉派”作家和诗人对其的影响。但是，鲍勃·迪伦能够凭借自己出类拔萃的艺术感知力将所有优秀养料熔为一炉，冶炼出独具一格的艺术作品，这并不是一件简单可行、轻而易举的事，作品本身也不像某些学者所认为的那样脆弱单薄。鲍勃·迪伦的歌词创作意象丰富，运用多种文学手法，富于诗性，展示出对世界与生命的深刻思考，大幅提升了流行音乐歌词的精神品格。正因如此，我们将鲍勃·迪伦的创作视为“文艺”，而非艺术性与思想性相对贫乏的普通歌词。

鲍勃·迪伦的歌曲是“诗”与“歌”的完美交融，堪称这一结合的典范。正如瑞典文学院授予诺贝尔奖的理由是表彰鲍勃·迪伦“在伟大的美国歌曲传统中创造了新的诗性的表达”一样。鲍勃·迪伦借助极富诗意的歌词与饱满情感的旋律，将个人命运与社会议题紧密交织，深刻洞悉并反映了时

① 陶锋. 从现代美学的四个论争看鲍勃·迪伦艺术［J］. 外国文学，2017（4）：69-79.

代的变迁与心灵的涌动。通过这些作品，他不仅激发了人们的情感共鸣与文化觉醒，还在文学大众化的进程中发挥了不可忽视的作用。鲍勃·迪伦的歌声中，诗意化的语言和音乐的表现力互相交织，形成强烈而独特的艺术冲击力。鲍勃·迪伦的作品成为那个时代精神的象征，见证并描绘了一个承载变革与激荡的年代。其音乐作品不仅鼓舞了一代又一代的年轻人，推动了社会变革与文化发展的进程，还通过对战争、和平、自由、正义等重大主题的深刻描绘，为后世留下了丰厚的文化遗产。鲍勃·迪伦的影响力远远超越音乐领域，渗透到文学、电影、艺术等多个方面，成为跨学科研究的丰富资源。

自鲍勃·迪伦获诺贝尔文学奖（以下简称诺奖）以来，国内外学界对鲍勃·迪伦及其创作的文学性、思想性、艺术性、商业性等多方面展开了源源不断的热烈讨论。这些讨论不仅深化了对鲍勃·迪伦个人创作的理解，也推动了关于“流行歌曲是否能成为文学”的广泛学术探讨。学者们从不同的视角出发，剖析其歌词中的诗意表达、社会批判与哲学思考，从而激发出对文学定义和边界的重新审视。但总体而言，已有研究成果多为外部研究，更关注鲍勃·迪伦获诺奖的事件性及其诗歌的功能与影响，对其歌词本身艺术性的研究较为欠缺。专注于内部研究的成果，则多将歌词与诗歌割裂开来，从诗性和文学性出发，聚焦歌词中的意象、互文性等艺术特点，而复原鲍勃·迪伦作品歌词身份、倚重音乐或歌词学理论资源来分析其艺术特色的研究数量极少。众所周知，鲍勃·迪伦的文艺创作巧妙地结合了大众性与文学性，展现出令人惊叹的艺术特色。在民谣、摇滚等音乐风格的基础上，鲍勃·迪伦通过创新性的融合发展，开拓了全新的音乐表达形式，而其歌词的文学价值也得到了广泛认可。鲍勃·迪伦的作品不仅具有高度的艺术性，还凭借其广泛的社会影响力，成为几代人心目中的精神基石与文化象征。透过鲍勃·迪伦丰富的艺术创作，我们得以追溯那个特定历史时期的社会脉动与文化心态，同时也借此反思当代社会中的文学与音乐发展。全面研究鲍勃·迪伦的文艺创作及其影响，不仅为学术界提供了丰厚的研究素材，也为更广泛的文化讨论提供了重要参考。

在国外学术界，鲍勃·迪伦作为一位音乐家和诗人的多维度、多层次的综合性研究已然形成一个丰富且具有体系性的研究领域。这些研究主要涵盖三个方面，每个方面都从不同的学术视角深刻揭示了鲍勃·迪伦作品的文化内涵和社会影响。

其一，乐评家和历史学者的共同参与，推动了对鲍勃·迪伦歌曲丰富蕴含的多角度阐发。Anthony Scaduto 在 1971 年出版的首部鲍勃·迪伦传记，为之后的研究奠定了坚实的基础；Anthony Varesi 在其 2002 年的鲍勃·迪伦专辑批评中，系统解析了鲍勃·迪伦音乐作品的风格多样性和主题复杂性。Robert Shelton 的《迷途家园：鲍勃·迪伦的音乐与人生》(*No Direction Home: The Life and Music of Bob Dylan*) 不仅通过翔实的历史考证描绘了鲍勃·迪伦的艺术生涯，更揭示了其音乐作品在社会文化变迁中的作用。Greil Marcus 的鲍勃·迪伦乐评集（1962—2010），则被视为学者和粉丝对鲍勃·迪伦作品全面而持续反馈的典范。Lee Marshal、Clinton Heylin、Kevin Dettmar 等学者的著作，对鲍勃·迪伦音乐进行了更为详细的剖析，进一步丰富了对这一传奇艺术家的研究。

其二，文学界学者通过探讨鲍勃·迪伦创作与东西方文学及文化传统的渊源和艺术呈现，揭示了其作品在文学维度上的深刻性。Christopher Ricks 的《鲍勃·迪伦的罪恶观》（*Dylan's Visions of Sin*)，细致剖析了鲍勃·迪伦歌词中所蕴含的伦理和美学意蕴，标志着英美文学界对鲍勃·迪伦诗歌的高度认可。Michael J. Gilmour 的《圣经中的纠缠：鲍勃·迪伦与圣经》（*Tangled Up in the Bible: Bob Dylan and Scripture*)，集中讨论了鲍勃·迪伦作品中对圣经与西方经典文学的吸收与转化。Steven Heine 的《救赎的博弈：鲍勃·迪伦，禅宗大师?》(*Bargaining for Salvation: Bob Dylan, a Zen Master?*)，探索了鲍勃·迪伦与东方禅宗思想之间的联系，揭示了其作品中深含的禅意哲思。Christopher Rollason 在 2009 年的论文中，分析了鲍勃·迪伦与爱伦·坡创作之间的互文性，而 Thomas F. Richard 在《鲍勃·迪伦何以重要》(*Why Dylan Matters*) 中，则追溯了鲍勃·迪伦文艺创作对古罗马诗人维吉尔等古典文学传统的传承，彰显了鲍勃·迪伦歌词中的古典诗艺特质。

其三，文化诗学视域中的鲍勃·迪伦研究提倡还原历史语境，凸显鲍勃·迪伦与时代和民众息息相关。Morris Dickstein 的著作《伊甸园之门——二十世纪六十年代的美国文化》(*Gates of Eden: American Culture in the Sixties*) 让人们认识到鲍勃·迪伦作品的历史文化价值；Sean Wilentz 的《鲍勃·迪伦与美国时代》(*Bob Dylan in America*) 一书揭示出鲍勃·迪伦与美国泛文艺界的紧密关联；Jeff Taylor 等的《鲍勃·迪伦的政治世界：自由与正义，权力与罪恶》(*The Political World of Bob Dylan: Freedom and Justice, Power and Sin*) 一书展现出鲍勃·迪伦及其作品中贯穿的大众政治理念。鲍勃·迪伦创作独有的贯通大众与精英的社会文化价值是近年来国外学界关注的焦点。

鲍勃·迪伦在中国的“文化旅行”肇始于 1966 年 3 月 29 日《人民日报》的引介。在冷战时期的全球政治格局下，鲍勃·迪伦已经由民谣歌手转变为摇滚明星，并投身于商业巡演之中。然而，他意外地登上了官方报纸——《人民日报》。在该报的报道中，鲍勃·迪伦被塑造为“民歌手”和“反战歌手”，这两个标签为他在中国的介绍提供了正当性和合法性。[①] 诗人翻译家袁可嘉、音乐教育家谭冰若与学者诗人余光中较早认识到鲍勃·迪伦研究的价值。研究于 1996 年正式起步，自 2016 年诺奖颁发以来，进入快速发展阶段，已有 300 多篇学术期刊论文（其中 CSSCI 源刊 30 篇）和 40 多篇硕士学位论文问世，主要集中在以下三个方面：(1) 聚焦鲍勃·迪伦诺奖事件折射的流行文化对文学发展的影响。以陶锋、张卫东（2017），赵炎秋、马汉广（2018），杨仁敬（2021）等为代表的学者认为，鲍勃·迪伦的获奖

① 韩帮文. 1966 年《人民日报》对鲍勃·迪伦的引介 [J]. 文化研究，2022 (1)：112-124.

突破了文学的传统界限，使阅读文学回归大众文化；（2）关注鲍勃·迪伦文艺创作的多元文化来源与价值导向。代表学者有袁越（2001），于雷、赵雪梅（2017），林佩璇（2018），李皖、顾悦（2019），陈恒汉、方质（2023）等；（3）揭示鲍勃·迪伦文艺生产对时代精神的诠释与形塑。主要学者有滕继萌（1996），李保杰（2017），王刚（2019），郑春生、胡铁生（2020）等。从发展趋势来看，研究呈现出将鲍勃·迪伦文艺创作的文字、音乐、表演与多模态传播紧密结合进行跨学科综合探究的态势。

目前，国内外学术界关于鲍勃·迪伦的研究已显著超越了将其单纯视作流行歌手或摇滚艺术家的范畴，进一步探讨其作为一名诗人和文化符号的多维度身份。研究者们深入挖掘了鲍勃·迪伦如何巧妙地将文学、文化、音乐和表演融为一体，从而构建独特的文艺创作体系，并尝试探索其个人及其作品的文化表征意义。尽管这些研究为本课题提供了丰厚的理论基础和有益的启示，但全局观之，现有研究仍存在两大局限性：一是缺乏对鲍勃·迪伦文艺创作艺术特色的整体性研究；二是对鲍勃·迪伦文艺创作的艺术性与大众性阶段变化把握不够精准，导致对其作品社会表征范式及其意义生成的辩证认知有所欠缺。

首先，现有研究在整体性考察鲍勃·迪伦文艺创作艺术特色方面显得不足。尽管已有学者对鲍勃·迪伦特定时期或某些专辑进行了深度剖析，但系统性、综合性的研究仍相对稀缺。研究者们通常侧重于鲍勃·迪伦歌曲的文学性、社会性或哲理性的某一方面，而未能从整体视角出发，对其创作中的各种艺术元素如何相互交织及其在广泛文化脉络中的一体化表现进行全面解析。其次，对鲍勃·迪伦文艺创作艺术性与大众性阶段性变化的把握还不够精确。鲍勃·迪伦的创作生涯跨越良久，其作品风格和艺术追求随时代和个人经历不断演变。从早期以社会批判和民权运动为主题的民谣歌曲，到后期充满宗教和哲学反思的摇滚音乐，鲍勃·迪伦的艺术轨迹展现出丰富而多样的阶段性特征。现有研究在这一方面的辩证性分析不足，未能全面揭示鲍勃·迪伦作品在文化确立与传播中的多重角色和变迁逻辑。

综上所述，尽管现有学术研究为全面理解鲍勃·迪伦奠定了重要基础，但仍有诸多未完全发掘的领域和亟待解决的复杂问题。在本书的学术探索中，我们将致力于通过整体性研究和对阶段变化的精细化解析，进一步揭示鲍勃·迪伦文艺创作的丰富内涵及其在社会文化中的深刻意义，力图为学术界提供愈加全面和深入的认知框架。通过延续和创新前人的研究路径，我们希望能够更加全面而深入地审视鲍勃·迪伦的文艺创作风格及其演变历程。本书的目的并不在于成一家之言，而是试图以时间为纬，文学发展为经，对鲍勃·迪伦文艺创作风格的演变脉络做出适切的描述。我们通过多维度、多层次的视角，对这一现象进行学术性的剖析，以期为后世的研究提供丰厚的素材和灵感。抛砖引玉之言虽不足道，但若能为高等院校及相关领域的研究者提供些许参考，亦是吾辈之庆幸。为了保证研究的系统性与全面性，本书分为上中下三篇，分别为“诞生：歌曲模仿与创新”“跨界：著作文类杂糅”及“流传：经典作品多模态解读”。每一篇不仅对应鲍勃·迪伦创作历程中的不同阶段，更是对其创作主题与风格转变的深刻印证。

本书整体结构严密，框架清晰，论据翔实，逻辑缜密。虽笔者殚精竭虑，但因精力与才学有限，书中难免有不妥之处，恳请各位方家雅正。同时，我们也期望此书能激发更多的学术讨论与研究，为鲍勃·迪伦及其创作背后的文化现象提供更为丰富和多元的解读。本书旨在为未来的研究提供坚实基础，并在学术领域引起广泛关注和深入探讨，希望为认识这一重要的艺术与文化现象贡献更多智慧与见解。

目录

CONTENTS

上篇　诞生：歌曲模仿与创新

中篇　跨界：著作文类杂糅

下篇　流传：经典作品多模态解读

绪论　鲍勃·迪伦文艺创作概述

第一节　“像一块滚石”的艺术人生

鲍勃·迪伦以民谣歌手身份成名，逐步成为美国民权运动和反文化运动的代言人，是一位“处于文化交叉点上”① 的跨界艺术家。他于1960年代初期开始创作歌曲、小说、散文、自传等文艺作品，迄今为止公开发行音乐专辑45张，最新专辑《影子王国》（*Shadow Kingdom*，2023）业已面市。这位年过八旬的活化石，不仅在生命的长度上，也在艺术的旅途上，像一块滚石般，不断续写着新的史诗与传奇。

一、奔赴荣光之路

奔赴纽约之前，鲍勃·迪伦还是籍籍无名的罗伯特·艾伦·齐默曼。那时，他还浸淫在蓝调和节奏、西部与乡村以及早期摇滚乐的混合体中。但渐渐地，鲍勃·迪伦开始疲倦于一成不变的音乐方式，渴求新的变化。于是，

---

① 高建平. 不要把诺贝尔文学奖当成对全世界文学的最终裁决［N］. 文汇报，2016-10-18.

鲍勃·迪伦怀揣着精神偶像伍迪·格斯里的传记《荣光之路》，为了纯粹的音乐梦想，离开了家乡，踏上了前往纽约的征程。这段“荣光之路”不仅是一次物理上的迁徙，更是一段精神上的蜕变之旅。小镇来的默默无闻的年轻人，带着对音乐的坚定信念与无尽热情，在纽约这座大都市中寻找机会。或许连鲍勃·迪伦自己也未曾预料，这场梦想的出走，竟为他带来如此巨大的身份转变——他从无人知晓的罗伯特·艾伦·齐默曼，蜕变为全世界家喻户晓的鲍勃·迪伦，成为音乐史上一位不可忽视的传奇人物。鲍勃·迪伦的这段旅程不仅是个体成功的辉煌见证，更是一首对执着追求梦想的壮丽颂歌。在这条充满艰辛与挑战的道路上，他以音乐为笔，谱写了属于自己的生命乐章，最终孕育出一段不朽的辉煌传奇。鲍勃·迪伦的经历不仅丰富了他的个人经历，更为音乐史增添了一个光辉的篇章，彰显了艺术和梦想的无尽潜力。

二、萌生创作冲动

1961 年初，经过轿车旅途的一路颠簸，鲍勃·迪伦终于抵达了理想之地。但鲍勃·迪伦形容纽约市“像一张复杂得难以理解的大网”，并表明自己并不想尝试去理解它。事实上正是如此——即便鲍勃·迪伦当时身处喧嚣，但在最开始的那段时间里，鲍勃·迪伦一直沉浸在自己的音乐世界，对外面疯狂、复杂的现代世界没有丝毫兴趣，演奏的曲目都是最彻底最纯粹的民谣，如《日升之屋》（*House of the Rising Sun*），《永怀忧伤的男士》（*Man of Constant Sorrow*），《美丽的佩吉-欧》（*Pretty Peggy-O*）等等。但鲍勃·迪伦对单纯演绎改编曲目并不感到满足，内心渐渐萌发出创作原创作品的冲动。于是，在到达纽约三周后，鲍勃·迪伦就创作了致敬偶像的《致伍迪之歌》（*Song to Woody*）。当被问及为何写歌时，他回答：“因为我想唱的，没有人写过。”演绎原唱歌曲的冲动驱使鲍勃·迪伦开启了他传奇而漫长的艺术生涯。

三、呼吁时代良心

20 世纪 60 年代初，美国民权运动如火如荼。置身于时代的漩涡中，鲍勃·迪伦本能地感受到内心深处日益澎湃的社会责任感与时代使命感，并自觉担负起这一重任。此外，女友苏西·罗托洛高涨的政治热情，也在潜移默化地影响鲍勃·迪伦看待历史和音乐的方式。1962 年初，鲍勃·迪伦以著名的蒂尔私刑案为题材，完成了抗议歌曲《埃米特·蒂尔之死》（*The Death Of Emmett Till*），他称其为自己的“创作之最”。更耐人寻味的是，在后来的采访中，鲍勃·迪伦否认这首歌曲为民谣，称其为现代歌曲。在某种意义上，《蒂尔之死》揭示了鲍勃·迪伦由民谣向抗议歌曲及反叛歌曲的转变。可以说，鲍勃·迪伦抨击时事和捍卫民权的道路均始于这首歌。美国民谣复兴运动勃兴之时，正是美国人特别是年轻人生活在恐惧与焦虑之中的年代，当鲍勃·迪伦唱出“一个人要走多少路”时，答案已经在社会中飘荡。在那个年代，美国人越是通过音乐传达出心中的焦虑与恐惧，公众彼此之间的信任和社区沟通就越是频繁与通畅。① 这段历史提醒我们，音乐有着超越娱乐的力量，能够在社会动荡时期激发人们的共鸣，促进社会的沟通与理解。

四、掀动摇滚革命

1964 年，鲍勃·迪伦推出了第四张音乐专辑《鲍勃·迪伦的另一面》（*Another Side of Bob Dylan*），标志着鲍勃·迪伦逐渐从此前关注于政治题材转向更个人化、内省的表达。如《那不可能是我，宝贝》（*It Ain't Me Babe*）和《所有我真正想做的事》（*All I Really Want to Do*）等歌曲涉及鲍勃·迪伦对于爱情，个人自由等话题的思索，展现出钩沉内心的音乐尝试。颇具代表性的艺术创举在于鲍勃·迪伦对美国摇滚乐传统的继承和重塑。几乎是一年后，鲍勃·迪伦就发布了著名专辑《重访 61 号公路》(*Highway 61 Revisited*)，可谓开创了美国摇滚新纪元。其中的主打歌曲《像一块滚石》（*Like a Rolling Stone*）是音乐发展史上影响深远的作品，堪称民谣摇滚新时代的天籁之作。

---

① 何镇飚，韩雪峰. 唱出焦虑会减少社会风险吗？——媒介社会学视角的《大梦》及其传播［J］. 文化艺术研究，2023（6）：55.

该歌曲生动再现了无家可归者的精神迷茫，唱出了试图打破社会陈规、按照自己意志生活的一代年轻人的共同心声。在当年《滚石》杂志推荐的曲目当中，《像一块滚石》名列排行榜首位。

鲍勃·迪伦出类拔萃的文学以及音乐造诣确立了他在摇滚乐界不可撼动的地位。正如歌名《像一块滚石》所揭示的那样，鲍勃·迪伦拒绝被任何既定的框架所束缚。他的音乐和人生仿佛是一首对抗束缚的长歌，选择了一条充满变幻和挑战的道路。鲍勃·迪伦心怀更为宏大的理想，愿如滚石般永不停歇地漂泊，投身于无尽的探索。这种无休止的漂泊不仅是肉体上的流动，更是心灵上的探寻和对自我与世界的深邃追问。在这一过程中，他不断经历着峰回路转，攀越新的高峰，跨越深邃的峡谷，然后再次走向更高的山巅。鲍勃·迪伦的音乐不仅仅是旋律的编织，更是一种思想的传递和生活态度的象征。鲍勃·迪伦用他的音乐向我们传达，不要惧怕改变，不要畏惧未知，勇敢地追寻自己的道路，如同那块永不止息的滚石。任凭前方是高峰抑或峡谷，都要无畏地向前滚动，迎接每一个新的黎明。

五、突破创作茧房

或许是感应到鲍勃·迪伦不同寻常的艺术追求，命运似乎有意赐予鲍勃·迪伦一场严峻非常的考验。1966年，鲍勃·迪伦遭遇了严重的摩托车事故，经历了与死神的擦肩而过。在很长一段时间里，鲍勃·迪伦只能卧床休息。这致使鲍勃·迪伦重新审视自己的人生与音乐方向，并暂时淡出了公众视野，音乐创作也因身体原因被搁置。似乎鲍勃·迪伦的音乐道路就要从此画上休止符，但事实并非如此。卧床养伤的日子里，鲍勃·迪伦在妻子萨拉的影响下渐渐爱上了绘画，并由此开始了另一项有趣的实验——从绘画中发掘丰富的视觉和叙事元素，这些都成为鲍勃·迪伦歌词中新鲜的养料。正所谓“塞翁失马，焉知非福”，鲍勃·迪伦最终在苦痛和自我怀疑的洪流中挣扎而出，在《地下录音带》（*The Basement Tapes*）中展示了更加随性、实验性的创作。随后，1969 年 4 月，鲍勃·迪伦发行了第九张专辑《纳什维尔天际线》(*Nashville Skyline*)，探索了一种全新的温和的传统意义上的音乐风格，与此前激烈的摇滚乐形成鲜明的对比。

除了歌曲本身的探索与创新，鲍勃·迪伦在著作的文类杂糅方面也做了有益的尝试。如病中沉寂的 60 年代中后期，鲍勃·迪伦还创作了一部自称为“小说”的实验性文体专著——《狼蛛》(*Tarantula*)。有学者认为，《狼蛛》具有超现实主义风格，是一部杂糅了散文诗、小说特点的实验性文本。[①] 还有人指出，直到今天，《狼蛛》依旧保持着其先锋性，书中的晦涩表达和隐喻依旧构成阅读的障碍。它似乎永远只属于少数人，正如那些高远的理想，常常被视为少数人的专属奢侈品。[②] 由此可见，鲍勃·迪伦像一块滚石般，拥有敢于涉足无名之地的巨大勇气与自信。

六、塑造全新自我

1974 年，鲍勃·迪伦发行了专辑《行星波》(*Planet Waves*)，该专辑问世标志鲍勃·迪伦重新以艺术家的身份投身于社会生活。在该专辑里，鲍勃·迪伦通过多首歌曲传达自我成长过程中的身份变化和伦理思考。如《非你莫属》(*Nobody' Cept You*)，以儿童的视角回顾孩提美好时光；《婚礼之歌》(*Wedding Song*)，以丈夫的身份抒发对妻子的眷恋牵挂。该专辑系列歌曲中，《永葆童心》(*Forever Young*) 因其富有诗歌的韵律和歌曲的节奏，以及灵活化用美国传统文学典故而别具一格。鲍勃·迪伦将关切人类立身之本的一系列珍贵伦理道德品质的钩沉与思索，通过对孩子的祝福娓娓道来。这些寓意美好的歌曲宛若流行音乐中的一股清流，以“天然去雕饰”之姿涤荡尘世的喧嚣与焦躁的灵魂，令人怦然心动。如爱尔兰民谣歌手利亚姆·克兰西

---

① 刘火雄. 一桩诺贝尔文学奖的“图书生意”——论鲍勃·迪伦作品的出版及跨界融合［J］. 出版广角，2017（18）.

② 叶克飞. 没人能看懂的“天书”——鲍勃·迪伦《狼蛛》［J］. 书城，2020（12）.

（Liam Clancy）所言，鲍勃·迪伦是一个“形变者”。这一形象的比喻不仅捕捉了鲍勃·迪伦音乐风格的多样性，更深刻地呈现了他生命哲学的可塑性与流动性。

鲍勃·迪伦从未屈从于任何固定的标签或定型的身份，而是如同万变的流光，游走在不断演变的外在宇宙和丰富多彩的内心世界之间。在他光辉灿烂的音乐生涯中，每个时代都能见证他以崭新的面貌和创新的音符，描绘着不同时代的脉动与精神。鲍勃·迪伦的音乐旅程宛如一部宏伟的变化史诗，从他早期深情款款的民谣唱作，到后来波澜壮阔的摇滚、细腻动人的蓝调，乃至充盈着神圣光辉的灵性音乐，他始终在前行与试探，从未止步于一片安静的港湾。他的歌词如同流动的诗篇，穿梭于时间与空间，探讨了从个人情感到社会正义、从个体反思到普遍真理的广泛主题。这种变换不仅仅是表层的风格转换，实则揭示了一位艺术家对自我认知、对人类存在不断深思的动态旅程。正是这种在形式与内容上无尽的创新与进化，使得鲍勃·迪伦的音乐作品始终充满生命力与日益增长的影响力。彼之音乐，不仅是一种表达的工具，更是一种充满思想深度的媒介，承载着他对世事的洞察和对生命的冥想。他通过不懈的自我重塑与创作实践，抗拒一切一成不变的停滞和桎梏。

鲍勃·迪伦用其不断变化的艺术形态和丰富深厚的思想内涵，向我们展示了自由与创造的真正含义。他的音乐如同一曲永不停歇的变奏，提醒我们，真正的艺术家无法被固定在任何特定的形式或风格之中，因为他们内心的创造力始终驱动他们不断探索、不断突破、不断追寻那无限的可能性。鲍勃·迪伦永远是一个“形变者”，在无尽的形变之中，找到了自己恒常的真谛。相较于同时代其他艺术家，鲍勃·迪伦从不曾长久地痴迷于某一种风格。但是，这并不意味着鲍勃·迪伦就会抛弃、遗忘、浪费他曾经在别处学到的任何东西。1975 年 11 月，鲍勃·迪伦根据美国拳击手鲁宾·卡特（Rubin Carter）的个人经历创作了歌曲《飓风》。这首歌曲在意义表达和风格呈现方面，与鲍勃·迪伦早期民权作品《蒂尔之死》有很大的相似性。两者都根据真实事件改编，且都带有很强政治色彩。不明真相的人可能会误解鲍勃·迪伦试图接续从前抨击时事和捍卫民权的传统。事实上并不存在"接续"一说，因为捍卫种族平等和社会正义一直以来都是鲍勃·迪伦的永恒追求。歌曲《飓风》的发布也恰恰揭示出，鲍勃·迪伦虽然一直处于"像一块滚石"般的创新道路上，但他从不轻易遗忘内心曾经坚持的音乐信条与人生信仰。

七、皈依灵性沉思

1978年，鲍勃·迪伦经历了一次重大的精神觉醒，从一个涉足犹太教文化的自由派音乐人转变为基督教虔诚的皈依者。据说在这段时间，鲍勃·迪伦偶然参与的一次基督教聚会给他带来了一种强烈的灵性沉思体验，由此促使鲍勃·迪伦的信仰发生了显著改变。后来，鲍勃·迪伦宣称自己接受基督教，并且在作品中有意无意地流露出灵性沉思以及与神对话沟通的思想。如歌曲《慢车开来》（*Slow Train Coming*，1979）作为鲍勃·迪伦皈依灵性沉思的转折期开山之作，歌词充满了基督教的象征和教义，而专辑《得救》（*Saved*，1980）则充满了感恩和救赎的情感，展现出鲍勃·迪伦在基督教信仰上的进一步深思熟虑。尽管公众对鲍勃·迪伦的灵性沉思与精神皈依褒贬不一，但不得不承认以及无可争议的是，鲍勃·迪伦的诗歌因此多了一份触动灵魂的原初感悟。众所周知，鲍勃·迪伦的诗歌大多旋律优美，结构精巧，措辞讲究，内涵丰富，尤以哲理性见长。他善于把通俗的歌曲素材与深刻的哲理性歌词作天衣无缝地结合，并将其巧妙地转变成某种新的高级音乐艺术，让普通观众既感到挑战又能够在一定程度上接受。这是鲍勃·迪伦沉浸于灵性世界获得的意外馈赠。

八、追认诗性人生

进入80年代后，鲍勃·迪伦开始有意识追本溯源，重拾音乐传统，跨越边界，杂糅艺术种类。因而，鲍勃·迪伦的现代作品并未呈现出明显的创作风格，大众也很难从中寻觅到一个相似的基调。但是，我们仍然可以于鲍勃·迪伦艺术创作之途的草蛇灰线处，发觉鲍勃·迪伦试图追本溯源，体认诗性人生的有益尝试。如专辑《烂醉如泥》（*Knocked Out Loaded*，1986）和《妙境深处》（*Down in the Groove*，1988）不那么受大众欢迎，但展示出鲍勃·迪伦实验性和多变的音乐风格。歌曲《大多数时候》（*Most of the Time*，1989）被认为是鲍勃·迪伦在20世纪80年代的高峰之作，其中深度的情感探索也令人十分动容。而专辑《我对你那么好》（*Good as I Been to You*，1992）和《世界出了错》（*World Gone Wrong*，1993）以翻唱正宗的民谣和蓝调歌曲为主，从中可窥见鲍勃·迪伦苦心孤诣回溯美国传统音乐根源的纯粹之心。此外，专辑《被遗忘的时光》（*Time Out of Mind*，1997）中的《天还未暗》（*Not Dark Yet*）和《相思成疾》（*Love Sick*）等歌曲延续了鲍勃·迪伦一直以来对生命和死亡的思考。

911事件发生后，整个美国似乎成为陷入伤感与虚无沼泽里的失落城邦。鲍勃·迪伦身处其中，敏锐地感知时代的情绪，切身地感受周遭被死亡阴影笼罩的一切人和事，也萌生了追忆过去的渴求。于是，鲍勃·迪伦一边思索死亡的意义，一边开始创作自传体回忆录《编年史：卷一》（*CHRONICLES: Volume One*），试图借此寻觅与体认自己一路行走至此的意义。《编年史》作为鲍勃·迪伦首部也是迄今为止唯一一部自撰的回忆录，其诗性叙事手法引领鲍勃·迪伦与关心他的读者大众回溯过往记忆，重新梳理音乐道路轨迹，体认诗性人生的意义。即便鲍勃·迪伦后来荣膺诺贝尔奖，也依旧会在歌曲中有意无意透露对人生的思考，这一点主要体现在鲍勃·迪伦对政治与死亡问题的上下求索。2020年6月，年近八旬的鲍勃·迪伦发行了获诺奖以来的第一张原创新歌专辑《坎坷喧嚣的道路》（*Rough and Rowdy Ways*）。鲍勃·迪伦在此专辑的多首歌曲中均书写了“如何面对自然死亡”和“如何面对政治刺杀导致的死亡”两个关涉死亡的主题。

迈入21世纪后，鲍勃·迪伦的艺术禀赋使其愈发靠近一种艺术与另一种艺术相接的边缘。在这道模糊不清的界限前，鲍勃·迪伦像一块永不停歇的滚石，力图参透艺术与人生的诗性意味。为此，鲍勃·迪伦在无数个日日夜夜漫长地回顾20世纪流行音乐发展历程，最终历经12年的不懈努力，完成了一部乐评文集《现代歌曲的哲学》（*The Philosophy of Modern Song*）。在这部乐评集中，鲍勃·迪伦精选了1924—2004年这80年间的66首音乐作品作为评议对象，并与读者分享他关于歌词写作、歌唱技法、乐曲适配和录音实践的心得；同时以别人的经典老歌为例，阐发他对艺术创作与商业运营之间的矛盾张力的认识与体会，以及他自己关于战争与和平等时代命题的深入思考。在某种意义上说，《现代歌曲的哲学》不仅仅记述了鲍勃·迪伦对于音乐艺术的精辟见解，还浸透着鲍勃·迪伦有关人生与哲学重大命题的智慧灵思。鲍勃·迪伦是真正的诗人，他一边禀受着生命与音乐的馈赠，一边在苦苦思索中不断展开灵魂对话，将内心的钩沉与无畏的创新作为自己安身立命的本源。他在艺术之路上留下一串串清晰的脚印，以便于让后人对其一生孜孜求索的心路历程有章可循。正如鲍勃·迪伦所言，他像诗人一样活着，也会像诗人一样死去。在晦暗不明的时代，鲍勃·迪伦忍受着灵魂煎灼的痛苦，积极地寻求诗性人生，这本身是一种令人敬佩的伟大行为。

鲍勃·迪伦作为美国60年代文化的标杆和旗帜，其作品的价值早已超越音乐而遍及文化、社会、政治等各个方面。在文艺方面，鲍勃·迪伦于1991年获得格莱美终身成就奖，2000年获得奥斯卡最佳原创歌曲奖，2001年鲍勃·迪伦获得美国电影金球奖最佳原创歌曲奖。早在60年代中期，一些学者和批评家认为鲍勃·迪伦是现代美国继卡尔·桑德堡、罗伯特·弗罗斯特之后最伟大的诗人。国外对于鲍勃·迪伦的研究自60年代的罗伯特·谢尔顿为鲍勃·迪伦作传便开始逐渐发展，1985年鲍勃·迪伦以诗人的身份参加在莫斯科举行的“国际诗歌节”，1990年得到了法兰西文学院颁发的“文学艺术杰出成就奖”，1996年鲍勃·迪伦首次获得诺贝尔文学奖提名，2006年再次获得提名，2008年鲍勃·迪伦获得普利策特殊贡献奖，2016年获得诺贝尔文学奖。一次又一次的奖项提名和获得代表的是主流文学界对鲍勃·迪伦的作品文学性的认可，对鲍勃·迪伦诗人身份的认可，正如诺贝尔文学奖给鲍勃·迪伦的颁奖词中评价他：“在伟大的美国歌曲传统中创造了新的诗歌形式”。虽然，诺奖的颁发一度给他招致各种“剪不断，理还乱”的争议，但大浪淘沙，金子最终会暴露在海滩上放射出耀眼的光芒。鲍勃·迪伦在艺术领域集大成的探索与创新，在岁月的沉淀下迸发出源源不断的灵感巧思和哲学启迪，烛照着他举世瞩目的艺术成就。如今，人们已经普遍认可鲍勃·迪伦文艺创作所具有的文学价值和文化影响力。

第二节　主题持续衍变的爱情歌曲

在现代艺术与文学研究中，情感表达作为核心主题之一，始终引领着对人类内心世界的探索与反思。音乐，作为一种跨越文化与时空，具有强大情感感染力的艺术形式，值得我们细致深入地研究。在此背景下，鲍勃·迪伦作为20世纪最具影响力的音乐家之一，他的爱情歌曲无疑是情感表达衍变的经典范例。鲍勃·迪伦的作品不仅在旋律和歌词上具有非凡的创作力，更是在情感的深度和广度上展现了对人类情感的深刻洞察。他的音乐作品中，爱情主题的变迁，不仅反映了个人情感的历程，还折射出时代背景下的社会文化变迁。从早期直白深情的吟唱到后期哲理性与象征意味浓厚的表达，鲍勃·迪伦的爱情歌曲呈现出复杂多元的情感层次和思想深度。通过对这些主题演变的个例分析，我们可以全面了解鲍勃·迪伦如何运用音乐这一媒介，将个人情感与社会现象融为一体，创造出具有永恒艺术价值的作品。这一学术探讨不仅帮助我们更为细致地理解鲍勃·迪伦音乐的独特魅力，也为研究情感表达在艺术创作中的普遍规律提供了宝贵的视角与洞见。通过对鲍勃·迪伦爱情歌曲主题衍变的分析，我们得以深入探究艺术作品中的情感表达模式及其背后的文化语境，从而更加充分地理解艺术创作中的人性之深与情感之美。

美国在二十世纪六十年代曾出现过政治和社会变革的汹涌潮流。年轻人开始形成一种与其父辈大相径庭的价值观，传统的婚姻、教育等方面的思想大多被时髦观念所替代。因当时大量年轻人崇尚性爱自由，奉行享乐主义，甚至陷入毒品的泥沼中无法自拔，他们也被称为“垮掉的一代”。音乐最能反映思想方式和精神面貌的变化，而最具代表性的人物即是被誉为“时代代言人”的鲍勃·迪伦。2015 年，IBM 公司开发的人工智能系统 WATSON 与鲍勃·迪伦进行了一次深入的对话。在对鲍勃·迪伦所有歌曲进行详尽分析之后，WATSON 向他表达了这样的见解：你的歌曲主要表达了两种情感，时间的流逝和爱情的凋零。这一对话展示了人工智能在理解人类情感方面的潜力和能力。①

在 2021 年，中国学者徐思园和田俊武利用数字人文学科的 ANTCONC 软件对鲍勃·迪伦的 385 首歌曲进行了词频分析。他们发现，尽管迪伦在不同阶段的歌曲中都追求着“真爱”，但他对爱情中的两个主体——HE（他）和 SHE（她）——持有不同的态度。通过文学伦理学的理论工具进行深入分析，学者们还观察到，这些歌曲中的女性形象往往被描绘为具有妖魔化特征，而男性形象则被描绘为英勇和威武。鲍勃·迪伦诗歌中所表现出的对男性的赞扬和对女性的贬低，与这位艺术家所处的伦理环境以及他个人做出的伦理选择密切相关。② 然而，通过细读文本和聆听歌曲，我们却能够感受到鲍勃·迪伦的爱情主题歌曲并不是随波逐流，而是坚守传统，抒发对真挚爱情和幸福婚姻的向往和信念。

鲍勃·迪伦不仅是一位杰出的民谣、摇滚歌手和歌词作者，更是在 2016 年荣获诺贝尔文学奖的音乐传奇。鲍勃·迪伦的感情经历可以追溯到他从大

---

① 王茼萱. 基于沉浸传播视角对微信朋友圈刷屏事件的评析［J］. 传媒，2018（11）：52.

② 徐思园，田俊武. 文学伦理学和数字人文视域下鲍勃·迪伦歌曲中的爱情伦理［J］. 外语教学，2021（2）：108-112.

学退学后移居纽约格林尼治村，开始追求他的民谣梦之时。在那里，他遇到了初恋女友苏西·罗托洛，两人共享了一段甜蜜而充实的时光。然而，这段恋情由于苏西赴意大利留学和鲍勃·迪伦逐渐成名而走向终结。在这一时期，鲍勃·迪伦与被誉为“民谣女王”的琼·贝兹也有过一段合作默契、令人艳羡的“金童玉女”传奇。然而，1965 年初，随着鲍勃·迪伦音乐风格的转变以及政治观点的分歧，这段浪漫关系也宣告结束。同年，鲍勃·迪伦通过朋友介绍认识了萨拉·劳登，两人迅速坠入爱河，并秘密结婚。此后，他们共同养育了四个孩子，这段婚姻最终持续了十二年。尔后，鲍勃·迪伦的感情生活依然波澜不断，经历了几段无疾而终的恋情。① 这些复杂多变的感情经历不仅充实了鲍勃·迪伦的人生体验，更为他创作大量脍炙人口的爱情歌曲提供了丰厚的素材。

在鲍勃·迪伦创作的高峰期，即二十世纪六七十年代，不少经典的爱情歌曲应运而生。这些爱情歌曲内容丰富，可以大致归为四类：表达对恋人的思念与爱意（痴），描绘与恋人的感情纠葛（嗔），品味家庭生活的平淡幸福（品），以及体现对逝去爱情的无尽追悔（忆）。以下我们将结合鲍勃·迪伦的典型歌曲，逐一进行细致的分析。第一类，表达对恋人的思念与爱意（痴）。在这些歌曲中，鲍勃·迪伦往往以浓烈的情感和细腻的笔触，刻画对恋人的深情与渴望。例如，《别再多想，没事了》（*Don't think twice, it's all Right*）展示了鲍勃·迪伦在分手后虽然表面上看似洒脱，但内心深处对恋人的不舍与牵挂无不流露于字里行间。第二类，描绘与恋人的感情纠葛（嗔）。这类歌曲中，鲍勃·迪伦直面爱情中的冲突和矛盾，情感波动激烈却真实动人。以《就像一个女人》（*Just Like a Woman*）为例，这首歌既颂扬了恋人的美丽与独特，同时又不掩饰爱情中的误解与怨怼，情感张力极为强烈。第三类，品味家庭生活的平淡幸福（品）。在这些歌曲中，鲍勃·迪伦以细致入

① 滕继萌. 论鲍勃·迪伦的创作［J］. 外国文学，1996（2）：43.

微地描写，描绘出家庭生活中的温馨与宁静。经典如《萨拉》（*Sara*），鲍勃·迪伦将对妻子的柔情蜜意和对日常生活的深深爱恋娓娓道来，平实却动人心弦。第四类，体现对逝去爱情的无尽追悔（忆）。这类歌曲中，鲍勃·迪伦回望逝去的爱情，常常充满了感伤与悔意。譬如，《如果你看到她，打声招呼吧》（*If You See Her*，*Say Hello*）中，鲍勃·迪伦回忆旧爱，既有对过去美好时光的追溯，也有对分手后无尽的追悔与感伤。通过这些歌曲，鲍勃·迪伦不仅展示了他卓越的音乐才华，更以诗一样的歌词，深刻地探讨了人类情感的复杂与美丽。他的音乐作品宛如一面镜子，折射出对于爱的不同维度和层次的深切理解，成为无数听众共鸣与慰藉的源泉。

一、“痴”：情深绵绵，思恋悠悠

鲍勃·迪伦爱情主题歌曲最突出的特色是对青年男女痴情的描绘，有时温婉细腻，感人至深，如《西班牙皮靴》（*Boots of Spanish Leather*）；有时热烈奔放，令人激情澎湃，如《婚礼之歌》；有时朦胧含蓄，令人回味，如《爱不减/无限》；有时隐晦含蓄，令人捉摸不透，如《满眼忧伤的低地女士》。“痴”，可谓是鲍勃·迪伦所写歌曲之爱情主题中最动人心弦的一抹色彩。

（一）思念之歌

《西班牙皮靴》是一首以书信体形式创作的民谣杰作，完美地呈现了鲍勃·迪伦对苏西·罗托洛的深情厚谊与浪漫爱慕之情。这首歌曲不仅蕴含了极丰富的情感层次，更展现了鲍勃·迪伦在词曲创作上的诗意才华。在苏西留学意大利期间，二人通过书信鸿雁传情，诉说着无尽的相思。而《西班牙皮靴》正是这段别离之情的艺术结晶，捕捉了爱与离别的细腻情感。鲍勃·迪伦在歌曲中以真挚动人的笔触，抒发了对心上人的深切怀念以及未能相见的失落与怅惘。尤其感人至深的一节，他运用了夸张的修辞手法，将黑夜中的明星和深海中的灿钻比作情人甜蜜的吻，这种描写不仅展现了他对苏西的殷切眷恋，更精准地刻画了年轻恋人身浴爱河时的狂喜与激动。然而，鲍勃·迪伦也清晰地感受到苏西心境的变化。如歌中所述，“她说‘我不知道归程是何时辰，要看我心思怎么转。’”① 苏西决定留在意大利继续深造，追求她的人生理想，这让鲍勃·迪伦只能无奈地等待。在这种境况下，鲍勃·迪伦对他们的未来持悲观态度，但他选择用歌曲来抒发感情，试图借助歌声唤回苏西的心。

《西班牙皮靴》这首细腻的词曲，饱含着深沉的痴情与无奈，成为鲍勃·迪伦创作众多优美情歌的源泉。自此，他那充满相思萦怀之情的创作风格逐渐定型，并在后来作品中不断地演绎与深化。鲍勃·迪伦巧妙地将个人情感经验与普遍的爱情主题相结合，使得他的歌曲不仅具有极高的艺术价值，更深深打动了无数听众的心灵。《西班牙皮靴》不仅是一曲抒情的民谣，更是一首绝美的相思词，见证了鲍勃·迪伦在爱情中的温柔与哀愁，展示了他在创作上的敏感与才情。通过这首歌，鲍勃·迪伦传达了一种令人印象深刻的情感体验，这种体验不仅属于他个人，更具有广泛的共鸣与普遍性，成为爱情文学和音乐中不朽的经典之一。鲍勃·迪伦将那份深邃的思念与无尽的爱恋完美地凝聚于音符和文字之中，使之成为亘古流传的动人篇章。

（二）赞美之歌

在与苏西的关系无可挽回地结束之后，鲍勃·迪伦开始了新的恋情并组建了家庭。《爱不减/无限》较为直白地表达了鲍勃·迪伦对妻子萨拉的赞美。歌名应读作“*Love Minus Zero Over Limit*”，来自赌场黑话。如果爱是个赌注，或者更甚，如果爱是无限的，那要怎么减去呢?② 在这首歌里，鲍勃·迪伦毫不吝啬地表露了对萨拉的爱慕。以第一节为例，作者将爱人比作寒冰

① 鲍勃·迪伦. 鲍勃·迪伦诗歌集：1961—2012. 地下乡愁蓝调：汉英对照［M］. 奚密，李皖等，译. 桂林：广西师范大学出版社，2017：40.

② 菲利普·马戈汀，让-米切尔·古斯登. 鲍勃·迪伦的歌：492 首歌背后的故事［M］. 江岭等，译. 郑州：河南大学出版社，2018：162.

和烈火，用看似矛盾的明喻鲜明地刻画出一个不苟言笑、忠于爱情的女性形象。他还把爱人的笑容比作鲜花绽放，不为他人追求所动。同时，在每一行末都用了押韵的手法。例如，以上所引这节歌词一、二行行尾的“理想”和“暴力”，倒数二、三行行尾的“花儿”和“小时”，都押了尾韵，分别是“Lence”和“ou（w）r”。最后一节带有迷幻色彩：通过描绘一幅午夜时分风雨交加的景象，运用乡村医生、银行家的千金以及折翼的乌鸦等几个意象，暗示当时他正处在风雨飘摇中，危机四伏，而萨拉则是那个拯救他的精灵。最后一句体现出对脆弱爱情的忧思，他爱得如此深沉，以至于患得患失。由此可见，这里的“痴”是双向的，鲍勃·迪伦所描绘的爱人形象体现了对萨拉的痴情，而萨拉也敢于并乐于在鲍勃·迪伦面前展示出她最真实的一面，对外界的诱惑不为所动，也体现了她对鲍勃·迪伦的痴情专一。

（三）颂扬之歌

《满眼忧伤的低地女士》（*Sad-Eyed Lady of the Lowlands*）也是鲍勃·迪伦为他的妻子萨拉·劳登（Sara Lownds）所创作的一首情歌。鲍勃·迪伦巧妙地将妻子的姓氏（Lownds）织入歌名，充分显现出他对这段感情的珍视与深情。鲍勃·迪伦曾透露，这首歌是在纽约切尔西酒店创作的，而那里正是他与萨拉初次邂逅的地方。歌曲在结构、修辞和语言上与英语十四行诗有着相似之处，每一句都在颂扬爱情，表现婚后生活的甜美与温馨。以歌曲的第二节为例，其结构包括三行行内押韵（第1-3、5-7、9-11句），并以两行问句（第4、8句，问句中的“Outguess you”和“Impress you”也在行内押韵）相呼应，最后结尾的两行行内押韵，展示了古典诗歌的工整美感。从整体篇幅来看，这首歌占据了专辑《金发如云》（*Blonde on Blonde*）的整个第四面，显示出萨拉在鲍勃·迪伦心中的重要地位。从字面来看，《满眼忧伤的低地女士》的歌词是一连串跳跃的意象，使得这首歌与鲍勃·迪伦的其他爱情歌曲相比，措辞更显晦涩。此外，鲍勃·迪伦行文间一直在描述与形容“低地女士”，似乎有贬低自我的意味，但实则运用先抑后扬的手法，来抒发对萨拉的深情厚谊。例如，歌词中“凭你的侧影，暮色映入双眼，月光泅泳其间”营造出一种梦幻的氛围，抒发着浓烈的爱意与柔情。这种刻意的晦涩与复杂的诗意构建，表明鲍勃·迪伦不仅在字词的选择上精益求精，更通过意象的堆叠与情感的细腻表达，打造了一首充满古典与现代风格交融的爱情诗篇。正如古典诗歌那般，《满眼忧伤的低地女士》不仅具有语言的优雅和精致，更以其细腻的情感描绘和梦幻般的意境营造，成为歌咏爱情的经典之作。

从综合角度解读，这首歌通过其撰写方式以及情感表达，彰显了鲍勃·迪伦在诗歌与音乐创作上的卓越技巧。结构的精巧、韵律的和谐，配合丰富而跳跃的意象，使得这首歌曲不仅仅是一曲情歌，更是一首可供品味与研究的诗篇。鲍勃·迪伦通过这种方式，将个人的深情厚谊升华为一种艺术的表述，使其在文学与音乐中都具有不朽的地位。

（四）告白之歌

由于种种原因，鲍勃·迪伦与萨拉的婚姻维系了十二年仍以失败告终。为了挽回萨拉，鲍勃·迪伦创作了《婚礼之歌》进行浪漫的告白与忏悔。这首歌在延续他一贯风格的基础上表现得更加炽热与浓郁，如第一节反复吟唱海誓山盟般的爱情宣言。连续用了四个以“我爱你甚于……”开头的排比句，直抒胸臆地表达了对萨拉仍怀着甚于一切的爱。他还唱道：“当我身陷贫困，你却教会我如何给予。”此歌共八节，其中“我爱你”出现了十次，其频率之高，凸显了歌者内心强烈、深厚的爱意。鲍勃·迪伦将自己对妻子的爱与时间、金钱、繁星、浪花、生命相比，说明世间万物，唯有伊人入他心。如此痴狂的爱慕，令人怦然心动。这种比兴手法的运用，具有极大的感染力，使人在欣赏这首歌时，不禁产生一种被强烈炽热的爱情火焰炙烤的感觉。

二、“嗔”：爱恨交织，纠缠难解

从古至今，甜蜜的爱情常常伴随由爱而生的“嗔”。“嗔”，即嗔怪、嗔怒、嗔怨，时常发生在情侣之间，令人感到亲密而不失深情。恋人之间难免产生矛盾与摩擦，如果真正陷入怒意，那么可能演变为怨恨。但若是恼而不怒、怨而不恨，则谓之“嗔”。在鲍勃·迪伦的作品《别再多想，没事了》等歌曲中，我们可以看到这种情态的恰当表现。“嗔”可以说是爱情的一种独特表达方式，它不仅在表现方面含蓄而内敛，更在内涵上多了一层复杂的情感维度。如果说“痴”是爱情所能达到的至深程度，那么“嗔”则是鲍勃·迪伦歌曲中爱情主题最令人回味的部分。从感性的角度来看，“嗔”不仅代表了爱中不可避免的矛盾与冲突，更反映了情侣之间深厚的情感联系。“嗔”既是一种亲近的表现，又是一种对感情的微妙调整，使爱情不再单纯是甜蜜或悲伤，而是一种更为丰富的情感体验。鲍勃·迪伦在其作品中巧妙地运用了这种“嗔”的情感，使得他的爱情歌曲具有了更深的层次与更广的情感空间。

（一）嗔怪之歌

《别再多想，没事了》，这首歌的题名，本是一个受伤的恋人在黯然离开时给爱人留下的话，表达了鲍勃·迪伦与苏西闹矛盾之后的怨艾与无奈。[①]虽然歌中没有提到苏西名字，但它描绘的两人一起生活的画面暗示了这首歌就是为她所写。苏西曾说听鲍勃·迪伦这一时期的专辑就像在读一本日记，里面记载了太多鲜为人知的真实生活细节。当甜蜜的爱情因苏西毅然决然出国求学而面临考验时，鲍勃·迪伦写下了这首歌，表达分离给热恋中的情人带来的哀怨与沮丧。

鲍勃·迪伦用近乎尖刻的言语表达了分离的痛苦，歌词带有一点绝望的色彩。在此节开头，鲍勃·迪伦强调苏西仍是个孩子。事实上，鲍勃·迪伦与苏西相遇时，她还只有 17 岁。其中，“我把心给了她，她要的却是我的灵

① 张剑. 诺贝尔文学奖与文学的边界：鲍勃·迪伦的音乐是不是文学？［N］. 中华读书报，2016（12）：3.

魂”一句广为流传。在此歌的末尾，鲍勃·迪伦嗔怪苏西浪费了他的宝贵光阴。他这么说是出于恋人之间吵架、赌气的一种怨艾心理，并非真的责备或怪罪她。同样，鲍勃·迪伦在歌中讲述自己假意分手，也是希望她能够挽留自己。从小心翼翼、患得患失直至绝望，不过是想要得到她更多的关注。在爱情中，“嗔”所体现的情感状态是最真实、最自然的。

（二）怨情之歌

《朴素 D 调歌谣》（*Ballad in Plain D*）描述了鲍勃·迪伦与苏西决裂的情形，可以说是“一种满怀怨气的个人故事重写”。[①] 在这首长达 8 分钟的歌里，鲍勃·迪伦详细描述了他和苏西分手的过程，并且将矛头指向了苏西的家人。在歌里，鲍勃·迪伦描述了他们那晚争吵的细节。苏西仍然“单纯如羔羊，温顺如小鹿”，可她的姐姐却如同“寄生虫”令人讨厌，严重地干扰着他和苏西的感情发展。事实上，鲍勃·迪伦虽然与苏西生活得很甜蜜，但与她的姐姐和母亲的关系一直都不好，据说是因为姐姐卡拉掌控欲太强，导致她妹妹和鲍勃·迪伦这段感情出现了很多波折。而歌中描述的那个场景正是他们分手的直接导火线：苏西被夹在鲍勃·迪伦和卡拉之间左右为难，面对这相持不下的冲突，她感到无奈无力而且身心疲惫，甚至一度产生自杀的念头。在与卡拉进行了一番激烈争执后，鲍勃·迪伦气冲冲地跑了出去。在歌里我们可以看到一个恼怒而又伤心的年轻人，肆无忌惮地在歌里疯狂地表达内心的怨愤，其阴暗消极的情绪也显露无遗，这首歌让我们真正看到了鲍勃·迪伦的“另一面”。因此，这首歌典型地体现了《伊甸园之门——六十年代的美国文化》一书作者迪克斯坦所说的，“鲍勃·迪伦有一种在自己的歌中报私仇的嗜好”。[②] 不过在此歌末尾，鲍勃·迪伦对于自由的看法又间接

① 戴维·道尔顿. 他是谁？探寻真实的鲍勃·迪伦［M］. 郝魏，译. 桂林：广西师范大学出版社，2015：63.

② 莫里斯·迪克斯坦. 伊甸园之门——60 年代的美国文化［M］. 方晓光，译. 南京：译林出版社，2007：208.

表达了他对上述纷争的悔意，这恰好是嗔怪复杂内涵的体现。

（三）告别之歌

《那不是我，宝贝》是鲍勃·迪伦对苏西的告别之歌，也是整张专辑里广为传唱，经久不衰的作品。在这首歌里，鲍勃·迪伦刻意降低了他的语调，娓娓道出他与苏西之间存在的问题，并理性地分析了个中缘由，显得成熟了许多。

此歌共三节，强调“我”并非“你”正在寻找的“那个人”，因为“我”不可能做到“你每一次跌倒都会将你扶起”，表现了分手之后的伤感。鲍勃·迪伦想借此告诉苏西，他实在难以满足其情感需求，也对自己没有成为那个保护她、理解她的人而感到十分遗憾。在爱情生活中，我们往往会要求对方按照自己的意愿来行事，把个人期望强加在对方身上，结果大都难免事与愿违，导致双方疲惫不堪、心灰意冷，甚至分道扬镳。眼看着爱情之火渐渐熄灭，不由你不思考，这世界上真的有值得追寻的无坚不摧的真爱吗?

（四）矛盾之歌

《我们总有一个人要明白（迟早的事）》收录在1966年问世的专辑《金发如云》中，其主题是关于失败的爱情，虽然题材并不新颖，但它歌唱的对象是早于鲍勃·迪伦成名的民谣歌手琼·贝兹（Joan Baez），并在十年后得到了对方的回应。鲍勃·迪伦的这首歌是对当时正在进行的感情性质和发展的思考。在歌中，他表达了困惑，为什么随着时间的推移，他们的关系反复恶化，预感这段感情终难长久。对此，他写道：“迟早的事，我们总有一个人要明白/我真的曾经努力/想要靠近你”。这句歌词首次出现是在第二节，在后面的第四和第六节中也出现了，是整首歌曲的主旋律。从中可以看出，两人关系原本很亲密，随着时间流逝，恋情出现了裂痕。那么，导致关系恶化的原因是什么呢？鲍勃·迪伦在歌词的后面几节中提到，“我看不到你有什么/可以展露给我/围巾完全遮住了你的口”“看不出你怎么可能了解我/但你说你了解/我就信了”。鲍勃·迪伦嗔怪她没有吐露心扉，觉得她不可能了解自己，但他又愿意相信她的说辞，这种矛盾的心理恰恰体现了爱情的复杂性。鲍勃·迪伦的话语间似乎带有一丝卑微和失落，他说自己曾经努力想要接近对方，但失败了，二人才渐行渐远。经过深刻思索，他终于明白离别是早晚的事，分手不可避免。整首歌令人印象最深的一句是“在你挖我眼珠的时候/真的从不打算伤害你一分一毫”，尽管对方已经让自己伤痕累累，却从没有想过要伤她分毫，这大概就是前文所说的“佯怒”，也是这首歌最主要的矛盾所在。

贝兹是鲍勃·迪伦的伯乐，她不遗余力把鲍勃·迪伦介绍给观众，但鲍勃·迪伦却从她的鼻子底下“窃走了她的名声”。她在1987年完成的自传中以“往日的风”为名专章书写这段青春往事。① 虽然不满于“那个原始人一样的浪子脚踏两只船于我和她（萨拉）之间”，但难以忘怀那段亦师亦友并杂莫名情愫的关系，在偶与鲍勃·迪伦通话后，贝兹仍有感而发写给他一首《钻石与铁锈》（1975），重温那段“漫长难忘的痛苦记忆”“我们都知道回忆会带来什么/它们带来钻石与铁锈”。这个“钻石”与“铁锈”地对喻鲜明如光明与黑暗，充分说明了这段感情苦涩与甘甜交织。他们曾经互相欣赏对方的才华，极力促进各自事业的发展。“那个最初的流浪者，你漂泊入我的臂弯，而你的停留，如海上的短暂迷航”。蓦然回首，曾经的感情似乎确实不够成熟。“如果你又给我钻石与铁锈，告诉你，我已付出过代价了”。就这样，两人的青春之恋的矛盾（嗔怪与佯怒）在音乐互动中抒发，成就两首经典爱情歌曲。

三、“品”：细水长流，平淡温馨

在经历了摩托车事故并身负重伤之后，鲍勃·迪伦选择回归家庭生活。

---

① 琼·贝兹. 钻石与铁锈：琼·贝兹自传［M］. 朱丽娟，译. 北京联合出版公司，2020：88。（下文有关该作引文均出自此书第88到109页）

这一段时光不仅是他身体和心灵的修复期，也是一次重要的内心蜕变。当他再度出现在公众视野中时，带来了一个全新的鲍勃·迪伦以及一张全新的专辑。与之前那些追寻真挚爱情、表达纠结感情的作品不同，新专辑中，鲍勃·迪伦专注于细细品味家庭生活的简单美好。这里所说的“品”，在鲍勃·迪伦的爱情主题创作中，是最朴素，却也最令人沉静的部分。“品”这一动作，体现的是对生活细节的深情凝视与领悟，是将日常生活中的微小瞬间升华为艺术不朽的过程。鲍勃·迪伦不再仅仅是那个摇滚乐的叛逆者，而是成了一个智慧与深情兼具的生活观察者和记录者。

（一）欢愉之歌

随着孩子们的出生，鲍勃·迪伦变得更加成熟，他写下《沿着海湾走》来表达内心的欢愉。这是一首简单的小情歌，直接表达爱情生活中的平凡与寻常。此歌传达了一个有关“我们”因爱牵手的好消息。在这道湾岸上，爱情是相互和高调的，迫不及待宣示于人。歌词只有三节，每节六行，这恰恰与该歌的主旨相契合——简单的幸福。鲍勃·迪伦运用重复的修辞手法，一再重述“沿着湾岸走”，可见其欢愉洋溢心房。从表面上看，这似乎是一对刚刚挑明心意，牵手成功而走在一起的情侣，还带有几分欣喜与自豪的神色，幸福之感扑面而来。但事实上，他们早已品尝了恋爱的甜蜜与苦涩，步入婚姻的殿堂、生儿育女。鲍勃·迪伦想借此告诉萨拉，无论未来怎样，只要有彼此牵手相伴，便能沿着幸福的湾岸，一直走下去。

（二）倾诉之歌

《与你单独在一起》是一首乡村布鲁斯风格的歌曲。毫无疑问，这首歌也是鲍勃·迪伦写给萨拉的。在他们婚后，宁静与安详的生活给了鲍勃·迪伦很多创作的灵感。在无数个平淡闲适，毫无波澜的日子里，鲍勃·迪伦不再尖锐地暗讽，不再有意地说教，也不再进行深刻反思，只为爱发声。

歌词简单直白，朴实无华，仅仅是将歌者内心的所思所想表达出来。此歌不仅是在对爱人倾诉爱意，也是在对听者倾诉自己所拥有的幸福生活以及其内心的喜悦。在鲍勃·迪伦看来，人生的喜悦不过就是当白日渐尽，可以和心爱之人单独相处，看着黄昏从指缝间溜走。在歌词的结尾，鲍勃·迪伦感谢了上苍，在白天的工作结束之后，能够获得甜蜜的报偿。这首歌的旋律也跟歌词一样，虽然简单流畅，感染力却很强。鲍勃·迪伦的歌声清澈明亮，如山泉一般在耳畔汩汩流淌，令人身心放松，神清气爽。

（三）陪伴之歌

《今夜我在这儿陪伴你》是专辑的最后一首歌，它完美地展现了鲍勃·迪伦当时的心理状态。那一时期的鲍勃·迪伦，已然经历了名利与欲望的考验，转而开始寻求内心的安宁。而给予他这份安宁的，正是萨拉。其实，这首歌除了在歌唱陪伴之外，还是对过去的道别。一直以来，人们过于关注鲍勃·迪伦的抗议歌曲，将其视为“时代的代言人”，忽略了他也是一个有七情六欲的普通人。鲍勃·迪伦希望能够撕掉这个身份标签，像个普通人一样厮守在爱人身旁。他说已经没有了远行的必要，把车票、行李和烦恼都抛弃，因为有更重要的东西在等着他。这些车票、行李也许就是他反抗的象征，烦恼抑或其代言人的身份，而更重要的，便是萨拉的爱。正是这份爱，让他可以放弃诗和远方，痴痴等待。作为一位早已见识过大千世界的成年男性，想必鲍勃·迪伦对离别已经习以为常，可他却说“我发现离开竟是如此困难”，由此可见，爱情于他具有“定身”法力。鲍勃·迪伦通过这首歌完美诠释：陪伴胜过其余一切，是对爱情最笃定的守护，也是对爱人最深情的告白。

（四）平凡之歌

乡村生活带来的朴素充实的快乐，是专辑《新晨》的主旋律，《又一个周末》也不例外，让听众感到轻松愉悦。此歌描述了一个平凡的周末，聚焦于夫妻之间每一个心意相通的瞬间。在两个人的世界里，没有外面的纷纷扰扰，一切都是那么的恬静而美好。这可能是鲍勃·迪伦写过的最简单的歌词，不带任何修饰语地叙述了一对夫妇度过的周末时光，平淡如水，却让人倍感幸福。在歌中，鲍勃·迪伦放低了嗓音，还原生活的本色，细腻地唱出了一对早已为人父母的爱人纯真的恋歌——他们打算暂且撇开孩子，远离俗务，走出家门，重温一回二人世界。在歌曲的最后，他唱道："你是这个男孩能得到的最甜蜜的妈妈"，这很容易让人误以为"这个男孩"是他们的儿子，但其实是指鲍勃·迪伦自己，而"妈妈"则指萨拉，因为在英语口语中，"妈妈"兼有"情人""妻子"之意。对于已经生儿育女的夫妻来说，最美好的享受莫过于结束了一周的劳作之后，摆脱家务的羁绊，与心爱之人携手出游，回味往日的甜蜜恋情。

四、"忆"：旧梦难追，悔恨无尽

当一段感情逝去之后，留给彼此的只剩下昔日美好的回忆。鲍勃·迪伦歌曲中所描绘的追忆与忏悔丰富了其爱情主题的思想内涵，也让我们看到了一个真情实感的青年鲍勃·迪伦。"忆"可以说是鲍勃·迪伦所写歌曲之爱情主题中最令人心酸的部分。

（一）往事之歌

《多余的早晨》是鲍勃·迪伦在与苏西分手后所写，表达了他失恋之后无尽的伤感与落寞以及无法遏制的思念。1963 年 8 月，当鲍勃·迪伦和贝兹的绯闻传得沸沸扬扬时，苏西终于决定搬出了他们的"家"。苏西走后，鲍勃·迪伦看着两人曾经共同生活过的地方，往事一幕幕浮现在眼前。

此歌旋律优美，但表达的却是因一段感情的消逝而产生的悲伤情绪。鲍勃·迪伦用一种置身事外的口吻，讲述了他和苏西之间无可挽回的恋情。他的声音很温柔，似乎是在自我反省，这也使得歌曲听起来带有满满的怀旧感。歌词只有三节，主歌部分"我已是多余的早晨/往事，千里之遥"反复吟唱，强调了歌者对往事的无尽追忆。其中有一句体现冷静反思与检讨的话——

"你自觉你一切都对/我也自我感觉良好。"这种不无偏狭的自我感觉往往是恋人之间产生隔阂，以致最终分手的根本隐患。人们常说爱人之间发生矛盾与争吵，本来就没有原则上的对错之分。通常都是双方自认有理，互不相让，造成冷战，以至分手。而冷静下来回过头看时又觉得自己当时实在幼稚可笑。难怪很多人都是在彻底失去恋人之后才感到惋惜。鲍勃·迪伦在这首歌中将自己对逝去恋情的追忆和回味描写得淋漓尽致。

（二）怀想之歌

《北国姑娘》描述了鲍勃·迪伦对旧爱的怀念。在与鲍勃·迪伦交往期间，苏西曾只身前往意大利求学，这使得鲍勃·迪伦在感情中陷入低谷。据说这首歌是鲍勃·迪伦在佩鲁贾旅行期间所作。苏西在回忆录中追忆：她在意大利时曾决定剪短发，但鲍勃的反应是"但愿你没有剪掉那一头秀发——多漂亮啊，金发女郎里就你一个人的头发看起来不像干草——它们还会长长的，嗯？希望你到时候不要再剪掉了……"① 直接与歌词相契合，由此可见，这首歌仍然是鲍勃·迪伦在表达对苏西的怀想。

此歌就像一个忧郁青年在喃喃自语追忆早已分手远去的昔日恋人一样。"如你远去，风雪肆虐，河流冰封，夏日将尽。"宛如一首叙事诗，表达出淡淡的思念、浓浓的离愁以及对逝去的青春与爱情的无限惆怅和追忆，勾起身处浮躁与喧嚣世界里作为"过来人"的听众，对自己昔日美好初恋时光的回味，使他们产生同感与共鸣。整首歌简单质朴而又富有诗情画意，加上舒缓的旋律，值得回味。

（三）懊悔之歌

《我将它全抛弃》是一首爱情"挽歌"，表达了对已经破碎的感情的惋惜与懊悔。鲍勃·迪伦向我们展示了他性格的另一面，主动承认分手是自己的错，表达的情感比它最初出现时要复杂得多，他的声音带有一种奇怪

① 苏西·罗托洛. 放任自流的时光［M］. 陈震，译. 北京：光明日报出版社，2017：169.

的哀伤。[①] 整首歌共四节，典型的鲍勃·迪伦式吟唱，一咏三叹如《随风飘荡》，每一节末尾都与标题相呼应，“我将它全抛弃”不断重复，这种修辞手法起到了突出强调的作用，凸显了作者内心强烈的懊悔之情。第一，二节回忆了与恋人相处的美好过往，再运用夸张的手法，宣告爱就是一切，爱无所不能，凸显了鲍勃·迪伦对自己往日过失的深深的自责与懊悔。当他唱到“劝你接受过来人的提示”时，听众可以明确感受到一个懊恼无奈的歌者，正在用自己过往的亲身经历，奉劝他人珍惜青春与爱情，不要让全心全意爱你的人受委屈离去。整首歌并没有高音的部分，却恰恰使得鲍勃·迪伦的声音多了一份柔和低回，也让这首歌所表达的情意更加缱绻绵长。

（四）追忆之歌

鲍勃·迪伦与萨拉在一起度过了十余年平淡幸福的婚姻生活。在婚姻无可避免地走向了尽头之后，鲍勃·迪伦写下了一首《萨拉》来纪念这段感情。在歌中，鲍勃·迪伦回忆了他们共同经历的美好时光，并再次恳求原谅。鲍勃·迪伦回忆着他的家人，想起从前的点点滴滴，尽管有过遗憾与悔恨，但他在萨拉和孩子们的身边感受到了安宁和满足。这种着眼于家人之间简单幸福的写法，似乎也让我们回想起了一些尘封在心底的美好之事。接着，鲍勃·迪伦开始问及萨拉心意的改变，并希望她能够原谅，千万不要离开。每隔一节都四次呼喊萨拉的名字，称其为“可爱的圣洁天使”与“一生的挚爱”，不间断地表达自己的痛苦与煎熬，渴望能够重获幸福，其言语之恳切最终打动了萨拉，二人一度重归于好。虽然最终他们还是走到了婚姻的终点站，但这首情歌仍然为世人所传唱。由此我们可以窥探到鲍勃·迪伦与萨拉矛盾复杂的情感纠葛，这首记忆之歌并非在与过去告别，而是表达了分离的痛苦与对未来的希冀。

---

① MICHAEL ROOS AND DON O’MEARA. Is Your Love in Vain? Dialectical Dilemmas in Bob Dylan’s Recent Love Songs［J］. Popular Music，1988（7.1）：41.

综上，鲍勃·迪伦所作歌曲的爱情主题呈现出从“痴”“嗔”“品”到“忆”的衍变过程，体现出鲍勃·迪伦对美好爱情的向往与信念，具有不断激发人们思考爱情与婚姻的艺术功能，鼓舞着人们大胆追求真爱。同时，歌词所呈现出来的爱情婚姻难免遇到坎坷、困惑与遗憾，也给人以启迪，发人深思。鲍勃·迪伦歌曲凭借民谣与摇滚的形式被世人广泛传唱，为一代又一代的年轻人提供精神滋养，对充满喧嚣与纷扰的现实社会中躁动的人心具有一定的平抑与抚慰作用。在某种程度上，他的爱情主题歌曲，承续了东西方共通的“诗咏情”的大文学传统，表达了一种亘古弥新的爱情观，具有永恒的艺术魅力。

上篇

诞生：歌曲模仿与创新

20世纪60年代的美国，正值政治抗议与个人自我实现交织的年代。在这一时期，传统的社会价值观和个人价值观受到了前所未有的挑战和质疑，而新的文化形式应运而生，它们传达了对自由和自我完善的追求。在这些新文化形式中，“歌唱”和“表演”扮演了核心角色。以美国“嚎叫派”诗人艾伦·金斯伯格为例，他的许多诗作都是为表演而创作，追求口语化的表达。他的代表作《嚎叫》在旧金山的“城市之光”书店的表演中，引起了听众的强烈共鸣。这种效果是单纯的阅读所无法达到的，必须通过歌唱和表演来实现，用声音和身体传达深层的文化思想。鲍勃·迪伦与属于“垮掉派”“嚎叫派”的作家如杰克·凯鲁亚克和金斯伯格有过交往，且在创作理念上有契合之处。因此，鲍勃·迪伦以歌词写作为主的文艺创作可以被视为“表演文学”的形式。

鲍勃·迪伦的作品不仅在形式上创新迭出，在民谣、摇滚、布鲁斯等不同音乐风格中游刃有余，创造出了融合多种元素的独特风格，在内容上也反映了社会的变迁和时代的脉搏。普林斯顿大学美国史教授肖恩·威伦茨

（Sean Wilentz）于2010年出版了专著《鲍勃·迪伦与美国时代》（*Bob Dylan in America*）。在此书第一章，威伦茨指出，“迪伦的艺术创作虽然脱胎于别人的歌曲，但完全是他特有的。”① 到了此书“尾声”，威伦茨重申，“半个多世纪以来，鲍勃·迪伦一直在吸收、内化、更新和改进长期以来被认为囿于常规的美国艺术形式……统统注入自己的诗意灵感。……任何美的东西，无论多么厉害，都能被他抓住并为之所用。”②

通过鲍勃·迪伦的歌曲，受众不仅能感受到个体生命的独特体验，更能触及社会动荡与人类理想交织的复杂景象。要深入理解这种“歌唱”和“表演文学”的历史文化内涵和意义，不仅要将其放在文化史的宏观背景下，也有必要通过他不同阶段创作歌曲的模仿与创新实例细节来进一步探讨。这种分析不仅有助于揭示鲍勃·迪伦作品的艺术价值，也能反映出他如何通过音乐与时代对话，成为文化变迁的见证者和推动者。

① 肖恩·威伦茨. 鲍勃·迪伦与美国时代［M］. 刘怀昭，译. 北京：中国政法大学出版社，2018：53.

② 肖恩·威伦茨. 鲍勃·迪伦与美国时代［M］. 刘怀昭，译. 北京：中国政法大学出版社，2018：380-381.

第一章　民权首作：《埃米特·蒂尔之死》

1962年初，鲍勃·迪伦以六年前发生的真实事件“蒂尔私刑案”为蓝本，改编创作了《埃米特·蒂尔之死》（*The Death Of Emmett Till*，以下简称《蒂尔之死》）。自此，鲍勃·迪伦走上了抨击时事和捍卫民权的道路。可以说，《蒂尔之死》是鲍勃·迪伦歌曲创作生涯的一个转折点。但鲍勃·迪伦本人对这首歌曲的感情十分复杂，众多评论家对这首歌曲的评价也都非常耐人寻味，让人颇有雾里看花之感。

《蒂尔之死》发布后，鲍勃·迪伦首次接受采访谈到这首歌曲时，向大众否认了该作品为民谣，改称其为当代歌曲。1962年4月，鲍勃·迪伦在访谈会上再次提及此作品，并倾情演绎了三首歌曲，《蒂尔之死》与其代表作《随风飘荡》均在其中。相较论及《随风飘荡》时的轻描淡写，鲍勃·迪伦在谈及《蒂尔之死》时详尽地将曲调、选材和感受逐一表达①，足见其对后者的重视程度。但此后，他却开始贬低这一作品并拒绝将其公开发表②。1964年，鲍勃·迪伦重新解释了此歌的创作过程，他说当时使用第一人称是

① BURGERJ. Dylan on Dylan：Interviews and encounters［M］. Chicago：Chicago Review Press，2018：38.

② MARQUSEEM. Wicked messenger：Bob Dylan and the 1960s［M］. New York：Seven Stories Press，2005：41

为了代受害者蒂尔发声，时过境迁，他只想表达自己的感受。① 在后面的艺术生涯里，鲍勃·迪伦减少了这首歌的演唱频次，致使它日益为人们所忽视。另外，尽管鲍勃·迪伦早在 1962 年初就已完成创作，并登台演唱过，但直到 2010 年这首歌才被正式推出。②

根据以往普遍的研究观点，鲍勃·迪伦在不同阶段对《蒂尔之死》的评价存在显著差异，这一现象本身既矛盾又引人深思。然而，国内外的评论家们似乎对《蒂尔之死》的关注并不热切。60 年代末以来，国外学界对鲍勃·迪伦及其作品的研究不断拓展深入，研究至今可谓硕果累累。国内学界自 1996 年正式开始鲍勃·迪伦研究，但大多聚焦于《随风飘荡》《大雨将至》《像一颗滚石》等表现对象模糊的歌曲，而较少关注鲍勃·迪伦早期对具体时事进行精准表现的歌曲，而关于第一首抗议歌曲《蒂尔之死》的研究甚至还未正式展开。即便有所提及，也仅是寥寥数语，作为其他主体内容论述的附带点缀。

直到 2001 年，才有撰写鲍勃·迪伦传记的作家重新关注这首歌，挖掘《蒂尔之死》在鲍勃·迪伦创作生涯中的重要性。英国传记作家霍华德·桑恩斯称此歌为鲍勃·迪伦的第一首抗议歌曲，并指出正是它和其他原创歌曲的诞生拉开了鲍勃·迪伦音乐事业的序幕。③ 而其他传记作家只有在谈到鲍勃·迪伦为纪念南方民权活动家梅加·艾弗斯（Medgar Evers）之死而创作的《只是游戏中的一颗棋子》时才会提及《蒂尔之死》，认为这两首歌是鲍勃·迪伦不同时期的民权书写代表作。④ 2009 年，著名鲍勃·迪伦研究者、英国作家克林顿·海林将《蒂尔之死》视为鲍勃·迪伦早期最重要的歌曲之

---

① COTTJ. Bob Dylan：The essential interviews ［M］. New York：Wenner Books，2006：26.

② MARGOTINP，GUESDONJ. Bob Dylan all the songs：The story behind every track ［M］. New York：Black Dog & Leventhal，2015：191.

③ SOUNESH. Down the highway：The life of Bob Dylan ［M］. New York：Grove Press，2011：88.

④ MARQUSEEM. Wicked messenger：Bob Dylan and the 1960s ［M］. New York：Seven Stories Press，2005：80.

一，认为正是它使鲍勃·迪伦遭受了创作歌曲带来的心理创伤。虽然据鲍勃·迪伦解释，只因当时资料易得，他才写下了这个陌生人的故事，但在传记作家眼中，《蒂尔之死》是鲍勃·迪伦出于社会责任进行创作的发端。[①] 2011 年，在谈到《随风飘荡》这一里程碑式作品时，传记作家安迪·吉尔也论及《蒂尔之死》，并将其归为“简单的时事歌曲”，称之为“激起社会良知的叙事戏剧”。[②]

尽管《蒂尔之死》意义特殊，布满谜语，鲍勃·迪伦以及众多评论家在不同情境下纷纷赋予它不同的情感倾向和不同的研究价值。但毫无疑问的是，《蒂尔之死》是一首民权作品，开创了鲍勃·迪伦抨击时事和捍卫民权的道路。深入了解鲍勃·迪伦创作该歌曲所处的时代背景、社会环境以及个人经历，能够帮助我们理解鲍勃·迪伦捍卫种族平等和社会正义的永恒追求，探秘鲍勃·迪伦历年来创作的政治歌曲作品中伏脉千里的传承与更迭。

第一节　旧闻新感，激发创作

《蒂尔之死》改编于著名的“蒂尔私刑案”，其歌词内容具有时代烙印和现实意义。解读《蒂尔之死》的原型故事，剖析鲍勃·迪伦创作此歌曲所处的社会环境、时代特征，结合鲍勃·迪伦个人经历，推测鲍勃·迪伦选取蒂尔私刑案作为呼吁民权与正义的因由，将方便我们以多元视角对鲍勃·迪伦理想主义情怀进行较为恰切的贴近与审视。

一、《蒂尔之死》与蒂尔私刑案

蒂尔私刑案发生于 1955 年 8 月 24 日晚。当夜，来自芝加哥的黑人少年

① HEYLINC. Revolution in the air：The songs of Bob Dylan，1957—1973［M］. London：Constable & Robinson Ltd，2009：72-73.

② GILLA. Bob Dylan：Stories behind the songs 1962—1969［M］. London：Carlton Books，2011：22.

埃米特·蒂尔在一家南方小镇的零售店购买糖果时，将钱币放到女店主手中。为掩饰小儿麻痹症导致的结巴带来的尴尬，他在离开时吹了口哨（一说吹口哨是为了称赞女店主的美貌），这一事件在小镇上被传播成了“口哨丑闻”。两天后，店主罗伊得知此事后，将之视为对其妻子的调情与猥亵，于凌晨伙同两位帮凶绑走并虐杀了蒂尔。尽管他们辩称是因为蒂尔对白人女性吹口哨和进行肢体侵犯，但事实上蒂尔并不懂南部腹地的规矩。蒂尔的母亲玛蜜在得知噩耗后，悲痛欲绝，随即在梅加·艾弗斯的帮助下，通过北方黑人主导的报社和电视台向全国揭露了南方种族主义至上虐杀者的恶行。最终，嫌犯落网，面临法律的制裁。1955 年 9 月 6 日，无数黑人聚集在法庭外，期盼着能亲眼见证白人虐杀者被定罪。但他们再一次陷入悲痛，因为法院最终宣判嫌犯无罪释放。

蒂尔私刑案的惨剧在当时引起了巨大轰动，即便时间流逝，仍然令无数人无法释怀。2022 年 3 月 29 日，拜登总统正式签署通过了《埃米特·蒂尔反私刑法》——作为美国首部联邦反私刑法，它以个人名字命名，首次在联邦法律中将“私刑”列为仇恨犯罪。[①] 由此可见，当年的蒂尔惨遭白人私刑处死案已成为美国种族问题史上的里程碑性事件。事实上，在今天的我们看来，《蒂尔之死》背后的案件虽然发生在六十多年前，但其作为美国 60 年代黑人民权运动的导火线，从发生之日起至今，以新闻报道、回忆录、歌曲、戏剧、纪录片等各种方式记录的艺术创作不绝如缕。

二十世纪五六十年代围绕蒂尔案件创作的歌曲中，早期较为有名的就有乔比·亨特利作词，兰斯顿演唱的《金钱镇·密西西比布鲁斯》、艾伦·克雷默作词，克莱德·阿普尔顿谱曲的《为埃米特·蒂尔而作的布鲁斯》、比尔布雷夫人作词，兰伯特和克罗瑟斯演唱的《埃米特·蒂尔之死》等。其中，50 年代以来关于蒂尔私刑案代表性抗议歌曲则是鲍勃·迪伦于 1962 年

① BURGERJ. Dylan on Dylan：Interviews and encounters［M］. Chicago：Chicago Review Press，2018：38.

的同名歌曲《埃米特·蒂尔之死》。歌曲分为七个小节，朴实的歌词还原了蒂尔私刑案的全过程。歌曲叙事依次从蒂尔之死转移到案件庭审，再到嫌犯被宣告无罪释放，然后把问题抛向听众，沉重压抑的气氛贯穿始终，流露出对种族不平等的抗议，以及对非裔美国人这一族群悲惨遭遇的深切同情。

二、20 世纪 60 年代的社会环境与时代特征

蒂尔私刑案发生于动荡不安的 20 世纪 60 年代，沾染了浓厚的 60 年代民权运动的色彩。在蒂尔私刑案之后，蒙哥马利公交车抵制事件、小石城事件和静坐示威运动等重大民权事件也如火如荼地进行。这些事件为黑人提供了媒体舆论方面的话语权，也为鲍勃·迪伦的创作提供了政治基础。在左翼倾向的影响下，鲍勃·迪伦真切同情黑人，关注民权运动，自然而然地注意到六年前发生的"蒂尔私刑案"，并以此为原型创作歌曲《蒂尔之死》。为了深入理解鲍勃·迪伦在其民权音乐作品中蕴含的复杂情感与态度，我们必须对 20 世纪 60 年代的社会环境与时代特征有一个大概认知。

（一）社会环境

20 世纪 60 年代是一个社会变革、政治动荡和文化巨变的时期，是一个令人惊叹，让无数人为之着迷的时代，同时也是一个充满了抗议与反叛的多事之秋。这一时期不仅是社会变革的高峰，更是文化革新的萌发之时。种族平等和人权成为激烈讨论的焦点，民权运动风起云涌，推动了美国在法律、社会和文化层面上的深刻变革。

虽然反对种族歧视的民权运动在美国取得了一些积极的成就，但在南方执行的过程中仍然阻力重重。1956 年初，密西西比、南卡罗来纳、佐治亚和弗吉尼亚的州长们呼吁南方各州宣布联邦政府无权禁止种族隔离，并要求它们"用恰当的语言谴责中央政府侵犯这几个州及其人民的主权。"① 其中，密

① SOUNESH. Down the highway：The life of Bob Dylan［M］. New York：Grove Press，2011.

西西比、佐治亚和弗吉尼亚三州还通过了这种表示异议的决定。在当时的南方，黑人不仅被迫接受经济制裁，而且对来自白人的暴力行为往往无力对抗，这些暴力行为一度达到恐怖的程度。南方有些州甚至不会对杀害黑人的白人判处惩罚。与此同时，反文化运动蓬勃发展，音乐、文学和艺术成为表达抗议、呼吁和平的重要载体。在这个剧变的时代背景之下，民权运动、越南战争、冷战与太空竞赛、女性主义运动、文化变革与反文化运动、科技大爆炸似乎全都熔为一炉。鲍勃·迪伦等音乐人身处时代的漩涡之中，无一能够完全彻底逃脱时代的大环境。他们中的绝大多数人都曾走上街头，用独创的音乐为普通民众的正义、自由、公平奔走呼号，试图传达最纯粹最可贵的美好愿景。正如鲍勃·迪伦的缪斯女神苏西所言，“言论制造了音乐，音乐又制造了言论”，鼓舞着他们“走上街头，要民权，反核弹，反越战。”①

（二）时代特征

20世纪60年代无疑是一个极具浪漫、自由且充满了一种理想化氛围的时代，吸引着无数人心向往之。在这一背景下，60年代不仅是政治和社会运动的热潮期，也是文化和艺术的丰饶时节。艺术方面，60年代的最显著特征是对民权运动的强烈表达和广泛传播，这一时期的艺术形式多样且绝对自由。音乐家、诗人、画家和电影制作人通过各自的作品表达他们对自由、平等和爱的追求。鲍勃·迪伦的歌曲《随风飘荡》和《时代正在改变》不仅成为民权运动的颂歌，也跨越时代激励着无数人。琼·贝兹、皮特·西格等音乐家用他们的音符和歌词赋予抗议者们力量。除此之外，安迪·沃霍尔的流行艺术和杰克逊·波洛克的抽象表现主义也在这个时期达到了高峰，象征着对主流文化和传统艺术形式的反叛。通过电视、报纸和新兴的摇滚音乐电台，艺术家们的声音被更广泛地传播，他们的作品成为大众文化的一部分，推动社会变革。

---

① 苏西·罗托洛. 放任自流的时光［M］. 陈震，译. 北京：光明日报出版社，2017：361。

置身于波涛汹涌的60年代，每个人都感到有权利选择自己独特的生活方式与艺术形式。有些人走上街头，为自由和民权抗争，他们的行动深刻改变了美国乃至世界的历史进程。这些抗议者并不是孤军奋战，他们得到了许多同情者和支持者的响应，在不知不觉间，整个社会开始发生质变。1963年，马丁·路德·金在华盛顿大游行活动中发表的《我有一个梦想》演讲，通过电视传达到千家万户，激励了无数人为正义和平等而斗争。黑人获得了更多的政治话语权：不仅是舆论的支持，60年代的黑人也通过自己的努力在政治、文化和社会领域中获得了更多的话语权。黑人社区开始涌现出更多的政治领导人，他们在各个层面上为民权运动保驾护航。

总体而言，60年代的自由和理想主义不仅体现在艺术和政治运动中，也体现在人们的日常生活中。这是一个实验性的时代，人们探索着新的生活方式和世界观。从反战运动到环境保护，从女性解放运动到反文化运动，处处涌动着革新与思考的浪潮。弗洛伊德、存在主义和东方哲学影响了年轻一代，他们追求心灵自由和社会公正，尝试着打破旧有的观念和桎梏。60年代的自由精神不仅是一种态度，也是一种行动，它深刻地塑造了当时和未来的社会文化。无论是街头抗议者、音乐家、艺术家，还是普通市民，他们共同构成了这个多姿多彩、充满活力和平等追求的时代图景。在这一波澜壮阔的社会变革中，人们的思想和行动都焕发出前所未有的活力和创造力，每一个敢于追求梦想的人都成了这个伟大时代中的重要一员。

最终，20世纪60年代成了美国历史上的光辉岁月，其影响力远远超越了那个时代本身，成了后世不断追寻和回望的自由与理想的象征。

三、鲍勃·迪伦与民权运动的不解之缘

鲍勃·迪伦出生在一个中产阶级犹太家庭，成长于明尼苏达州的一个矿工小镇。镇里的犹太人群体经常处于被边缘化的境地，这使鲍勃·迪伦对黑人的处境感同身受。传记作家罗伯特·谢尔顿认为，鲍勃·迪伦天生就对黑

人奴隶的后裔有亲近感。[①] 童年时期的鲍勃·迪伦被深夜播放的布鲁斯电台节目吸引，尤其喜爱“兄弟话匣子”的唱片。出于对黑人音乐的喜爱，鲍勃·迪伦对非裔美国人非常友好，展现了其平等意识。[②]

鲍勃·迪伦的偶像民谣教父伍迪·格斯里、民谣歌手戴夫·莫顿以及其女友苏西均是左翼知识分子，这些人促使他参加了“争取民族平等大会”和“向华盛顿进军”游行活动。格斯里对鲍勃·迪伦的影响颇大，他的歌词类似嬉皮士或流浪汉的口语表达，不乏蹩脚的语法，但文风质朴，真实再现了底层人民的生活和个人的流浪经历。鲍勃·迪伦在双子城读大学期间，经常去“十点学者”咖啡馆听莫顿等民谣音乐人的现场演唱。1960 年 2 月阿肯色州学校爆炸事件和同年 4 月密西西比州非裔美国人枪杀案，促使莫顿用民谣旋律和个人抒情手法来表达政治观点，这不仅和格斯里的创作手法如出一辙，还是鲍勃·迪伦最早在现实中接触到的此类创作手法，促使他关注民谣创作中的反种族主义表达。这就可以解释为何鲍勃·迪伦会在早期创作一系列与黑人、民权运动息息相关的作品。此外，鲍勃·迪伦在跟苏西交往后，开始反对核武器和战争，支持民权运动，积极参与“争取民族平等大会”的活动，并配合进行公益演唱。民权主题的歌曲创作既是由鲍勃·迪伦种族平等的观念所推动，也是苏西的政治热情促推的结果。鲍勃·迪伦平等地看待不同族群，甚至出于孩童时期对布鲁斯音乐和爵士乐的喜爱，他对非裔美国人表现出敬重之情。[③] 因此，鲍勃·迪伦自视为蒂尔，为“争取民族平等大会”创作，在此过程中，他感到困惑、痛苦，最后幡然醒悟，走上了社会抗议写作之路。

---

① SHELTONR. No direction home: The life and music of Bob Dylan [M]. London: Omnibus Press, 2011: 44.

② SOUNESH. Down the highway: The life of Bob Dylan [M]. New York: Grove Press, 2011: 29-31.

③ HEYLINC. Revolution in the air: The songs of Bob Dylan, 1957—1973 [M]. London: Constable & Robinson Ltd, 2009: 147-148.

受民谣复兴运动的影响，鲍勃·迪伦“为悠久的书面诗歌传统找回了更为古老的口头文学的仪式性表达”①。鲍勃·迪伦在纽约时，民谣音乐在格林尼治村广为流行，这与肯尼迪对种族问题的关注及南方泛滥的种族冲突有关。鲍勃·迪伦从蒂尔私刑案开始，迈出了反种族主义实践的第一步。民谣运动与民权运动都要求复兴宪法，并与美国共产党追求的“美国精神”“人民阵线”和罗斯福新政带来的艺术复兴息息相关。许多为民发声的艺术家，如格斯里、黑人歌星“铅肚皮”等公开反对种族主义、资本主义和官僚主义，崇尚宪法所倡导的平等、自由和公正精神。“铅肚皮”和格斯里分别是鲍勃·迪伦童年时期和青年时期创作生涯的领路人，他们所传递的左翼知识分子价值观也贯穿了鲍勃·迪伦的创作始终。民谣复兴运动中格斯里等民谣艺术家为鲍勃·迪伦推介了种族平等的价值观，引导他同情蒂尔并为之写歌发声。

四、《蒂尔之死》创作因由

鲍勃·迪伦选择蒂尔私刑案作为创作缘起，原因复杂多样。蒂尔私刑案不仅是一起触目惊心的个案，更是民权运动的导火索，具有强烈的象征意义。这起悲剧不仅仅震惊了黑人社区，也同样震撼了北方的白人和整个美国社会。当罗莎·帕克斯（Rosa Parks）看到《捷特杂志》（*Jet Magazine*）上蒂尔尸体的惨状时，她哭泣并感到恶心，这种情绪不仅源于同胞的痛苦，也激发了她无畏的抗争精神。这种强烈的视觉冲击与心理反应成为她后来在公交车上拒绝让座的重要心理因素之一。

首先，回顾民谣一贯的平民立场，可以发现，民谣强调的是以小见大和“介入者意识”。作为一种音乐形式，民谣致力于反映普通人的生活和挣扎，通过个人和家庭的故事揭示更广泛的社会问题。蒂尔作为个体，其悲惨遭遇更易于听众代入其中，比大规模的历史事件更能引起共鸣。民谣不仅是一种

① 于雷. 鲍勃·迪伦. 仪式性与口头文学［J］. 外国文学，2017（5）：58.

音乐风格，更是一种社会文化现象，它力求为无声者发声。从这个角度看，埃米特·蒂尔的故事如同一面镜子，揭示了种族主义本质的丑恶和无情。鲍勃·迪伦正是通过这种“介入者意识”设身处地地自视为蒂尔，从这个小人物的视角入手，引发更深层次的反思和抗议。蒂尔的年少和北方普通青少年的身份，使这个故事更加触目惊心和令人同情。

其次，鲍勃·迪伦的选择也出于对南方白人滥杀无辜黑人现象的痛恨。鲍勃·迪伦在歌曲《蒂尔之死》的第二节中写道：“他们说有正当的理由，但我不记得是什么……”这句歌词实际上是在嘲笑南方白人的荒谬辩解。他进一步表达说，他宁愿活在两极对立的世界里，因为只有在这样的世界里才存在着“抗议不公”和“不抗议则支持不公”的两种情况。这种两极对立并不是简单的二元论，而是一种深切的道德立场，即面对明显的不公，沉默本身就是一种默许和纵容。

最后，通过创作《蒂尔之死》这样的歌曲，鲍勃·迪伦将音乐艺术与社会批判紧密结合，赋予音乐更多的社会责任和历史使命。鲍勃·迪伦不仅是一个音乐家，更是一个社会运动的参与者和见证者。他通过音乐不仅为埃米特·蒂尔这样的受害者发声，也为更多无名无姓的被压迫者伸张正义。他的作品跨越了音乐的界限，成为一种强有力的社会评论，引发公众的深思和行动。鲍勃·迪伦对蒂尔私刑案的关注和创作，反映了这一时代艺术家们的社会责任感和道德勇气。通过个人故事揭示时代问题，鲍勃·迪伦不仅记录了历史，也推动了历史的进程。正是这种对正义的不懈追求，使得鲍勃·迪伦和他的作品不仅在音乐史上具有重要地位，更在社会和文化变革中留下了深刻的印记。

通过《蒂尔之死》等作品，鲍勃·迪伦巧妙地将音乐艺术与社会批判融为一体，为音乐注入了深远的社会责任和历史使命。他超越了音乐家的单一身份，成了社会运动的积极参与者和时代变迁的见证者。迪伦用音乐为埃米特·蒂尔等受害者发出了强有力的声音，为无数无声的被压迫者争取正义。

他的作品不仅拓宽了音乐的边界，更转化为了一种深刻的社会评论工具，激发了公众的反思和行动。迪伦对蒂尔私刑案的深刻关注和艺术创作，展现了他作为艺术家的社会责任感和道德勇气。通过讲述个体的故事来反映普遍的时代问题，迪伦不仅记录了历史的瞬间，更促进了社会的进步。

正是他对正义的坚定追求，使得鲍勃·迪伦及其作品在音乐史上占据了不可磨灭的地位，并在社会和文化的变革中留下了难以磨灭的印记。迪伦的音乐和诗歌成了推动社会前行的力量，证明了艺术在促进社会正义和文化变革中的巨大潜力。

第二节　始于历史，接续未来

《蒂尔之死》，这首歌曲改编自撼动美国的埃米特·蒂尔私刑案，其歌词深刻地印刻着那个时代的印记和对现实的深刻反思。通过深入探究这首歌曲背后的故事，我们可以揭示鲍勃·迪伦创作时所面临的社会背景和时代精神。同时，将迪伦的个人历程融入考量，有助于我们揣摩他选择以蒂尔私刑案为素材，来唤起公众对民权和正义的呼声的深层原因。这不仅是对一个悲剧的文学再现，更是对那个时代社会不公和法律缺失的强烈抗议。《蒂尔之死》让我们得以从多维视角审视鲍勃·迪伦的理想主义情感，感受他如何以其音乐和诗歌，为争取平等和公正发声。通过这首歌，迪伦不仅向世人展示了他对社会正义的执着追求，也表达了他对于艺术与社会责任相融合的坚定信念。

一、身份演变

《蒂尔之死》对鲍勃·迪伦而言，不仅是他投身民权运动和反战运动的起点，也是他以独立创作者的身份在民谣界崭露头角的标志。这首歌曲不仅彰显了迪伦在文艺作品中体现社会共识的卓越才能，更凸显了他为社会组织，如“争取民族平等大会”，贡献力量的无畏精神。与同一时期反映纽约流浪生活的《说说纽约》《流浪赌徒威利》《站在公路边》不同，也与探讨资本家贪婪本性的《谈熊山野餐惨案蓝调》有所区别，《蒂尔之死》独特地表现了左翼种族政治立场，是一首真正具有时代意义的歌曲。它对迪伦在创作动机、题材和方向上的明确与提升，具有变革性的历史意义。

然而，这种转变也引发了迪伦对个人创作动机纯粹性的深刻反思，导致《蒂尔之死》在他两次接受采访后被搁置一旁。不纯粹的创作动机以及歌曲带来的“思想创伤”，或许是迪伦对这首歌曲百感交集的根本原因。尽管如此，《蒂尔之死》所引发的“思想创伤”并未阻碍迪伦在创作道路上的前行。出于对社会公正的深切关注，迪伦开始致力于记录、表现并“预言”时代的变迁。他的作品在内容上愈发多元，在形式上趋于丰富。与他后期那些含蓄内敛或激进“左倾”的作品相比，《蒂尔之死》是迪伦初次面对“思想创伤”的创作尝试，其表达方式显得较为直接，可能不够完美。但不可否认的是，《蒂尔之死》是迪伦音乐生涯中的一个重要里程碑，标志着他的艺术与政治觉醒。

通过这首歌，我们可以更全面地理解迪伦的身份演变。这种艺术成长过程，既揭示了他从单纯的叙事式创作逐步转向更为复杂的艺术表达，也展现了他在追求艺术纯粹性和担当社会责任之间转变身份的艰难平衡。《蒂尔之死》不仅是迪伦音乐旅程的一个关键节点，更是他艺术探索和社会责任意识的一次重要体现。

二、创作转折

《蒂尔之死》无疑是鲍勃·迪伦创作生涯中的一个关键转折点。它标志着他的创作视野从关注单一事件扩展到了探究事件背后的深层次原因。迪伦开始采用更为委婉和含蓄的表达方式，用细腻的场景描写来取代直接的情感宣泄。例如，在 1963 年发行的歌曲《牛津镇》中，迪伦不再像在《蒂尔之死》中那样按时间顺序叙述案情，而是反复告诫人们“别去牛津镇”，将听众的注意力引向了牛津镇上警察与黑人激烈对抗的场景。在《只是游戏中的一颗棋子》中，他没有直接谴责谋杀蒂尔的暴徒和宣告他们无罪的陪审团，而是巧妙地将批判的焦点对准了那些宣扬种族主义的政客和社会秩序的维护者。

与《蒂尔之死》中直接谴责旁观者、陪审团和凶手的方式不同，在《海蒂·卡罗尔寂寞地死去》中，迪伦通过对比凶手和受害者的身份差异来强调判决的不公。他运用各种暗喻和意象，引导听众自行领悟歌曲的深层含义。在其他作品中，迪伦也常常采用模糊而委婉的手法来描述历史事实，这些丰富的意象在潜移默化中影响着听众的判断。这种艺术手法不仅展示了鲍勃·迪伦创作的多样性和深度，也使他的思想能够以更为隐晦的方式传递给观众和听众。尤为重要的是，自《蒂尔之死》之后，迪伦的创作手法明显受到了阿伦·卡普兰的思想影响。据肖恩·威伦茨的研究，迪伦在前往纽约追随伍迪·格思里的过程中，接触到了卡普兰的文化遗产。卡普兰不仅对民谣复兴运动产生了深远影响，也直接影响了迪伦。迪伦不仅继承了卡普兰和格什里的左翼立场，还传承了卡普兰在音乐中融合政治、爱与偷窃等创作主题，这影响了他后期的政治立场选择。[①] 在创作《蒂尔之死》后，迪伦逐渐摆脱了单纯对公平正义的追求，不再美化历史，而是开始以朦胧化、抽象化和哲学化的方式来叙述历史，这显然深受卡普兰风格转变的影响。

因而，我们认为，《蒂尔之死》不仅标志着鲍勃·迪伦创作主题和表达方式的重大转变，也代表了他在艺术表现和思想传递上的升华。通过运用更为含蓄的手法，迪伦为观众提供了多重解读的可能性，使其作品具备了更深层次的思想内涵和艺术价值。这种转变不仅反映了鲍勃·迪伦个人的艺术成长和风格演变，也彰显了他在社会与历史语境中的独特地位和深远影响。

---

① 肖恩·威伦茨. 鲍勃·迪伦与美国时代［M］. 刘怀昭，译. 北京：中国政法大学出版社，2018：52-54.

三、诗意深化

鲍勃·迪伦的音乐作品深刻地体现了美国神话的精髓，这与他个人的经历和探索方式紧密相连。他那不羁的漂泊生活，刻印着美国历史和文化的核心。在歌词创作中，迪伦巧妙地运用了典故、改写和戏拟等文学手法，既继承了文学传统，又对其进行了创新和发展，创造了一种独特的诗意想象。这不仅丰富了文学经典的内涵，也拓宽了诗歌的表现力。①

尽管不是所有歌词创作都会面对社会公正与历史真实性的统一难题，但鲍勃·迪伦的《蒂尔之死》无疑体现了他作为艺术家所做出的选择，这正是他早期作品中理想主义倾向的一个缩影。这首歌曲并非纯粹的历史记载，而是渗透了艺术的再创造，促使听众深思历史事实与艺术文本之间的复杂联系——在权力话语主导的历史叙述中，真相往往被意识形态、政治霸权和主流舆论等元素所掩盖，导致文本与历史的真实性不再一一对应。

在歌词中，为了强调密西西比州白人对黑人生命的冷漠及其根深蒂固的种族歧视，鲍勃·迪伦刻意描绘了一个在“笑声”中发生的悲剧场景，而谷仓内部则上演着令人发指的暴行。这种叙述方式不仅反映了迪伦在艺术表现上的深思熟虑，也可能受到了当时新闻报道的某些误导。通过这样的表达，迪伦不仅揭示了艺术与历史文本在权力话语影响下的呈现局限，更为听众提供了一个新的视角，去思考公正、正义与真相之间的复杂关系。迪伦的这种创作手法，既挑战了传统历史叙述的权威性，也丰富了艺术表达的深度和广度。他的作品成了探索历史真实与艺术想象交汇点的典范，鼓励人们在欣赏艺术的同时，不忘对背后的社会问题进行深入的思考和质疑。

在福柯哲学的熏陶下，新历史主义者视文本为历史的组成部分，认为历史中保存的文本是通向历史深处的桥梁，让我们得以窥见并理解历史的真貌。

① 刘岩. 流浪与追寻：鲍勃·迪伦的诗意想象［J］. 外国文学，2017（6）：58.

因此，他们倾向于重视社会纪实的文本，而不是那些经过艺术加工的作品。在这个大众媒体繁荣、个性表达多样化的时代，民众对抗权力的斗争被分散到多个领域，而反叛的可能性常常被政治人物、记者和陪审团等权力机构所抑制。这些斗争的合法性往往在后来的历史叙述中被抹去，那些遭受私刑的受害者需要新的历史叙述者来恢复他们的名誉。

受到话语制约的文本，是倾向于理想主义并进行艺术化的正义表达，还是坚持历史纪实的立场？是选择“说好话”以迎合某些势力，还是“说真话”以揭示真相？鲍勃·迪伦在音乐创作中的转变和选择，为当代民谣创作者提供了深刻的启示。他的音乐和歌词，不仅反映了个人的艺术追求，也体现了对社会现实的深刻洞察和批判，鼓励创作者在艺术与历史之间寻找平衡，用作品传达真实的声音，为被边缘化的声音争取应有的位置。

在中外民谣艺术领域，艺术家们在选取特定历史事件作为创作素材时，常常遭遇类似的挑战。他们作为社会良心的代言人和民间声音的承载者，在话语权力和文化霸权的双重夹击下，往往难以抉择是否说出“赤裸裸的真相”。因此，他们创作的歌词很少能够像史书和传记那样，担负起记录历史的责任。尽管鲍勃·迪伦肩负起了社会责任，但学术界依然难以将他的作品视为严肃的历史文献，即便他作为民谣歌手代表普通人发声，这也并不自然赋予其记载以历史的权威性。

不难理解，为何在创作了《蒂尔之死》之后，鲍勃·迪伦改变了他的创作路径，不再局限于对历史的直接记录或艺术化加工，而是转向对历史事件本身的哲学思考和抗议表达。在《蒂尔之死》中，迪伦的艺术手法和质朴语言并未立即获得应有的重视。因此，他的历史书写开始从直接为公平正义发声并对历史事实进行适度艺术加工，转向更为含蓄、内敛且抽象的哲学思考，从历史的缝隙中挖掘深层的意义。这种转变不仅满足了对历史真实性的追求，还赋予了作品更深刻的诗意和内涵，使迪伦的艺术创作和思想探索达到了新的高度。通过深入挖掘政治法律体系中潜藏的种族主义（如在《只是游戏中的一颗棋子》中所示），以及细致观察不同种族在经济和政治上的差异（如在《海蒂·卡罗尔寂寞地死去》中所揭示），迪伦的作品在哲学深度和社会洞察力方面得到了显著拓展。

通过有意识地深化其作品的诗意，鲍勃·迪伦在历史与现实的交织中揭示了更为丰富的维度和深刻的哲学思考，这让他不仅在民谣创作领域获得了更多的尊重和认可，而且赢得了广泛的赞誉。迪伦的作品超越了音乐的范畴，成了思想深邃的艺术创作，为后来的民谣创作者提供了宝贵的启示和灵感。

总而言之，《蒂尔之死》这部作品深刻地映射出鲍勃·迪伦对社会公正与正义（理想主义）与历史记录（现实主义）这一复杂矛盾的深入思考。这首歌曲不仅是迪伦对公平与正义不懈追求的艺术化表达，更标志着他的创作理念从早期的情感释放逐步过渡到严谨的历史记录，成为他创作历程中的一个里程碑。通过这部作品，鲍勃·迪伦开始探索在艺术表达与历史真实之间找到平衡点，同时展现了他创作逐渐成熟的轨迹。因此，迪伦不仅成了那个时代的文化象征，更为现代艺术创作贡献了丰富的思想资源。他的创作历程和艺术思考不仅在其音乐作品中得到了充分的体现，也在更广阔的文化背景中留下了深刻的影响和持久的印记。

第二章　打破传统：《像一块滚石》

鲍勃·迪伦是美国60年代最火热的民谣歌手之一。乐评人张有待曾言，“如果你不知道鲍勃·迪伦，就没有资格提到‘民谣’这两个字。”在鲍勃·迪伦经久不衰的音乐生涯里，他创作出了众多脍炙人口的民谣摇滚歌曲。其中，收录于专辑《重回61号公路》的《像一块滚石》，是音乐发展史上影响深远的作品，堪称开创了民谣摇滚新时代的经典之作，美国《滚石》音乐杂志将其评为“任何时代最伟大的五百首歌曲”的第一名。从内涵来说，这部作品最能体现鲍勃·迪伦的人生态度，即从安稳的、无意义的生活出走，永不停息，永不安于现状。并且，这首歌曲发行于1965年鲍勃·迪伦从民谣向摇滚转型之际，是他首次将电吉他运用到音乐表演中的民谣摇滚作品，对他的音乐生涯来说意义重大，也对美国文艺界，乃至世界文艺意义重大。在《像一块滚石》发表两年后的1967年，美国《滚石》音乐杂志诞生；1975年中国台湾也创办了一本名为《滚石》的杂志，后来演变为著名的滚石唱片公司，培养出了罗大佑、齐秦、窦唯、唐朝乐队、黑豹乐队等民谣、摇滚歌手，对于中国当代流行音乐发展产生了巨大影响。

不可否认，《像一块滚石》拥有长盛不衰，享誉中外的文化韧性和蓬勃生命力，但国内外众多学者似乎有意无意地在研究中忽视了这一点。即便有时将目光投向《像一块滚石》的文化意义研究，但大多数时候并不作为主体叙述对象。

纵观国外关于这首歌曲的重要研究，系统梳理后，我们可以发现，研究者主要聚焦于歌曲本身的鉴赏以及歌曲创作背景的介绍分析等。如剑桥大学出版的《剑桥鲍勃·迪伦手册》，其中第十二章《重回 61 号公路》中对《像一块滚石》的主题、创作背景、歌词内涵等作了简单的解读。而《空气中的革命：鲍勃·迪伦的歌曲》（*Revolution in the Air*：*The Songs of Bob Dylan*）是一部从文学的视角解读鲍勃·迪伦的优秀作品，从歌词、旋律、创作背景等方面详尽介绍了鲍勃·迪伦 1957 到 1973 年间创作歌曲。该作品第 148 首即声名远扬的《像一块滚石》。这一部分作者搜集了鲍勃·迪伦创作这首歌时的手稿、一些采访等资料详细地介绍这首歌的创作背景和创作过程，也通过鲍勃·迪伦本人的叙述让我们了解到了鲍勃·迪伦对于这首歌曲的情感态度，让众多鲍勃·迪伦研究者们更好地了解到了这首歌曲的幕后信息。迈克尔·戴利（Michael Daley）的论文《声乐表演与语音语调：鲍勃·迪伦的“像一块滚石”》从音乐性方面引用《像一块滚石》的歌词，运用了韩礼德（Michael Halliday）的语言学方法理论，具体分析了鲍勃·迪伦在这首歌曲中音色、韵脚、停顿、语音语调、音节节奏等方面的处理，向我们展示了音色、语音、语调在一首歌词的意义传达和情感表达中的巨大作用。① 纵观国外关于《像一块滚石》现有的研究成果，我们可以发现，大多数研究者还只是把《像一块滚石》当作一首歌曲，对于其创作背景、现场表演、语音语调等方面进行研究，而较少应用文学艺术批评的方法，系统性地对其进行语言艺术的专门解析。国内的相关性研究更少，且大部分是随笔性文章，缺乏专门性研究，文学性研究则更为稀缺。

《重访 61 号公路》是鲍勃·迪伦所有作品中极具思想性和艺术性的一部

---

① MICHAEL DALEY. Vocal Performance and Speech Intonation：Bob Dylan's "Like A Rolling Stone" [J]. Oral Tradition，22/1 (2007)：84-98.

专辑，而《像一块滚石》又是这部专辑中最脍炙人口、影响最大的一首歌曲。作为一部影响深远的作品，其学术研究成果的匮乏程度让人感到惊讶。毋庸置疑，这样一首经典之作值得我们进行一个完整、详细地研究。而如今，虽然国际上对鲍勃·迪伦的研究数量较多，角度新颖，已经形成了比较系统性的研究成果，但是“他们所关注的是鲍勃·迪伦诗歌的功能和影响，而不是歌词本身作为诗歌的成就”[①]。而国内的研究开始得较晚，数量比国外较少，研究角度零散未形成完整的体系，并且还没有对《像一块滚石》这首歌曲的歌词艺术特色的专门研究。因此，如今我们对鲍勃·迪伦的经典歌曲《像一块滚石》进行文学性分析，并由此探讨该歌曲打破传统的意义，不仅能够深化我们对鲍勃·迪伦作品的理解，拓宽相关研究的视野，还可以让我们深入领悟鲍勃·迪伦的音乐作为一种艺术形式，如何在社会文化中发生作用，并持续影响后来的时代。为了揭示《像一块滚石》的文学性价值和其在音乐与社会文化中的重要意义，发掘这首歌曲在叙事维度上的独特魅力，笔者拟利用叙事学的理论和方法，对其进行详细分析。通过这一分析，我们希望不仅能够解读鲍勃·迪伦如何通过叙事手法构建歌曲的内容和内涵，更能探讨这些叙事情节和细节描述如何反映作者打破传统、质疑权威的精神，从而为我们理解这首伟大作品提供一个更加系统、详细的视角。

第一节　歌词语言：雅俗共赏的风格

20世纪初，叙事学在西方悄然兴起，历经一个多世纪的发展，至今已形成完备的理论体系。叙事学旨在通过对文本的框架结构、叙事方式、叙事手法等方面的深入研究，为叙事文本提供理论支持，是对叙事文本的综合性、系统性研究。尽管叙事理论内容纷繁复杂，流派众多，但叙事语言、叙事视

---

① 肖祥. 鲍勃·迪伦歌词的叙事艺术［J］. 华中学术，2021，13（3）：179-187.

角、叙事结构和叙事主题始终是研究叙事作品的重要方面。在《像一块滚石》的叙述语言方面，鲍勃·迪伦注重音韵节奏，使用了尾韵、行间韵和反复，使得歌曲回环往复、韵味无穷；使用日常化的语言，把深刻的道理隐藏在平时质朴的语句中，让歌曲通俗易懂的同时又意味深长。明喻的使用，把抽象的“寂寞小姐”的人生命运比作一颗滚动的石头，生动形象地表现了这位“寂寞小姐”命运的波折。多种意象的灵活运用，让歌曲意蕴丰富、富有内涵。

一、音乐化

“真正的诗，在最显著的意义上，都是音乐的。”① 诗歌语言的音乐性是其区别于其他文学体裁的显著特征。鲍勃·迪伦的歌曲作品由于其本身同时是配乐演唱的歌词，其音乐性特征更加显著。而语言的音乐性与语言的音韵密切相关。韵律的使用能够使得字音和字义取得相得益彰的效果，增强诗歌语言的感染力。英语诗歌的韵律可以根据单词中对不同部分的音素的重复而分成不同的种类，最常见的有头韵（alliteration）、尾韵（rhyme）、行间韵（行内韵）（internal rhyme）和谐元韵（assonance）。根据《牛津高阶英汉双解词典》，押韵是指单词或音节之间声音的相同，尤其是在诗行的末尾，如“day”和“away”；“visit”“is”和“it”；“puff”和“rough”。尾韵，是诗歌行与行之间在行末出现词尾规律重复的押韵形式。使用尾韵可以增强语言的节奏感，增强气势，突出诗歌的音韵美，提升语言的表现力和感染力，帮助作者表达和烘托情感。鲍勃·迪伦强调音律和节奏，注重诗歌和音乐的关系。如《像一块滚石》中对尾韵的运用：

诗歌中的第一小节，一、二两句押尾韵 about-out [aut]，后两句押尾韵 loud-proud [aud]：

---

① 朱谦之. 中国音乐文学史 [M]. 上海：商务印书馆，1935：12。

you used to laugh about

everybody that was hangin' out

now you don't talk so loud

now you don't seem so proud

（你惯于嘲笑那些

外出闲逛的家伙

现在你说话不那么高声了吧

现在你不显得那样高傲了吧）

诗歌第三小节的五六句，押尾韵 compromise–realize［ʌɪz］：

you said you'd never compromise

with the mystery tramp, but now you realize

（你说你永远不会妥协

向那些神叨叨的流浪汉低头，但如今你意识到）

诗歌第五小节的五六七八句，连续四句押尾韵 diplomat–cat–that–at［æt］：

you used to ride on the chrome horse with your diplomat

who carried on his shoulder a siamese cat

ain't it hard when you discover that

he really wasn't where it's at

（你习惯和你的外交官骑那匹镀铬的马

他肩头还扛着一只暹罗猫

你发现这一点，是不是特别难受

他真的并不处在核心位置）

诗歌第七小节的五六句，押尾韵 amused–used［juːzd］：

you used to be so amused

at napoleon in rags and the language that he used

（你过去嘲笑拿破仑的

褴褛衣衫和寒碜谈吐）

诗歌最后一小节，这一小节重复三次，分别于第二、四、六小节重复出现，这一小节最后两句押尾韵 U

unknown-stone [oʊn]：

like a complete unknown

like a rolling stone

（像个彻头彻尾的无人认识者

像一块滚石?）

《像一块滚石》中尾韵的使用，让整首歌朗朗上口，增强了语言的感染力，优化了歌曲的听觉效果。同时加强了作者对"寂寞小姐"遭遇的嘲弄之情，进一步揭示了当时美国中产阶级生活的荒唐和虚无。

行内韵是指一行内有符合押韵规则的两个或者更多的词。大多数的诗歌作品习惯于使用尾韵增强词句节奏感。但有时我们会发现，有时诗行中间会出现一个或几个词与该诗行末尾的词押韵，这就是行内韵或者称为行间韵。行内韵的使用可以协助尾韵来一起增强诗句的节奏感，渲染作者强烈的感情，使诗歌带有回环往复的效果，提高表意效果。

Once upon a time, you dressed so fine

（曾几何时你衣着那样光鲜）

You threw the bums a dime in your prime

（志得意满中随手扔硬币给乞丐）

People'd call, say, "Beware doll, you're bound to fall."

（有人警告说，"小心点姑娘，你定会堕落。"）

You never turned around to see the frowns on the jugglers and the clowns

（你从不曾转身看杂耍人和小丑皱起的眉头）

You never understood that it ain't no good

（你从来不明白这样不对头）

princess on the steeple and all the pretty people

（高塔上的公主啊，所有时髦人物）

You used to be so amused

（你过去嘲笑的）

以上都是《像一块滚石》中存在的行内韵的例子，一方面，行内韵提高了这首歌曲的美学价值，增强了它的节奏感，使得其易背易诵，再配以旋律，便于传唱和记忆。另一方面，鲍勃·迪伦对行内韵的灵活使用帮助他表达了对“寂寞小姐”从高塔跌落的强烈奚落之情，对以“寂寞小姐”为代表的中产阶级的嘲讽。

除了用韵以外，诗歌的音乐性还来自重复这一修辞手法的运用。诗歌的音乐之美往往源自其内在的重复性，正是这种重复赋予了音乐以生命力。无论是字词的反复吟唱，诗句的循环往复，还是整个段落结构的再现，甚至是同一主题在不同变奏中的持续回响，这些重复元素共同编织出音乐的和谐与韵律。字句重复可以营造良好的听觉效果、增强气势。“重复”（repetition），亦称为“重申”或“反复陈述”（reiteration），指的是在文本中对某个词汇、短语或句子的多次运用。作为修辞手法的一种，它属于结构上的修辞格（syntactical stylistic devices）。通过重复，作者能够传达出强烈的情感，迫切地发出呼唤，强化其观点，阐释深邃的道理。此外，“重复”常与其他修辞技巧相结合，以创造出富有韵律感的句子结构，进而达到对特定事物进行强调的修辞效果。这种技巧广泛见于诗歌、散文、小说、演讲和政治论述等多种文体之中。从格式上，“重复”可以分为紧接反复（immediate repetition）和间隔反复（intermittent repetition）。“紧接反复”顾名思义即进行反复的部分紧紧相连。“间隔反复”即进行反复的部分被其他词、句、段落隔开。“间隔反复”中对词语、句子的反复又可以分为首语反复（anaphora）、尾语反复（epiphora）、同句首尾反复（epanalepsis）、首末重复（framing）、顶真（anadiplosis)、首末同时重复（symploce)、逆转反复（antistrophe)、同义词、近义词反复（tautology)。从内容上，“重复”可分为“隐性反复”和“显性反复”“显性反复”主要包括诗节、诗行、词语的反复。而本章研究对象《像一块滚石》使用了诗节的“显性反复”“间隔反复”和“首语反复”。

反复自古以来就是诗歌中常运用的修辞手法，它能使诗歌格式更加整齐，增强韵律感，增强语气，抒发作者强烈感情。《像一块滚石》一共有八个小节，鲍勃·迪伦运用反复的手法，把“感觉如何/感觉如何/找不到回家的方向/像个彻头彻尾的无人认识者/像一块滚石”于诗歌的第二、四、六小节间隔重复了三次。同时这一小节的最后两句都是以“like a”开头，属于首语反复。一方面，《像一块滚石》首先是一首歌曲，作为一首歌的歌词，它比一般的诗歌更需要富有韵律，便于记忆，适合配合曲子吟唱，那么使用反复的手法将同一个小节间隔地放入整首歌曲中，能够使其达到回环往复的效果。另一方面，“感觉如何/感觉如何/找不到回家的方向/像个彻头彻尾的无人认识者/像一块滚石”是整首歌的点睛之笔。鲍勃·迪伦通过这一小节，表面上是对故事中的“寂寞小姐”进行嘲弄，实质上“感觉如何”就好似在质问听这首歌的人们，这种命运突转的感觉怎么样。这首歌曲创作发行于 20 世纪 60 年代，二战后的美国既强大又繁荣，但有一段时间，它也充满困扰和对未来的不确定性。这一小节正好表达出了那一代美国青年的孤独迷茫的群体感受，而回环反复的吟唱将这种无家可归的孤独感深深地传达给了读者。

二、日常化

在这首歌中，鲍勃·迪伦歌词创作艺术的日常化特征主要体现在呼语的使用和用词的简单上。

国外学者将“呼语”（apostrophe）解释成“一个可用可不用的元素，通常是名词短语，表示句子所指的一个人或多个人”。中国学者将“呼语”定义为用来引起受话者注意或者强调发话者与受话者之间关系的直接称呼语。

其多由名词短语充当、附着于句子或话语上面或者单独出现。语言学家Levinson、Quirky等把呼语划分为“呼唤语”（call或summonses）和“称呼语”（addresses）两大类。呼唤语主要是用来引起受话者的注意，多放在句首。文学作品中呼语的使用为作者抒发感情创造了一个对象，有利于增强作品的感染力、表现力。

据鲍勃·迪伦传记作家克林顿·海林记载，鲍勃·迪伦曾说，“每当我写歌，就像在写小说。”① 他的很多歌曲叙述性非常强。《像一块滚石》在叙述中使用第二人称“you”，将整首歌曲变得像是作者对“寂寞小姐”单方面的独白。一方面，呼语“you”的使用配以时态的变化将娇小姐落难的整个故事叙述得非常清楚，将她落难前后心理、行为变化过程描绘得生动形象，例如：“You thought”“You used to”“Now you”“You've gone to”“You said”。并且这些句子用词非常生活化、日常化，不难理解，便于各个文化阶层的人们共同欣赏。另一方面，呼语的使用表达了作者强烈的情感，“感觉如何……像一块滚石”。虽然没有直接出现“You”，但是经过仔细思考可以发现这一小节的逻辑受话者仍然是第二人称呼语“you”，而这一小节的出现使得作者对“寂寞小姐”嘲讽、奚落之情更加强烈，表面上对“寂寞小姐”进行质问，实际上是对当时听这首歌曲的中产阶级青年发问，感情强烈，发人深思。

鲍勃·迪伦歌词日常化的另一个特点是用词的简单。最佳叙事文本是那些赋予读者自主权，让他们自行决定哪些要点最为关键，哪些细节具有深远影响，以及哪些内容将在他们的记忆中长久留存的文本。比起使用各种华丽的辞藻和文法，一个叙述者更重要的是如何正确地、恰当地传达自己的思想，讲好一个故事。古往今来优秀的作家、诗人往往能够化繁为简，传达想要传达的，突出想要突出的。也正因为他们在叙述中抛弃了所有矫饰，他们作品

① HEYLIN CLITON. Revolution in the Air: The Songs of Bob Dylan, 1957—1973 [M]. Chicago Review Press, 2009: 239.

中的核心思想才能够在人们的记忆中长久留存、影响深远。鲍勃·迪伦的歌词作品一向以行文自由、表达直白著称，他的歌词作品，没有晦涩难懂的词汇，不会让人觉得不知所云，他总是用朴实无华的口语贴近读者，通过带有讽刺意味的话语来展现其深邃的思想内涵。鲍勃·迪伦的语言直白、质朴，没有多余的矫饰，他的创作题材来自生活、社会中真实发生的事件，他总是写自己的眼中所见、耳中所闻，表达自己对社会、人生的思考。这种直白、日常化叙述语言的使用并不意味着鲍勃·迪伦歌词作品文学性的欠缺，而是形成了鲍勃·迪伦独特的诗歌语言艺术。诺贝尔颁奖词也表达了对鲍勃·迪伦歌词独特文学性和魅力的赞扬：“不为歌颂永恒，只在叙述我们的日常，好似德尔斐的神谕正在向我们播报着晚间新闻。”①

在《像一块滚石》中，鲍勃·迪伦选用我们日常生活中经常使用的词语，全篇几乎没有一个生僻词汇，这就使得他的歌曲受众面非常广。鲍勃·迪伦使用第二人称“you”，好似与那位“寂寞小姐”对话。不仅在歌词中使用反问、疑问句，还多次使用状语从句、宾语从句、定语从句，而我们知道诗歌受限于韵律和格式，这些句式在诗歌中的大量使用是比较少见的。例如：“你习惯和你的外交官骑那匹镀铬的马/他肩头还扛着一只暹罗猫”“他真的并不处在核心位置/在他从你这儿把一切能偷的都拿走之后”。这些长句直白通俗，表意丰富，鲍勃·迪伦通过对其灵活使用，将“寂寞小姐”的故事清晰地传达给大众，进而帮助他传达隐藏在故事后面的情感和思想。

三、生动化

鲍勃·迪伦创作歌曲除了注重语言日常化、通俗易懂外，他还经常使用明喻和各种意象，使歌词形象生动。

（一）明喻

明喻是一种常见的修辞手法，通过比喻词将两个具有相似特征的事物连

① 瑞典文学院，2016 年诺贝尔文学奖颁奖词，https：//www. jianshu. com/p/778df014a5ae.

接起来，从而突出这两者之间的相似性，使表达更加生动形象。明喻通常用“像”“如”“似”等词，将我们熟悉的事物与目标描述对象进行对比，从而增加读者或听众的理解和感受。如《白雪公主》中的“白雪公主就像一朵雪莲花”：这里用“像”这个比喻词，将白雪公主的纯洁无瑕比作雪莲花，使得公主的形象更加具体、生动。

在鲍勃·迪伦的《像一块滚石》中，歌名则使用了明喻的修辞手法，把“寂寞小姐”无家可归、无处可去，不得不流浪的状态比作一块滚动的石头，使听众仿佛能直接看到并感受那种追寻与流浪的不安定状态。如此生动形象的譬喻，精妙表达了“寂寞小姐”在家道中落之后的凄凉、迷茫和无助，从而揭示出物质的东西随时可能消失的残酷真相。借此，这首歌向青年人传达了深刻的人生哲理——即使这一秒拥有一切，下一秒也可能一无所有，只有精神上的富足才能永远伴随灵魂。歌名“像一块滚石”，其实也在无意中告诫青年人永远不要被安稳、优渥的物质生活同质化，要永远挑战自己、丰富自己，永远“在路上”。

（二）意象

意象是指一种通过具体的事物来寄托自己对社会生活的理解的写作手法。任何描绘，若要真实反映对象，必须捕捉其核心特征；然而，若过分细致地描绘每一个微小细节，结果往往显得生硬而缺乏生动感。使用典型意象可以用来刻画原物的主要特征，又不会因为过度描摹显得呆板。意象是一种艺术形式，它通过象征或荒谬的手法来传达深层的哲学思想，旨在触及人类理性的边界，从而成为艺术的典型代表。通过古往今来许多文学艺术家对意象的使用，文学艺术领域已经形成了比较约定俗成的意象使用规则。比如，在西方“玫瑰”是爱情的象征，一系列文学作品中对玫瑰意象的使用使这种规则慢慢形成，罗伯特·彭斯的《一朵红红的玫瑰》把玫瑰比作诗人的爱人，一位青春洋溢的、美丽的少女。王尔德的《夜莺与玫瑰》里面玫瑰象征着夜莺对年轻人心甘情愿地、付出所有的爱。安东尼·德·圣埃克苏佩里《小王子》中的玫瑰象征着忧伤而又美丽的爱情。不仅是西方，中国文学艺术更是擅长意象的使用。例如“杜鹃”象征悲伤，哀切；“杨柳”“江水”象征离别；“月亮”“红豆”象征相思等。

在鲍勃·迪伦的《像一块滚石》中，典型意象有“滚石”“铬镀宝马”“暹罗猫”等。鲍勃·迪伦机智地选择使用几个典型意象，花较少的笔墨，最大程度生动形象地刻画“寂寞小姐”的形象。例如，“滚石”在西方文化中象征着流浪汉、身无分文的人或物。鲍勃·迪伦使用这个意象，渲染了一种孤苦伶仃的氛围，突出“寂寞小姐”一无所有、无家可归的凄凉之感。另一方面，滚石既代表一无所有，也象征自由。西方有一句谚语：“滚石不生苔”，这就意味着，“寂寞小姐”虽然突遇变故，变得一无所有，必须流浪、漂泊，但是同时她也得到了一个机会，一个离开日复一日循规蹈矩、没有灵魂生活的机会。“苔”既是物质财富，也是束缚，挣脱束缚的“寂寞小姐”在日后的生活中能有一个更广阔的天地供她寻找生活的真谛。而“暹罗猫”等意象则是用来表现“寂寞小姐”从前生活的富裕优渥。[①] 鲍勃·迪伦在这首歌曲中对明喻和多种意象的灵活运用，使得这样一首篇幅不算太长的歌曲内容丰富、意蕴深远。

《像一块滚石》不仅是民谣摇滚的开山之作，也是叙事语言艺术的典范。歌曲通过独特的语言表达和叙事技巧，呈现出鲍勃·迪伦对于社会现实与个体命运的深刻洞察。鲍勃·迪伦运用生动的隐喻、鲜明的意象和富于层次的语言，营造出一种既具文学性又极具感染力的叙事氛围。歌曲的歌词不仅是一种对现实的描述，更是对听众心灵的直击，引发深思。通过对《像一块滚石》的语言运用进行详细分析，可以发现鲍勃·迪伦巧妙地融合了日常语言与诗意表达，使这首歌不仅具有高度的文学价值，也能广泛触动听众的心弦。

① 注：“暹罗猫”是原产于泰国暹罗的世界著名短毛猫，19世纪之前，仅有泰国的皇宫和大寺院里饲养有这种暹罗猫。而在20世纪60年代的美国，饲养一只暹罗猫是人身份地位尊贵的象征。诗歌中的“寂寞小姐”拥有一只暹罗猫，这显示了她家境优渥。

他的语言既直白而有力，又富于变化和多义性，使得整首歌曲在表达个人和社会反思的过程中，具有了强烈的艺术张力和叙事深度。

第二节　叙事艺术：故事背后的手法

故事不仅仅是情节的简单拼接，它们背后蕴藏着深刻的叙事艺术。这些艺术手法不仅使故事中的人物形象生动鲜活，而且赋予故事更深层的意义和情感共鸣。叙事艺术通过结构、视角等多种手段，将作者的思想与读者的心灵紧密相连，引导读者穿越时空，领略不同文化与情感世界的绚丽多姿。

在《像一块滚石》中，鲍勃·迪伦使用了零聚焦的叙述视角，超越有限视角时间和空间的限制，通过对其过去和现在生活状态的对比描写，对“寂寞小姐”的故事作出了客观的叙述；运用第二人称，提高读者参与性，激发读者广泛共鸣，增强了诗歌感染力。在情节结构上，鲍勃·迪伦也运用对比，把“寂寞小姐”前后生活状态进行对照，突出她经历变故之大，点出命运无常、风水轮流转的道理，同时也反映60年代美国青年内心深处对中产阶级价值观合理性的怀疑；采用留白的手法，未直接说明“寂寞小姐”未来的发展，揭示出人生充满无限可能的道理。本节将以叙述视角和叙事结构为切入点，探讨构筑《像一块滚石》精彩叙事的内在技巧，以揭示鲍勃·迪伦在歌曲中娓娓道来动人故事背后，那些精巧布局与巧妙构思的艺术魅力。

一、叙事视角

叙述视角也称为叙述聚焦，是指叙述语言中对故事内容进行观察和讲述的特定角度。无论何时叙述事件，总需从特定的视角进行描绘，选择一个观察点，即采用特定的观察方式和角度来看待事物，这适用于无论是真实的历史事件还是虚构的历史情境。

（一）零聚焦

不同派别的文学批评家对叙述视角有不同的分类。新批评学派布鲁克斯和沃伦把视角（focus of narration）分为四类：第一人称主人公叙述，第一人称旁观叙述，全知叙述和作者旁观叙述。法国文学评论家热奈特用“聚焦（focalization）”代替了“视角（point of view）”这一术语，并将其分为三类：零聚焦、内聚焦和外聚焦。北京大学申丹教授将视角分为三类：无限制型视角（即全知叙述）、内视角、第一人称外视角、第三人称外视角。综合以上观点，将叙述视角分为零聚焦、内聚焦和外聚焦。由是观之，《像一块滚石》中使用的是零聚焦。零聚焦又称为非聚焦，这是一种全知全能的视角，叙述者似乎无处不在、无所不知，就像上帝一样旁观着审视一切，所以这种叙述视角也被称作上帝视角。在使用这种叙述视角的文本中，作者置身局外，洞察人物和事件的全过程，不受时空限制，其优点是叙述者可以凌驾于整个故事之上，洞悉一切，随时随地对人物的思想和行为作出解释和评价。叙述者在整个叙事文本中并未出现，同故事中的人物和事件没有任何关系，但是他对于故事主人公“寂寞小姐”无所不知，既知道她过去是生活在怎样富足优渥的环境中“上着最好的学校”“衣着光鲜”，也知道她现在经历了变故，穷困潦倒，必须“硬着头皮在街上讨生活”。也就是通过这种零聚焦的叙述视角，鲍勃·迪伦向我们娓娓道来了《像一块滚石》这首歌曲的主角——“寂寞小姐”的故事。

德国文学理论家伊瑟尔曾说：“形式是艺术家表现才能的方法，是他描写人和事件，描写历史和现实的技巧和能力的个人特征，使其成为读者在自己时代中获得的美学和道德上的经验。”① 优秀的艺术家必须善于把自己的故事和精神内核通过一个恰当的形式完整准确地传达给大众。鲍勃·迪伦善于

① 沃尔夫冈·伊瑟尔. 本文与读者的交互作用［M］//张廷琛. 接受理论. 成都：四川文艺出版社，1989：167.

使用零聚焦的叙述视角，他的很多叙事歌曲使用零聚焦叙述视角取得了巨大成功，例如《只是棋局里的一枚棋子》《埃米特·蒂尔之死》《海蒂·卡罗尔孤独地死去》，而这些歌曲都有一个共同点，即故事情节在整首歌中至关重要。在这一类重情节的叙事歌中选用零聚焦的叙述视角与这种视角本身的优势密切相关，零聚焦，采用一种上帝似的视角，对事件作出全知全能的叙述，不会刻意对读者隐藏信息，比较能够客观全面地展现事件真实情况，适合用于人物众多、线索纷繁、内容复杂的作品。零聚焦的视角可以突破单个人物看待事情不完整、不全面的限制，贯穿时空，向读者展示主人公完整的人生经历。并且通过零聚焦的叙述视角，叙述者可以在叙述中穿插自己对人物、情节的情感、态度和看法。

在《像一块滚石》中，作者对于主人公“寂寞小姐”一开始是持嘲讽的态度，如果说一开始把旧日生活优渥与现今贫穷落魄做对比，把旧日对待穷人趾高气扬与现今低声下气做对比是对“寂寞小姐”暗暗的讽刺，那么在歌中反复出现的“感觉如何/感觉如何/找不到回家的方向/像个彻头彻尾的无人认识者/像一块滚石”就是直接嘲讽。用零聚焦的视角讲述了一个由上流社会跌至底层社会的姑娘的故事，针对60年代美国中产阶级生活的虚无，揭示了物质上的应有尽有可能化为泡沫而变得一无所有，只有放下安稳的、空虚的、僵化的生活现状，才能真正找到生活的意义和真谛，就像歌中写的“当你什么也没有，也就没什么可失去；你现在是个隐形人，没啥秘密要保护”。鲍勃·迪伦认为，脱离父辈提供的优渥的经济条件，可能会使我们居无定所、孑然一身，但也正是因为我们已经一无所有，才不会害怕失去，才能挣脱主流文化和价值观的束缚，克服内心的孤独和空虚，按自己的意志选择人生道路。

（二）第二人称

叙述人称是叙述中人称代词的变化形式。按照叙述主体的不同，可以分为第一人称、第二人称和第三人称。我们非常熟悉第一人称和第三人称叙事。

第三人称在各种叙事文本中应用得最为广泛，其次是第一人称。但第二人称叙事却是一个比较陌生、富有争议的叙事人称类型。有人认为根本不存在第二人称叙事，所谓的第二人称叙事，只是逻辑上的第一人称或者第三人称叙事，人们只能根据是“局中人”还是“局外人”的标准去判断是属于第一人称叙述还是第三人称叙述。本章认为存在第二人称叙述的情况，并且并非叙述中出现“你”就属于第二人称叙述，而是只有当叙述者向受述者讲述受述者的故事时才是第二人称叙述。戴维·赫尔曼也支持第二人称的存在，他在《故事逻辑》中把第二人称叙述中五种不同的“你”系统地区分开来。

（1）具有普遍性的非人格化的“你”

（2）虚构指涉（指涉第二人称叙述者/主人公/叙述接受者——在第二人称叙述中，这三者往往为同一个“你”）

（3）“横向”虚构称呼（故事内人物之间的称呼）

（4）“纵向”现实称呼（称呼故事外的读者）

（5）双重指向性的“你”（同时指涉故事里的人物和故事外的读者）

依据戴维·赫尔曼对第二人称的观点和分类，并且认为本章研究对象《像一块滚石》第二人称叙述中的“你”属于上述第（5）种情况，“你”既指代“寂寞小姐”也指代故事外的读者——20 世纪 60 年代的中产阶级美国青年们。鲍勃·迪伦从诗歌开头便使用第二人称“你”，帮故事的主人公也就是“寂寞小姐”回忆她过去家道还未中落时的日常生活，以及那时她对待别人的态度。然后再描绘她如今生活的现状，如今对待他人的态度，两相对比，提出质问“感觉如何/孤身一人/找不到回家的方向/像一块滚石?”表达了鲍勃·迪伦对“寂寞小姐”激烈的嘲讽和奚落。[①] 鲍勃·迪伦在用第二人称指涉“寂寞小姐”的同时，故事外的读者——20 世纪 60 年代中产阶级的

① 值得注意，此处也没有“你”这个词出现，但是其逻辑叙述的接受者依旧是第二人称“你”。

美国青年们与“寂寞小姐”有着同样的心理感受。他们与寂寞有着类似的生活背景，熟悉诗歌中这种在优渥的物质条件下空虚的感觉。虽然鲍勃·迪伦没有明说此处的“你”也可以是千万正读此诗歌的读者，但读者觉得“你”是在说自己。于是这就非常容易引起读者的反思，使这首歌产生较大的社会反响，这也是鲍勃·迪伦叙述的成功之处。

二、叙事结构

叙事结构是叙事的一种框架结构，通过这种框架结构，故事得以展现给读者。它包括叙事作品内容的组织、安排等方面，例如词组结构、句型结构、段落安排等。创作者可以利用各种叙事结构的不同特点，汲取各种叙事手法的优势，选取最适合自己作品的叙事方式，达到最好的效果。

（一）对比

英语中“对比”（contrast）是一种表现力颇强的常用修辞手法，它将两个相反的事物或者同一事物的正、反两面并列在一起，使之相互衬托，形成鲜明对照，更加突出表现事物的本质。在文学创作中，作者经常运用这种手法，充分展现事物的矛盾，增强表达的艺术效果和感染力。鲍勃·迪伦善于运用对比的手法，这首歌词中出现两组对比。在第一组对比中，鲍勃·迪伦为我们描绘了“寂寞小姐”从前生活的荣华富贵、光鲜亮丽以及如今处境的一无所有、无人问津。鲍勃·迪伦把“寂寞小姐”前后生活条件做对比，突出了命运的无常，告诫正养尊处优的人们风水轮流转的道理。而后在第二组对比中，鲍勃·迪伦笔锋一转，又在我们的眼前呈现出这样的反转：“寂寞小姐”从前对优渥的条件不屑一顾、对生活在底层的人们蔑视嘲讽，而现在的她经历了人生的变故，懂得了生活的艰辛，不再目中无人、骄横放纵。有趣的是，鲍勃·迪伦别具匠心设置的这两组对比本身也是彼此的观照。对比“寂寞小姐”生活环境与生活态度颠倒后的千差万别，读者似乎从中体会到了某种讽刺性的意味。

通过这两组对比，鲍勃·迪伦表达了对中产阶级生活不屑一顾甚至批判性的怀疑态度。鲍勃·迪伦生活在60年代的美国，此时的美国多种社会运动盛行，其中反文化运动是60年代最具代表性的社会运动之一。反主流文化代表了一种生活态度的革新。它鼓励人们以自制为前提，去探索兴奋、开拓幻境，并享受多样化的快乐形式。这场运动发生在20世纪60年代，以反叛青年为主体，以反对遵从资本主义理性文化道德法规、文化意识和价值观念为特色。20世纪60年代是美国社会的转型期，工业社会正在向后工业社会过渡。社会物质财富迅速积累，人的精神生活却越发贫瘠，工业技术和机器越来越成为社会生产中的决定因素，人无法在工作中实现自我发展和自我实现。同时，经济增长与环境和能源的矛盾问题、失业问题、越南战争、古巴导弹危机、国内日益升级的种族问题等等这些问题让一批青年人开始对社会主流文化和价值观产生怀疑，他们开始尝试逃离，寻求一个理想世界。于是反文化运动应运而生。青年们对当时社会现状失望，不愿再在僵化呆板的生活中消磨自己。于是他们倡导人们关注环境、妇女和有色人种的处境等问题，反对以中产阶级主流价值观为指导，渴望去除一切束缚，过一种随心所欲的生活。一方面，鲍勃·迪伦深受反文化运动影响，其作品中蕴含大量反文化运动内涵，例如著名的《暴雨将至》《随风飘荡》歌词中蕴含的反战思想正是反文化运动的主张之一。另一方面，鲍勃·迪伦的作品对于这场运动也起到了非常大的推动作用，他的很多作品被当作政治抗议的旗帜。总的来说，鲍勃·迪伦是深受反文化运动影响的一位民谣歌手，虽然他否认自己参与任何一场政治运动，他曾说："据说我替整整一代人发出了声音，但我和这代人基本没什么相似之处，更谈不上了解他们"①，但是他的作品中蕴含了非常多反文化运动内涵，《像一块滚石》即一首蕴含了对中产阶级生活的怀疑的一首非常典型的反文化运动作品。其中鲍勃·迪伦所运用的两组对比表达了对

① Dylan Bob. Chronicles：Volume One［M］. New York：Simon & Schuster，2005：113.

“寂寞小姐”的强烈嘲讽，“几乎人人都知道，鲍勃·迪伦的轻蔑在《像一块滚石》中胀满了，几乎成了喜悦”①。这两组对比的使用是为了批判资产阶级主流文化和价值观，希望青年们如果像“寂寞小姐”一样经历生活的变故，一定要抓住机会摆脱从前刻板虚无的生活。既然得到一个重新开始的机会，就要突破束缚、从安乐却呆板僵化的生活中逃离，寻求一种真正的生活，完成自我的解放和精神的超脱。

（二）留白

留白是中国古典水墨画的一种创作技巧，意为在作品中留下一些空白，给欣赏者留下一些想象空间。后来这种创作手法被广泛应用于诗词、小说、戏剧、影视作品等文学、艺术作品中。留白能够使作品变得简练概括、形神兼备、意境深远，避免元素堆砌产生累赘感，给人们留下更多思考联想的空间，达到四两拨千斤的效果。留白在中国文学中应用的尤其多，例如陶渊明在《桃花源记》里所写的：“南阳刘子骥，高尚士也，闻之，欣然规往。未果，寻病终。后遂无问津者。”作者没有交代刘子骥为什么生病，生了什么病，也没有写出后来的桃花源变成了什么样子，这样一个留白给读者留下疑问，留下一些思考和想象的空间，使读者印象深刻，增强了文章的韵味。还有鲁迅短篇小说《祝福》中留白手法的运用，他在描写祥林嫂的时候写道“然而他是从四叔家出去就成了乞丐的呢，还是先到卫婆子家然后再成为乞丐的呢？那我可不知道。”作者没有把祥林嫂如何落得那般田地的具体处境告诉读者，但是读者可以根据自己的思考，对这永远没有结果的悬念寻找自己的答案。不光中国文学，英语文学作品中也有留白手法的运用。例如，在毛姆的短篇小说《雨》中，毛姆把主人公戴维森塑造成了一个虔诚、高尚、善良、执着的神父形象，让这位神父费心费力拯救了妓女汤普森，可是小说

① 凯文·J. H. 德特马编. 剑桥鲍勃·迪伦手册［M］. 王宇光，译. 北京：中信出版社，2019：198.

的最后却给了戴维森一个惨死海滩的结局。是谁杀了神父？是自杀还是他杀？动机是什么？毛姆没有给出答案，让作品更加耐人寻味，让读者根据自己的理解猜测，让读者对这篇小说印象深刻，从而达成了作者与读者的互动。莎士比亚曾说“一千个读者有一千个哈姆雷特”，当你的作品创作完成之后，你无法控制它会和读者碰撞出怎样的火花，因为读者总是根据他们的人生经验理解作品，而作者要做的就是为读者自主思考提供一些空间，不要让自己的作品过“满”。

在《像一块滚石》里，鲍勃·迪伦也将留白这种艺术手法运用得淋漓尽致。最典型的是鲍勃·迪伦用简短的几句话勾勒出了几个情景，从而为我们讲述“寂寞小姐”落难的故事。从前的她，是一个过着锦衣玉食的生活，从没吃过苦头，不曾经历生活艰辛的娇小姐，而现在的她不得不在大街上讨生活。鲍勃·迪伦没有交代“寂寞小姐”经历了什么变故，没有告诉读者她是如何适应从一个傲娇的小姐到一个底层女孩的身份的转换，而是在描绘“寂寞小姐”从前的生活条件之优越之后，立马交代她现在生活之落魄。在这两个极端之间，鲍勃·迪伦没有给出任何解释，而是留下了意义上的空白——她是经历了怎样的变故，她在经历这一切时的心情如何。所有的这些细节任凭读者想象。正如伊瑟尔所述：“大多数叙述中故事线突然中断，又从另一个视角或者预料之外的方向继续下去，其结果造成意义的空白，有待于读者补充完整，把隔断的部分连接起来。”[①] 此处留下的空白，一方面，限于歌词篇幅，必须行文简洁，节省笔墨；另一方面，留下这些空白等待读者自己作出创造性的补充，推动作者与读者的互动，产生更加深远的艺术效果。然后，为“寂寞小姐”指出生活中的重大变故也许同时是命运给的转机：“一旦一无所有，你就无可失去/你现在没人理，没有秘密要藏”。“寂寞小姐”此后的命运会是怎样，命运帮助她挣脱了原来生活的牢笼后，她是会找到生活的

① 沃尔夫冈·伊瑟尔. 本文与读者的交互作用［M］//张廷琛. 接受理论. 成都：四川文艺出版社，1989：377.

意义，还是会就此沉沦下去，鲍勃·迪伦没有说，这是他留给读者思考的空间。“作为一名艺术家，他的使命是增强人们的意识，而不是安抚他的观众，告诉他们你正在给他们提供现成的真理。这正是赋予这首歌永恒魅力的原因。”① 鲍勃·迪伦使用留白的艺术手法，为读者留下悬念，留下思考的空间，使这首歌曲寓意深刻、余味无穷。结局的留白深刻地反映了人物命运的变化多端，生活充满无限可能，只要生命还未终结，任何事情都可能发生。“寂寞小姐”还非常年轻，她不应该被给出一个固定的结局，就像人们总是带着问题生活。

流行音乐与60年代末期的社会政治理念紧密相通，其文化根源可追溯至反文化运动。主流社会学对反文化运动的解读认为，这一运动主要由白人中产阶级的青少年组成，他们对父辈所主导的社会感到失望，不愿成为社会权力结构的一部分。② 鲍勃·迪伦在《像一块滚石》中给我们展现的是一个落魄的女性，她会永远带着这样或那样的问题，处于一个“在路上”的状态，就像那个时代千千万万的青年人一样。而这种“在路上”的状态正是反文化运动青年们所追寻的一种生活状态，鲍勃·迪伦借“寂寞小姐”的故事表达了自己渴望自由流浪、一直“在路上”的愿望。

第三节 思想主题：反叛与自由的表达

《像一块滚石》自1965年发行以来，已成为摇滚音乐史上不朽的篇章。这首歌不仅以其艺术价值感动了无数听众，还以犀利的歌词和具有象征意义的表达，深刻揭示了反叛与自由这两种人类永恒的主题。本节将结合鲍勃·迪伦本人自由与反叛的精神特质与创作信条，以及《像一块滚石》的

---

① MARGOTIN P & GUESDON JEAN-MICHEL. Bob Dylan All the Songs：The Story Behind Every Track［M］. New York：Black Dog & Leventhal Publishers，2015：52.

② 安迪·班尼特. 流行音乐文化［M］. 曲长亮，译. 北京：北京大学出版社，2012：31。

歌词、音乐特色及其社会背景，分析该歌曲中传达的反叛精神及对自由的探索。

一、鲍勃·迪伦：反叛与自由的滚石

毋庸置疑，如今的鲍勃·迪伦已经成为美国60年代的一个重要文化标志。时隔半个多世纪，他的歌词、他的音乐依旧能让人窥见那个风起云涌时代的一丝风貌，以至于我们似乎能够感受到鲍勃·迪伦与那个时代同频呼吸的节奏。说不清是鲍勃·迪伦沾染了60年代反叛与自由的精神气息，还是鲍勃·迪伦天生的自由与反叛特质将60年代的特点搅动得更加风起云涌。但可以确信的是，鲍勃·迪伦一直是一个“像一块滚石般”，不愿被束缚，不愿停留的艺术流浪者。

他曾扎根于美国语言和美国历史，生活化、具象化地叙述那些关于主义、阶级、左翼、变革的严肃话题，用通俗易懂的语言向我们讲述20世纪60年代美国青年的群体记忆。他也曾给民谣插上电，影响了世界摇滚乐的发展，是无数摇滚爱好者的启蒙老师。在60多年的职业生涯中，鲍勃·迪伦创作出了超过300首音乐作品，其中一些歌词作品的文学价值不断地被大众认可。从80年代受邀参加莫斯科“国际诗歌节”，到2016年获得诺贝尔文学奖，鲍勃·迪伦歌词作品的审美价值一次又一次地得到承认。在悠长的文学、文化历史上，鲍勃·迪伦独树一帜，他把音乐和文学相结合，创造出了既具有音乐性，又富有诗性的作品。诺贝尔文学奖颁奖词如此评价鲍勃·迪伦：“是什么推动了世界文学一次又一次的巨变？通常是每当有人对某种简单的、被贬为低人一等而不被重视的艺术形式善加利用，令它发生了蜕变”。[①] 可以说，鲍勃·迪伦名副其实。鲍勃·迪伦的歌词作品改变了人们对诗歌和歌曲创作的看法，使人们明白了艺术的形式并不是评价艺术优劣的标准，即使是

① 瑞典文学院，2016年诺贝尔文学奖颁奖词，https：//www. jianshu. com/p/778df014a5ae.

歌词也能优美、深刻。鲍勃·迪伦和他的歌曲成为激励一代人前进的旗帜，也成为探寻未来文学发展方向的灯塔，《像一块滚石》即众多灯塔中不可忽视的一座。但是，再有才华的艺术家也会因为时代的局限性、审美的差异性等各种不可避免的原因招致各种谩骂与诋毁，即便光华璀璨如鲍勃·迪伦，也无法例外。

正如哥白尼预见真理的日心说带来无止境的喧嚣与非议，《像一块滚石》飞跃时代的超前性也致使这首歌曲第一次现场演出遭遇意外的滑铁卢。许多不明真相的人愤怒地指责鲍勃·迪伦背叛了民谣。他们"同仇敌忾"，一时间心有灵犀地寻觅到了共同的发难对象，往鲍勃·迪伦以及《像一块滚石》身上大泼脏水。但鲍勃·迪伦显然知道自己在做什么以及必须做什么。"所有真正的艺术都必须是创新性、挑战性、颠覆性、超凡脱俗的，而且最重要的，总是不为世人所理解。"如果可以选择，鲍勃·迪伦也许更喜欢掌声和喝彩。但很显然，在超凡脱俗的音乐追求与迎合大众的鲜花掌声面前，前者对于鲍勃·迪伦更有吸引力。"他似乎完全了解维系事物的旧传统，他必须去打破，坚决彻底地打破这种不合情理的传统，使用一切据说是传统的武器。"① 鲍勃·迪伦从来不是一个循规蹈矩，视传统为金科玉律的人，那是平庸的音乐家才考虑的事儿。鲍勃·迪伦要做的从来都是"像一块滚石"般冲破世俗与传统的束缚，自由尽情地释放音乐创作中的创新活力，标榜鲍勃·迪伦本身的艺术文化意义。

大浪淘沙，真金浮岸。直至后来摇滚乐风靡美国，许多人才惊奇地发现这首歌曲已然成为摇滚音乐历史上一首里程碑式的作品。"很难说在多大程度上，一个像鲍勃·迪伦这样的人物仅仅是顺应了变革的风头，以及多大程度上是他自己纯凭自己的节拍前进和听从自己的内心而煽起了这种风头。"②

---

① 伊恩·贝尔. 曾几何时：鲍勃·迪伦传［M］. 修佳明等，译. 北京：中国人民大学出版社，2017：2-7.

② 莫里斯·迪克斯坦. 伊甸园之门——六十年代的美国文化［M］. 方晓光，译. 南京：译林出版社，2007：199.

但这也许早已成为鲍勃·迪伦意料之中的结果。因为即便他在民谣界的地位以及所做出的开创性成就被人重新认识，他依旧表现得像当初受到指责时那样若无其事，似乎早已料到如此，抑或他完全不在意。但毫无疑问的是，鲍勃·迪伦明白自己有更重要的事情去做，那就是继续开拓音乐表达的版图，臻达更完满更理想的艺术境界。

二、《像一块滚石》：反叛与自由的“传声筒”

《像一块滚石》之所以能够被大众普遍认为是鲍勃·迪伦的经典之作，不仅仅因为它是一段优美的旋律，更因为它是一首反叛与自由的史诗，是当之无愧的追寻真理与解放的“传声筒”。在那个动荡不安、革新频现的年代，这首歌犹如一道耀眼的闪电，照亮了无数渴望摆脱束缚、追求独立和自我的心灵。以下，我们将结合歌词、音乐特色及其社会背景，深入研讨这首歌曲所蕴含的反叛精神与自由意志，并探寻其对个人心灵以及社会进程所产生的深远影响。

（一）反叛的象征与表达

《像一块滚石》的歌词刻画了“寂寞小姐”从高高在上的社会地位跌落至一无所有的心路历程，揭示了她在失去一切后所感受到的孤独与迷茫。鲍勃·迪伦用辛辣而直白的语言勾勒出这位曾经光鲜亮丽、风光无限的女士，在跌入尘埃后的反叛心境。歌曲开篇便直截了当地提问：“感觉如何/孤身一人/找不到回家的方向/像个彻头彻尾的无人认识者/像一块滚石?”这种询问既是对旧有秩序的嘲讽，更是对个人身份与自我认知的挑战。鲍勃·迪伦在歌词中使用了大量的象征手法，将个人的失落与对社会的反叛紧密联系在一起。例如，“找不到回家的方向”和“滚石”等意象，不仅表达了“寂寞小姐”迷茫的精神状态，同时也揭示了她对既有社会规范的反叛。这种反叛并不是破坏性的，而是一种探索和质疑，是追求自由的重要一环。

（二）自由的探索与困惑

在《像一块滚石》中，自由并未呈现为一个最终达到的理想状态，而是一个不断探索和自我认知的过程。歌曲的结尾没有为“寂寞小姐”指明方向，反而让听众感受到一种开放的空间，这正是鲍勃·迪伦对自由复杂性的深刻理解。鲍勃·迪伦的音乐表现手法也加强了这一主题。歌曲长达六分钟，在当时的流行音乐界堪称革命性的创举。通过这种音乐上“反叛”的形式，鲍勃·迪伦挑战了既定的流行音乐长度与结构，向听众传达一种打破束缚、追寻真我的自由精神。音乐与歌词相辅相成，共同构建了一个自由与反叛交织的艺术世界。

（三）社会背景与文化影响

《像一块滚石》反叛与自由主题的强烈表达与其创作的时代背景密不可分。20 世纪 60 年代的美国，正处于社会剧变与文化觉醒的大潮中。民权运动、反战运动、性解放运动等，皆涌现出强烈的反叛与自由追求的呼声。有些白人音乐家也和黑人一样，表示支持民权运动、黑人权力运动。[①] 在这一背景下，鲍勃·迪伦的歌曲不仅是一种个人表达，更是一种社会与文化的反映。《像一块滚石》无疑成了这一时代的代表作，其对反叛与自由的诠释，为一代人带来了精神上的共鸣。鲍勃·迪伦通过揭示个体困惑和对自由的不懈追求，表达了对社会规范与权威的质疑，激励听众勇敢面对内心的挣扎与不安。在那个特定的历史时刻，这首歌如同一道利剑，划开了沉闷的社会表象，释放出对自由渴望的炙热光芒。

综合上述分析，我们可以看到，《像一块滚石》不仅以其深刻的反叛精神和对自由的探索，揭示了个体在社会变革中的心路历程，更彰显了反叛与自由之间的复杂辩证关系。鲍勃·迪伦以他独特的艺术手法，将这一永恒的

---

① 详情参见安迪·班尼特著《流行音乐文化》（曲长亮译，北京大学出版社，2012 年版）第二章“1960 年代的摇滚乐、政治与反文化”，第 29–50 页。

主题深植于听众的心灵，激发了无数人的共鸣和思考。这首歌既是对自由的追寻，也是对反叛的礼赞。它让我们意识到，自由不是一种静态的存在，而是一种在反叛中不断演化的动态过程。正是在这个过程中，个体得以重新认识自我，社会得以不断进步，反叛精神得以延续，成为推动人类前行的不竭动力。

第三章　复调与对话：《坎坷喧嚣的道路》

2020 年 6 月，年近八旬的鲍勃·迪伦发行了获诺奖以来的第一张原创新歌专辑《坎坷喧嚣的道路》（以下简称《坎坷》）①。鲍勃·迪伦在《坎坷》中对死亡主题的书写表现在两个方面：一是如何面对自然死亡；二是如何面对政治刺杀导致的死亡。自此专辑问世以来，其相关新闻报道频频发布，但是严肃的学术研究仍旧阙如。国内仅见一篇题名为《从荷马到鲍勃·迪伦：吟唱的人类历史》的随笔文章，主要论及此专辑中歌词与西方文学经典的互文性关系，但并未集中关注其中突出的死亡主题。

国内歌词学研究学者陆正兰认为，从符号学的角度看，歌词与诗的最大区别在于歌词的主导落在发送者的情感和接收者的反应上，而诗则不同，“诗性即符号的自指性”。歌词即使有很多“诗性”，也不能局限于自指，必须在发送者和接收者之间构成动力性的交流。歌词对“呼唤与应答”而不是本身“自指性”的看重②，让鲍勃·迪伦歌词创作的文本分析工作显得更为重要，因为作者的意愿不会直接表露，而是隐藏在叙事方法和主题的选取中。

---

① 本专辑由索尼音乐娱乐公司公开发行，下文所引其中歌曲的歌名和歌词均出自鲍勃·迪伦网站 http：//www. bobdylan. com/albums/ rough-and-rowdy-ways/，由笔者翻译成中文，下文不再一一标注。

② 陆正兰. 歌词学［M］. 北京：中国社会科学出版社，2007：44-46.

为了让受时间限制的歌曲取得较好的传播效果，歌词要求用一个相对明朗集中的主题，来组织要传达的思想、情感和文辞美感。而主题的呈现，除了通过音乐形式以外，还要依靠叙事方法。同时，歌词本身的对话性特征，又与苏联文艺理论家巴赫金的“复调”理论的核心——“复调式小说世界的‘多声部性’、复调式叙事结构的‘对话性’、复调式艺术思维的反‘独白主义’精神”不谋而合①，歌词由于内在包含“我对你说”的交流结构，在叙事方法上采用复调是天然的选择。鉴于此，本章将借鉴歌词学与复调理论的丰富资源，深入分析《坎坷》专辑歌词中死亡书写的表现形式和深层含义。通过对歌词的详细解读，我们将揭示这首歌曲在传达反叛精神与自由意志方面的独特贡献，并探讨鲍勃·迪伦如何运用复调与对话的艺术手法来构建一个复杂而多层次的文本结构。这种结构不仅反映出他对传统的继承性，更体现出他在艺术创新方面的不懈追求。

第一节　与自我对话：超越自然死亡

一直以来，鲍勃·迪伦都避免以作者的统一意志来支配创作，追求展现“众多的各自独立而不相融合的声音和意识”的效果②。《坎坷》专辑中与自我对话的部分主要包括《我创造的你》《黑骑士》和《缪斯之母》三首歌，它们分别从人的存在形式、死亡的存在形式、生的定义三方面讨论如何超越肉体死亡，从而体现歌者对死亡的态度。从叙述主体上看，这三首歌既可以看作是鲍勃·迪伦内心中不同自我意识之间的对话，也可视为不同叙述者之间的观点交流，层层递进，共同构成了“多声部性”的复调式叙述。三首歌代表的不同声部都具有深刻的独立观点，而鲍勃·迪伦作为歌词的写作者，

① 周启超. 复调［J］. 外国文学，2002（4）：83.

② 米哈伊尔·巴赫金. 陀思妥耶夫斯基诗学问题［M］. 刘虎，译. 北京：中央编译出版社，2010：3.

只是提出问题，并列席于各个声部对这一主题的讨论会中。从这个角度来看，各个声部取得了独立的主体性，能够与作者进行观点交流。

一、《我所创造的你》

《我所创造的你》是一首关于复活与创造的歌，其开篇句明显借鉴自英国作家玛丽·雪莱名篇《弗兰肯斯坦》的原型情节——从停尸间等地方寻找身体器官拼凑造人。第二段中的"我多么希望你去哪里都带着我，不论天上人间"两句，暗示了所谓"创造生命"，其实是试图"起死回生"。接着鲍勃·迪伦在歌词中表明，创造"你"的目的是"把我拯救""扭转历史""为全人类的福祉作贡献"。而在为造物注入灵魂时，他进入地狱，与心理学家弗洛伊德等人的灵魂展开对话。结合下文歌词，鲍勃·迪伦认为这些人的灵魂"合适"且"不朽"，但被当作"人类最著名的敌人"沉入地狱，结合其所运用的反讽手法和"起死回生"的目的，可以推测其对整个人类历史走向不满。至此，听众可以明显感受到歌中蕴含着对人类生存现状的质疑。这首歌虽然没有直接触及个人的死亡，但借复活这个概念探索了个人的死亡及其可能的复活对历史和将来的影响，肯定了死亡之必然性，却又不认为死亡是生命的终点，而是希望改变生命的存在形式，以改变人类历史发展进程。

二、《黑骑士》

在《黑骑士》中，鲍勃·迪伦借歌者之口直接与死神对话。第一段中，他对黑骑士说："你走的这条路，太窄太难了。"最后一句"黑骑士，黑骑士，这份工作，你应该干够了吧"，原文"you' ve been on the job too long"来自收录于专辑《鲍勃·迪伦的格林尼治村：1961 年现场录音》（2011）中一首关于谋杀的传统民谣歌曲《邓肯和布雷迪》，这首歌谣讲述了酒保邓肯枪杀警察布雷迪的故事。此处直接引用歌词原文，暗示歌者试图通过杀死黑骑士来抵消自身死亡。在这首歌中，由于承认了死神的存在，歌者也就间接承认了死亡的必然性。但死神这一拟人化形象的创造，又将死亡和人类的关系从不可抗力对脆弱生命的压迫，变成了势均力敌的两个人之间的博弈，从而部分实现了对死亡的抹杀。

三、《缪斯之母》

《缪斯之母》表达了歌者希望借助自身的艺术创作获得永生的愿望。人终有一死，但作为人类思想的载体，凝固的文本却为死亡书写提供了不朽的可能性①。《缪斯之母》的首段，"众缪斯之母为我歌唱""歌唱荣誉、命运和光荣"及"歌唱过早分离的爱侣/歌唱独自站立的英雄"，显然模仿了古代史诗语言风格和内容。《说文解字》云："史，记事者也；从又持中，中，正也。"②"史"的本意即记事者，由此引申，代表被史官记录的事，也即以文字记载的所有过去之事。历史被记录以为后人所鉴，其生命必然超过记史者，但记史者的观念却随着他的记述方式与历史一起永存。结合专辑主题，鲍勃·迪伦此处选择史诗的叙述形式显然自有深意。在第二段结尾处，歌者明确地为追求艺术事业的不朽发出了请求："缪斯之母,为我歌唱"。最后一节，歌者请求缪斯之母，也就是记忆女神摩涅莫辛涅带他"去河边，释放你的魅力/让我沉浸于你甜美的爱臂/唤醒我，摇晃我，洗清我的罪/隐去我的形象，就像风一样"。在希腊神话中有女神与凡人相恋的故事，如恩底弥翁与月亮女神塞勒涅相恋，其虽因此受罚永远长眠，但可以永葆青春，并每夜与女神在梦中相会。而在基督教传统中，洗礼是洗去原罪的仪式。此处鲍勃·迪伦结合希腊罗马神话和基督教故事，让灵感与艺术创作超越肉体的死亡，得到永生，而其超越死亡途径的合理性建立在对生之定义的改写上。歌者认为，生不必是肉体永存，甚至也不需要保留完整的灵魂，只需艺术作品永久流传。

综上可见，面对自然死亡，鲍勃·迪伦分别尝试了不同的超越方法，这

---

① 任翔. 爱伦·坡的诗歌：书写与死亡的生命沉思［J］. 外国文学研究，2004，26（2）：36.

② 汤可敬. 说文解字今释［M］. 长沙：岳麓书社，1997：419.

些方法均完整独立，表现出他对死亡的深深忧思。与小说等其他形式的复调作品相比，这三首歌受限于其歌曲的形式，虽然收录在同一张专辑内，彼此却相对独立，没有像小说章节一样产生直接的冲突或对立。它们之间虽然通过主题的一致性构成了结构上的对话性效果，但“反独白精神”却比较微弱，留给读者的思考空间要小于接受空间。若结合鲍勃·迪伦生平和他专辑中所收录的《再见吉米·里德》一歌中所作出的暗示，其实可以给出一个比较合理的解释。不论是摇滚乐界还是民谣乐界，音乐家英年早逝的情况都非常普遍。如“猫王”埃尔维斯·普雷斯利终年仅四十二岁，鲍勃·迪伦早年的偶像伍迪·盖瑟瑞在五十五岁时因病去世，鲍勃·迪伦好友吉米·里德常年抱病，于五十一岁去世。多次近距离感受死亡威胁的鲍勃·迪伦创作此专辑歌曲时已近八十岁高龄。纵观以上分析，鲍勃·迪伦虽然对死亡提出了不同的超越方法，但都承认了死亡的必然性。再结合《缪斯之母》中的表述，可见他渴望让自己的思想和艺术作品通过人们的传播和接受达到“永生”的目的。然而，在专辑后三首歌中，这种希望听众接受自己观点的思想却并不突出。在反思系统性暴力时，鲍勃·迪伦反而更强调“抛出问题，引起思考”的模式，尽可能隐藏自己的观点，希望通过多声部的观点表达，引起听众的独立思考。

第二节　他者间对话：反思系统暴力

经过在精神层面对人类自然死亡命运的探索，鲍勃·迪伦最终转向关注现实中的死亡事件。已有论者指出，“不论是书写自己的死亡，还是为他人的死亡代言，鲍勃·迪伦都是在被动接受了‘死亡’这一既定事实（或是注定的前景）的基础上，追问‘死亡’背后的‘罪恶’的审判”[①]。换言之，

① 邝明艳．无所归依的出走——美国20世纪60年代摇滚诗人鲍勃·迪伦的“死亡”哀歌［J］．名作欣赏，2013（20）：109．

鲍勃·迪伦并不是消极被动地面对死亡，而是对其展开积极反思，试图超越死亡对当前生活的限制。在专辑《坎坷》中，歌曲《渡过卢比孔河》《基·韦斯特》与《最肮脏的谋杀》内容上紧密相连，组成“暗杀三部曲”[①]，并形成结构上的对话。其中，《基·韦斯特》内部包含两个平行并置的情节线索，形成复调叙事；《最肮脏的谋杀》则包含了内部结构上的对话与多角色对话构成的多声部性、反独白以及去作者中心地位的反人文精神，最深刻地体现了鲍勃·迪伦死亡书写中的复调精神。

一、《渡过卢比孔河》

《渡过卢比孔河》借用了征服者恺撒渡过卢比孔河征服罗马的典故。恺撒获胜之后，意外死于政权内部的争端，而《基·韦斯特》提到的麦金莱总统也是因刺杀而死。同样，《最肮脏的谋杀》的主线肯尼迪总统刺杀案，也是著名的政治刺杀事件。这种主题上的一致性打破了文本间的隔阂，使三首歌之间产生了对话效果。比如，《渡过卢比孔河》中的主角不断追求自由：“我看见自由洒下的光/我相信那就近在咫尺。”而在《最肮脏的谋杀》中，叙述者却说道：“自由，自由，人们要的自由/我不想告诉你，先生，只有死人才是自由的。”结合渡过卢比孔河后恺撒的遭遇来看，其寓意在于表达追求自由的奋斗可能是无果的。美国学者凯尔·福恩斯曾揭示出鲍勃·迪伦思想中的一个悖论：他认为人类生存的世界是先定的，但又认为人应有权认为他们是自由的，能对自己负责任。同时，经由沉思和哀悼，人们可以短暂地逃离先定的命运[②]。这正是基督教教义与人文主义思想被鲍勃·迪伦纳入自己艺术创作的话语体系之后得出的全新阐释。

① 黑爪. 从荷马到鲍勃·迪伦—吟唱的人类历史［J］. 花城，2021（4）：215.

② FONESK. Bob Dylan ：An American Tragedian［C］//JONATHAN F. The Routledge History of Social Protestin Popular Music. New York：Routledge，2013：89.

二、《基·韦斯特》

《基·韦斯特》紧跟在《渡过卢比孔河》，描述了一个纯洁的不朽之地。那里可能是恺撒渡河之后的目的地，但表现纯洁而不朽的声部却没有贯穿整首歌曲。这首歌虽然伴随着舒缓柔和的曲调展开，却是以麦金莱总统之死开篇，以一位十二岁少年被迫迎娶一位妓女的副歌结束。这种将残酷现实与理想境界并置的复调叙事，让基·韦斯特这个“沐浴着阳光，远离尘嚣，没有枪支暴力”的“不朽”之地，蒙上了一层虚幻的阴影。美国一直自诩为世界人民追求自由与民主的“灯塔”国，经过几个世纪的国家形象塑造，在一些美国人，甚至在部分其他国家的民众眼中，美国就是那样一个承载着昭昭天命的“应许之地”。1989 年，日裔美国学者弗朗西斯·福山提出，西方国家实行的自由民主制度也许是“人类意识形态发展的终点”，并因此构成了“历史的终结”①。但显然，鲍勃·迪伦眼中的美国社会已经不是一元论的自由与民主，而是更加复杂多元。“在这个世界中，各范畴不是阶段，而是阵营，它们之间的对立关系，不是个性上升或下降的道路，而是社会状态”，就像巴赫金眼中的陀思妥耶夫斯基一样，鲍勃·迪伦事实上也参与到了所处时代的这种对立的多范畴中。当 20 世纪 60 年代群众运动浩浩荡荡发展时，他站在平权队伍中对抗主流，同时似乎又对同一队伍中的女性主义者不以为然；他以民谣抗议歌曲成名之后，却在新港音乐节上公开转向摇滚；更不用说鲍勃·迪伦那著名的拒绝被定义的人生态度。正如“陀思妥耶夫斯基艺术视觉的基本范畴，不是发展，而是共存和相互作用。他主要是按空间，而不是按时间去观察和思考自己这个世界的”②，鲍勃·迪伦也表现出了类似的艺术特质。

---

① 弗朗西斯·福山. 历史的终结及最后的人［M］. 陈高华，译. 桂林：广西师范大学出版社，2014：9.

② 米哈伊尔·巴赫金. 陀思妥耶夫斯基诗学问题［M］. 刘虎，译. 北京：中央编译出版社，2010：30.

三、《最肮脏的谋杀》

《最肮脏的谋杀》时长十七分钟，是鲍勃·迪伦的死亡书写复调叙事特征表现得最为集中的歌曲。在复调叙事策略的运用上，这首歌表现得尤为突出。具体而言，除了外部与《渡过卢比孔河》《基·韦斯特》形成了鲜明的结构并置，在内部结构上，它还一分为二，一面以肯尼迪遭到刺杀为主线进行关于政治谋杀的讨论，另一面对20世纪60年代的美国大众音乐进行了个性化的回顾与记录。两条线索相互呼应、形成对照，多重角色、对话体的叙述模式成为这首歌的突出特征。鲍勃·迪伦通过使用不同的指称词，多次转换叙述视角，呈现了故事讲述者、凶手、受害者和一些来历不明的事件参与者的多重声音。对此，已有研究表明，不同于独白式的作品，鲍勃·迪伦的歌词往往避免直接表露作者本人的态度，而多采用对话体的叙述模式推进情节的发展，通过不同人物的对白或同一人物内心的独白，使歌词具有复调和对话性①。通过扮演不同角色，鲍勃·迪伦能够更加深入、立体地探索肯尼迪遇刺事件，同时不至于让歌词晦涩难懂，导致其本身与听众对话的诉求受阻。这样就突破了一对一的对话关系，转向多元对话模式，将作者去中心化，变身为多个对话主体。这些主体由于同一个事件处在同一个文本空间而获得一致性，相互之间形成了情感发送者和接收者的互动关系。同时，传统意义上处于边缘地位的听众，由于在听歌时与一些主体思想意识进行交流而并列为情感接收者，从而获得主体性身份地位，也就更深入地参与到叙事中。整首歌形成了一个对话参与者众多、覆盖面广泛，通过“呼唤与应答”引发听众情感共鸣的交流场域。

具体来说，在官方歌词的第一部分中，刺杀案是绝对主线。首先开始讲述的是故事叙述者，其观点为歌曲定下了基调。他认为肯尼迪总统“就像献

① 肖祥. 鲍勃·迪伦歌词的叙事艺术［J］. 华中学术，2021，13（3）：179-180.

祭的羔羊一样被带到屠宰场”，被“毫无尊严地射杀”。“献祭的羔羊”这个比喻，将凶手放在了主宰的地位上。鲍勃·迪伦此处揪出的凶手不是后来服罪的奥斯瓦尔德，而是一个拥有权势地位、深谋远虑的隐秘团体。后面的代词从指代讲述者的“我”转向指代凶手的“我们”，也印证了这一点。进入第二段，刺杀案和电影、音乐记录开始交织。先是描述纵情享受的音乐节：“我要去伍德斯托克，这是充满启迪的年代/然后我就去阿尔塔蒙特，坐在舞台边上”，然后叙述又马上回到刺杀案，“人们生活在遇刺地埃姆街的阴影下”。这种自由激情与谋杀血案的强烈对照其实也是美国20世纪60年代的一个缩影。鲍勃·迪伦在其自传体回忆录《编年史》中曾说：“我并不把他们看作被枪杀的领袖，我只认为他们也是父亲，家人被抛在世上，内心受创。美国是一个自由独立的国度，我在这里出生、长大，一直珍爱平等自由的价值和理想。”① 在民权运动轰轰烈烈发展之时，多起震惊世界的重大谋杀案使这一运动遭受沉重打击，暴力使得平等自由的呼号产生的力量变弱。因此，《最肮脏的谋杀》的叙事中肯尼迪总统被刺与20世纪60年代美国娱乐业的蓬勃发展这两条线索的平行并置，表面上看似并不相关，其实却形成了对话关系。

在第三段中，鲍勃·迪伦让枪手奥斯瓦尔德和肯尼迪总统同时出场，在谋杀案现场进行对话：“你那颗神奇的子弹射中了我的头/我只是个像佩西·克莱恩那样的替罪羊/从没射杀过任何人，不论从身后或身前/我的血流到眼睛里，流到耳朵里/我再也见不到美国的繁荣了。”这种对话式叙述让听众如同置身其中，更能感觉到枪击者奥斯瓦尔德在某种程度上是无辜的，凶手另有其人。纵观《最肮脏的谋杀》中所有对话角色的歌词，除了作为当时旁观者或事后叙述者的歌者角色，其他人都不发表观点，只是不停地描绘血案现场，重复枪击的过程。鲍勃·迪伦抛出问题“可是，真相又在哪里?”但包

① DYLAN BOB. Chronicles: Volume One [M]. New York: Simon & Schuster, 2005: 114-115.

括枪手奥斯瓦尔德与法官在内的众多角色都没有回答问题就回荡在歌声里，一如鲍勃·迪伦名曲《随风飘荡》，不停地叩问大众。显然，鲍勃·迪伦在此运用复调叙事隐藏个人观点，其目的与叙述自然死亡、追求个人对死亡的超越时已大不相同，这里不再是要影响听众的判断，从而确立自身的地位，而是要让谋杀场景不断复现，激起听众的反思，以个人的主体性来改善乃至祛除社会顽疾。接下来，主题再次切换，鲍勃·迪伦不再像写作此前的歌曲一样把歌名、电影名等隐藏在叙述中，而是像书写一部20世纪60年代的大众文化史一样，开始光明正大地列出其名称。通过对美国历史上不绝如缕的谋杀惨案进行回顾，以复调叙事探寻真相，频繁切换的讲述者之角色身份、反复出现的对话、对案发场景的生动描述，共同构成声音和图像的双重刺激，使得听众不得不反思现实。《最肮脏的谋杀》以“播放《血旗》，播放《最肮脏的谋杀》”结束，首尾呼应，形成闭环。显然，作者希望自己对肯尼迪刺杀案的重述能够不断循环，以多重人物的复调合唱来激起听众更多的反思和共鸣，从而将犀利的批判锋芒指向当代美国社会黑暗荒唐的一面。

20世纪60年代是美国民权运动的时代，女性解放、环境保护等运动也日益兴盛，鲍勃·迪伦被认为是这一时期美国民权运动的代言人，其成名与民权运动密不可分。然而，多起震惊世界的重大谋杀案导致民权运动事业遭受沉重打击，反战主义者、黑人平权主义者、女权运动者等代表弱势群体的激昂声音一度因恐惧而沉寂。在美国文学理论家韦恩·布思看来，复调叙事理论把世界看作是“主体们的集合”，这些主体“本身实质上是社会的，而不是个人的”。人们从懂事起就说着“已经渗透了许多声音的”“社会的而非私人的语言”。如果幸运的话，人们最终能够贡献一种“绝不是西方意义上私人的或独立的个性”，人们“总是说着语言的合唱”[①]。鲍勃·迪伦虽然被称为民权运动的领袖之一，但他不是黑人，也没有参加过越南战争。鲍勃·

① 米哈伊尔·巴赫金. 陀思妥耶夫斯基诗学问题［M］. 刘虎，译. 北京：中央编译出版社，2010：英译本导言12页.

迪伦之所以能发挥领袖作用，是因为他的歌曲契合了时代精神，表达出了当时美国大众的痛苦和诉求。《最肮脏的谋杀》中，被扼杀的显然不只是总统约翰·肯尼迪和后面提到的罗伯特·肯尼迪、马丁·路德·金等人的性命，还有美国人民民主与自由的理想。鲍勃·迪伦让参与这起谋杀案的各方轮番登场描述事实，除了一个面目模糊的“我们”之外，无一人被指责有罪。由此可以推断，鲍勃·迪伦此处所指的“凶手”，已经不像20世纪60年代反战和平运动时期的军工复合体那样明确。这位“凶手”甚至没有名称，隐蔽性极强，更难以反抗，因此受压迫群体的失语已经不只是因为恐惧，更多是因为无知。他剑指之处极有可能是美国主流难以察觉的、从上而下的结构性暴力。

通过上述分析，我们可以看到，鲍勃·迪伦在《坎坷》中，有意识地将源自中世纪和文艺复兴时期音乐创作的复调与对话传统技法，巧妙地融入歌词编排中，并在批判继承的基础上灵活创新，由此构建起《坎坷》别开生面的意义表达结构。

首先，在复调传统方面，《坎坷》中每一段歌词似乎都是一个独立的叙述声部，不断交织出多层次、多视角的叙述结构。这种叙述的多样性继承了传统复调的核心特点，使得歌词充满了丰富的层次感和立体感。然而，鲍勃·迪伦并未止步于传统的复调技法，他在此基础上进行了大胆的创新。他将不同人物的声音、时代的呼声以及个人的内心独白融入了同一首歌中，形成一种现代的复调结构。这种结构不仅强调了不同声部之间的独立性，更突出了它们之间的对话与互动，营造出一种复杂而鲜活的语境。通过这种创新，鲍勃·迪伦打破了传统复调技法的局限，使其更具表现力和现代感。

其次，在对话传统方面，鲍勃·迪伦通过角色之间的对话和叙述，呈现出一幅丰富的社会与人性画卷。歌曲中的对话不仅是叙述手段，更是思想和情感的交锋，赋予歌词深刻的哲理思考和人文意义。但是，鲍勃·迪伦并不仅仅满足于传统意义上的角色对话，而是将对话拓展到了更广阔的领域。他将个人与社会的对话、历史与现实的对话、内心与外界的对话等多重维度融入歌词之中。通过这种多层次、多维度的对话结构，鲍勃·迪伦创造出一种独特的叙述方式，使歌词在表达复杂思想和情感时，更加灵动而深刻。总而言之，鲍勃·迪伦在《坎坷》中，通过复调技法和对话艺术的巧妙运用，既继承了传统的音乐与文学技法，又大胆创新，开创出独具特色的叙述方式。这种创新不仅丰富了歌曲的层次感和表现力，更彰显了鲍勃·迪伦作为艺术家在融汇传统与现代、个人与社会方面的卓越才华和深刻洞见。因此，鲍勃·迪伦在这首歌曲中所表现出的复调与对话艺术，不仅是对传统的传承，更是对其现代化、个性化的全新演绎与发展。

再次，歌词作为思想载体具有天然的交流性，内在包含了对话结构与复调特征。在鲍勃·迪伦的创作中，歌词的这种特性得以与复调叙事结合，使对话主题更多样、观点更具有独立性，同时体现了鲍勃·迪伦对不同主体之间对话的强调和对多元共存的呼唤，更表达了其对社会现状的批判。当代著名美国流行文化研究专家佩里·梅泽尔曾精辟地指出，鲍勃·迪伦及其艺术作品不是简单的大众文化产品，而是“听众对其作品产生的反应的总和”①。鲍勃·迪伦 20 世纪 60 年代中期的专辑激发了民谣摇滚这种全新的音乐形式，同时也催生了一批新的流行文化粉丝，他们是意义追求者而非偶像追求者。这也是鲍勃·迪伦音乐能够跻身严肃文学行列的一个重要原因。作为一种大众艺术，摇滚乐可能会在与听众的互动中产生新的意义，而鲍勃·迪伦的作品关注社会、传承文化，以其严肃性主题培养了既具有文学品位又不乏政治关切的听众群体，这反过来又再次塑造与提升了本来就含义丰富而指向模糊的鲍勃·迪伦作品的思想蕴含。复调与对话在《坎坷》中被用来描述不同视角的所见所闻，并不直接表达观点，但这种隐藏不是目的，而是一种手段，借以引发听众深入思考如何面对自然死亡，如何改变美国社会中与自由民主

① MEISELP. The Myth of Popular Culture：from Dante to Dylan ［M］. New Jersey：Wiley - Blackwell，2010：174.

理想相对立的结构性暴力。不论是对自身死亡的关切还是对政治谋杀的追问，鲍勃·迪伦都拒绝独白式的断言，而是让各种观点以对话的方式呈现，鼓励大众参与对话，激励个人发挥主体能动性来推动问题解决，以期走出美国社会主流话语的裹挟所导致的失语状态。

综合以上三章所述，在文化史的长河中，迪伦的文艺创作确实既是一种反叛，也是一种传承。他传承了前辈音乐艺术家的诗意，而又以革新性的表演形式打破了传统的界限。无论是在对抗社会不公时的愤怒诉求，抑或在寻求人性之光时的温柔吟唱，鲍勃·迪伦都无时无刻不在用音乐与时代对话，成为那个变革年代的见证者和推动者。他不仅重塑了人们对音乐和诗歌的认知，也深刻影响了文化表达的方式，为后辈艺术家们提供了无限的可能性。这正是他在文化史上不可替代的重要地位的体现。

中篇

跨界：著作文类杂糅

在超过六十年的艺术探索旅程中，鲍勃·迪伦不仅在音乐界铸就了辉煌传奇，更在其他艺术领域展现了他无与伦比的多面才华。鲍勃·迪伦的跨界艺术创作可谓硕果累累，绘画作品在全球范围内展出，其“光/谱：鲍勃·迪伦艺术大展”涵盖了早期的水彩画、工业风的铁艺雕塑以及充满活力的公路系列画作，让观众得以一窥其半个世纪以来的视觉艺术表现。这些绘画作品不仅展示了他的艺术多样性和创新性，还彰显了他在塑造视觉叙事和捕捉动态情感方面的高超技艺。① 通过这一系列的视听交织表现，迪伦不仅成功跨越了音乐与视觉艺术的鸿沟，更以深邃的艺术洞察力和独特的创意风格，巩固了其在现代艺术界的独特地位。

“在跨界融合中迸发活力”——这是东南大学艺术学院王廷信教授在对2016年艺术学理论学科进行扫描时做出的特色总结，其中就包括了对鲍勃·迪伦这位跨界艺术家荣获诺贝尔文学奖事件引发的思考，“这种现象反过来

① 参“今日美术馆”的《鲍勃·迪伦艺术大展》（载《现代装饰》，2020第10期，第17页）以及杨柳的硕士学位论文《意义共建——〈鲍勃·迪伦艺术大展〉的视觉阐释问题研究》（山东艺术学院，2022年）

也让人们思考文学的跨界趋势，思考文学从文字文本向相邻文本的渗透现象”。[①] 在文学领域，鲍勃·迪伦同样留下了深刻的足迹。1970年代初，他推出了实验性的文学作品《狼蛛》，引发广泛关注；2005年，他的自传《编年史：第一卷》问世，荣获《纽约时报》年度十佳图书的殊荣；到了2022年，即便已是耄耋之年，鲍勃·迪伦依旧保持着旺盛的创作力，推出了乐评集《现代歌曲的哲学》，再次证明了他对艺术的深刻洞察和独到见解。这些跨越时代的艺术创作，不仅彰显了鲍勃·迪伦在艺术界的深远影响力，更映照出他那永不停歇的创新精神和对艺术无尽探索的热忱。

无论是在音乐、绘画，还是在文学领域，鲍勃·迪伦所展现的全才风范与其独特的艺术理念交相辉映，构成了一幅跨越六十余年的辉煌画卷，共同铸造了他作为20世纪及21世纪重要文化符号的卓越地位。他的创造力不仅在艺术形式上不断革新，更在内容上深刻映射出时代的变迁与人文关怀。这一切都无不体现出他对艺术本质的深刻理解，以及他作为文化符号在推动社会变革与思想进步中的重要角色。可以说，鲍勃·迪伦的艺术生涯如同一场跨越时空的宏伟交响乐，既传递了个体的独特体验，又折射出社会的复杂面貌。

---

① 王廷信.“在跨界融合中迸发活力”——2016年艺术学理论学科扫描［J］. 艺术评论，2017（1）：25.

第四章　戴着镣铐跳舞：文类杂糅著作《狼蛛》

声名鹊起后，鲍勃·迪伦突遭一场意外的车祸，并在20世纪60年代中后期一度转向沉寂。在这段特殊的时间里，鲍勃·迪伦创作了一部他自称为“小说”的跨类别文学的实验性作品，即《狼蛛》（*Tarantula*）。这部小说篇幅不长，却耗时多年，融合了小说、散文、诗歌和戏剧等多种文体，2020年其首部中译本问世。

鲍勃·迪伦在《狼蛛》中以创新和不拘一格的风格，将各式文字游戏和叙事技巧糅合在一起，形成了一个复杂却极具吸引力的叙事结构。这部作品不仅挑战了传统的文学形式，还深入探讨了人性、欲望、孤独和力量的主题。故事的主线围绕着一个神秘的主角展开，他被比喻为一只“狼蛛”，在阴影中编织着自己的网络。通过多重视角和非线性叙事，读者逐渐揭示出主角内心深处的秘密和挣扎。与此平行，书中还穿插了大量象征性元素和隐喻，从自然景观到文学经典再到现代都市风景，构建了一个丰富的文本世界。

《狼蛛》不仅是一场文学的冒险，更是一场心灵的深度探索。它的每一段文字都如同舞步，在镣铐般的文体规则中寻找自由，展现了作者对文学边界的挑战和对人类情感的深刻洞察。这部作品带给读者的不只是阅读的享受，更是一种对人生和自我的全新思考。它是一部跨越多个文类疆界、奇巧而深邃的著作，如同戴着镣铐跳舞般在约束中展现出极致的艺术张力。它将小说、散文、诗歌和戏剧元素糅合在一起，形成了一个独特的叙事空间。在这个空间中，我们不仅能看到故事的表象，还能体味到其深埋在字里行间的情感和哲思。阅读《狼蛛》，犹如开启了一段充满未知与挑战的旅程，既有对文学形式的探索，也有对人性本质的追问。

《狼蛛》这部奇作犹如蒙娜丽莎的微笑，令人捉摸不透，引得读者忍不住想要探寻狼蛛舞步律动背后的隐秘和美丽。国内研究大多以鲍勃·迪伦诗性歌词为主要对象，关注其作品中的意象运用和艺术创作手法，探讨其诗人身份是否成立，思考诺贝尔文学奖颁授予他的意义等，而对《狼蛛》的研究不太重视。可以说，对鲍勃·迪伦第一部著作《狼蛛》的研究还未正式系统地展开。偶有论者谈及，大多是在介绍鲍勃·迪伦作品时一笔带过。这种状况以刘火雄（2017）一文最具代表性，文章认为《塔兰图拉》（即《狼蛛》）“具有超现实主义风格”“是一部杂糅了散文诗、小说特点的实验性文本”[①]。相较之下，21世纪以来，国外对《狼蛛》的研究已取得了一定的成绩。除了大量介绍性文字，还有论文集专章、期刊专评，主要论及《狼蛛》文体的非常态化、表达的怪诞化和读者评价的多样化三个方面。但不得不承认的是，关于《狼蛛》的艺术价值，我们目前发掘的不过是冰山一角。鉴于此，本章聚焦《狼蛛》，从西方文化史上狼蛛所具有的独特意味入手，剖析鲍勃·迪伦写作此书的复杂历程及该书中暗含的艺术创作思想。希望通过此次探讨，我们能够进一步揭开《狼蛛》的神秘面纱，游历瑰奇多变的狼蛛世界，进而领略《狼蛛》独特的艺术魅力，体味鲍勃·迪伦变幻莫测令人着迷的思想精粹。

---

① 刘火雄. 一桩诺贝尔文学奖的“图书生意”——论鲍勃·迪伦作品的出版及跨界融合［J］. 出版广角，2017（18）.

第一节 “狼蛛”的文化意味

蜘蛛是日常生活中随处可见的一种昆虫类生物，其种类较多，可归为狼蛛、蟹蛛和跳蛛三大类。其中，狼蛛因其“在地面上或植物上疾驰，凶狠如狼”之情状而得名。作为生物体的狼蛛具有多种特性。它属于穴居性动物，捕食常用“守株待兔”的方式，能敏锐感知洞穴外的情况，往往一击制敌。雄狼蛛求爱时会在雌狼蛛前表演它独特的舞蹈。即便捕食时“凶狠如狼”，雌狼蛛对幼蛛却能细心照料，具有如人类一样对后代呵护有加的天性。和其他蜘蛛一样，狼蛛也有“社会识别意识”，会辨别同类的生疏与亲密程度，能在群居生活中积累一定的社会经验，甚至“过去的经历也会影响其最终的择偶生活。”① 如同中国的大熊猫、印度的牛等具有生物性以外的文化身份，狼蛛在西方国家也不仅仅是一种生物，还出现在多种文化语境中，被赋予了丰富而独特的文化意味。

一、《人类的由来》和《昆虫记》中的狼蛛

英国科学家达尔文于1859年出版了《物种起源》一书，提出轰动世界的生物进化论思想，其核心观点是自然选择和性选择。此后，达尔文继续深入研究，于1871年完成争议性更大的论著《人类的由来》。在此书中，达尔文就曾关注蜘蛛这一物种，并描述了某些蜘蛛所具有的音乐感知能力，包括发出声音、感知声音的意义并根据音调变化获得信息与快感等。首先，达尔文发现，少数几种蜘蛛能自动发出鸣响。他将这种鸣响描述为“全都是由同一个音符构成，通过重复而产生节拍”，并指出其发出鸣响的主要目的是吸引异性的关注。其次，达尔文还发现它们“也能接受音乐的吸引”。最后，

① 毛磊．蜘蛛也有社会识别意识［J］．发明与创新，2005（1）．

达尔文含蓄指出蜘蛛所产生的音调能为其“提供某一种快感”，尤其是“在求爱的季节”。无独有偶，与达尔文生活在差不多同一时期的法国博物学家法布尔在其传世名作《昆虫记》（1879—1910 年）中也对狼蛛进行了详细的考察描述。法布尔聚焦狼蛛作为生物体的属性，指出狼蛛具有爱隐藏、攻击性强和疼爱幼蛛的特点。他发现狼蛛大多住在荒地洞穴里，常在夜间活动，成年狼蛛多为“深居简出者”，非常不合群，具有“野蛮的排斥性”，特别“排斥异己”。同时，他还发现狼蛛有时动作缓慢，在织网捕食的过程中，“不是一个勤奋的劳动者，它喜欢磨蹭时间”。然而，“雌狼蛛拖着它的宝贝包袱（幼蛛），从早到晚从不离开”“它总是以令旁观者惊叹的英勇气概保护着它的宝贝”，其对幼蛛的细心呵护令人印象深刻，可谓是尽职尽责的母亲。

二、尼采如是说“狼蛛”

德国哲学家尼采在西方思想史上占有重要地位，他对深刻影响过自己的人（包括叔本华、瓦格纳、达尔文等）推崇备至，从哲学上对他们的思想进行了继承性创新。尼采“认为现代文明感染了基督教和虚无主义的毒素，积重难返，而他的使命就是为此提供医治的良方。”① 1882 年，他在《查拉图斯特拉如是说》中不仅提出了两个核心概念“超人”“永恒回归”，还曾专章论述狼蛛。尼采认同前人所述“狼蛛”具有的特点，并作了进一步发挥。首先，他指出狼蛛常躲藏在网中，如同“暗藏的有强烈复仇欲者”，还说“可我一定要把你们的藏匿处暴露在光天化日之下”，就是针对狼蛛所具有的隐藏性特点表示不满，进而提醒人们小心像狼蛛一样蛰伏的攻击者。其次，尼采强调狼蛛还有一种不达目的誓不罢休的精神，目标一旦明确，它们会用多种方式来达成。在他眼里，“死亡的说教者”“诽谤世界者”和“烧死异端者”都是“狼蛛”的化身——只是戴上了不同的面具，本质上都一样。这些

① ROBINSON, DAVE. Nietzsche and Postmodernism [M]. Totem Books, 1999: 28.

话语显然将某些恶人“拟狼蛛化”了。最后，尼采描述了查拉图斯特拉中蛛毒后的表现——团团转地乱跳舞，不由得令人联想到查拉图斯特拉拒绝成为“塔兰图拉毒蛛病的舞蹈者”的心声——他宁愿被“紧紧地捆在柱子上”① 无法动弹。然而根据古老的毒蛛传说，我们知道，被狼蛛咬过的人往往在用药处治之后还需要长时间的狂舞才能消除蛛毒。中蛛毒后解毒耗时之长、方式之特异、痛苦程度之大，令人不寒而栗。就这样，尼采为狼蛛增添了隐藏的、坚毅的、狠毒的复仇者形象。

综上，达尔文、法布尔和尼采分别从不同的角度对“狼蛛”进行了观察、分析和阐释，描绘出了一幅立体的狼蛛画像。从他们笔下，可以看到对狼蛛共通特性（即隐藏性、攻击性和强毒性）的一致认知，也能看到他们因研究角度不同而对狼蛛多种特性的分别揭示，这些都成为西方文化史上人们对狼蛛的主要认识。

第二节　鲍勃·迪伦的“狼蛛”蛰伏何处

自 19 世纪末 20 世纪初期以来，经由以上提到的著名思想家的描摹和升华，狼蛛的文化意味在西方国家流传开来，其毒性与音乐、舞蹈创作和表达的关联更是深入人心。20 世纪 40 年代，鲍勃·迪伦出生于美国明尼苏达州矿区的一个中产犹太家庭，他从小热爱阅读和音乐，受过良好的中等教育，进入明尼苏达州立大学一年后即退学去纽约追逐音乐梦想。在那里，鲍勃·迪伦投身于反正统文化运动之中，借助摇滚乐“表达了嬉皮士们对美国正统社会的失望、厌恶、愤怒，以及反正统文化孜孜以求的自由神秘世界的渴望。”② 值得一提的是，反正统文化运动与先锋派艺术息息相关，而尼采又曾

① NIETZSCHE, FRIEDRICH. Thus Spoke Zarathustra: A Book for All and None [M]. Trans. Adrian del Caro, Cambridge U P, 2006: 76-79.

② 王恩铭. 美国反正统文化运动：嬉皮士文化研究 [M]. 北京：北京大学出版社，2008：127.

被誉为“先锋派的宠儿，是‘波希米亚人’的导师”。基于此可以推断尼采的思想或多或少影响过鲍勃·迪伦及其创作。综合其家庭环境、成长经历和教育背景判断，鲍勃·迪伦对“狼蛛”应有一定的认识。一方面，结合《狼蛛》的创作背景来看，鲍勃·迪伦曾在1965年初透露《狼蛛》将具有散文诗和超现实主义风格。并且，他在一次接受采访时曾回答说他的新书与蜘蛛类昆虫有关。由此不难看出，鲍勃·迪伦的“狼蛛”与达尔文、法布尔等学者从纯生物学视角观测与认知的狼蛛有一定的重合度，二者间确实存在着相关性。另一方面，鲍勃·迪伦所使用的“狼蛛”（Tarantula）与尼采笔下的“查拉图斯特拉”（Zarathustra）不仅英文拼写十分相似，均可分为四个音节，而且都被用到了书名中，置于非常显眼的位置。此外，在《鲍勃·迪伦与哲学》（*Bob Dylan and Philosophy*，2006）一书中的注释部分，作者特意标注“鲍勃·迪伦曾在他的歌曲中谈及尼采”①。由此我们认为，鲍勃·迪伦的“狼蛛”至少在一定程度上来自并体现出西方文化史上对狼蛛的主要认识。那么，鲍勃·迪伦的“狼蛛”又蛰伏在何处呢？

一、“狼蛛”的形象借用

鲍勃·迪伦将这本书称为“小说”，并以“狼蛛”冠名，然而，除了出版商在前言部分提及“狼蛛”之外，该书的正文部分均未直接出现“狼蛛”字眼。这不禁令人疑惑，鲍勃·迪伦为何会选择“狼蛛”作为书名？没有直接描写狼蛛的书怎么还定名为《狼蛛》呢？莫非西方文化史上的“狼蛛”形象与鲍勃·迪伦心目中的“狼蛛”之间存在某种相似性？又或者鲍勃·迪伦的“狼蛛”其实蛰伏在字里行间，需要读者去细细寻思？品读文本可以发现，鲍勃·迪伦在写作中确实对本章前面所述众所周知的“狼蛛”形象采取了部分借用。这既体现出鲍勃·迪伦本身在性情上跟狼蛛之特性有微妙的关

① VERNEZZE，PETER，and CARLJ. PORTER. Bob Dylan and Philosophy. Open Court Publishing Co，2006：168.

联和接近，也体现了他对狼蛛所具有的隐藏性、攻击性、强毒性等特性的认定、接受和艺术转化。

首先，自闯荡纽约开始，鲍勃·迪伦就很会隐藏自己的真实身份，他在出道前放弃带有明显犹太人标记的原名“罗伯特·艾伦·齐默曼”，杜撰了一个流浪儿的身份并化名为“鲍勃·迪伦”。自1966年遭遇摩托车事故受到重创之后，直至1971年《狼蛛》正式出版，其间鲍勃·迪伦一直处于深居简出的“蛰伏”状态，这与其自1961年开始签约出唱片爆红后“像一块滚石”般忙碌的生活形成了鲜明对照。著名美国乐评家马库斯（2011）曾记录鲍勃·迪伦那一时期的创作状态：从巅峰跌落的鲍勃·迪伦“隐”而不“休”，选择了在地下室潜心创作，录制“地下室录音带”。[①]

其次，鲍勃·迪伦在性格上也具有狼蛛攻击性的特点，如贝尔所言，“即使是最不吹毛求疵的读者也能明显地看出，鲍勃·迪伦想赋予他纸面上的文字如自己歌曲一样的步调和攻击性”[②]。《狼蛛》内容多围绕暴力、愤怒、死亡等话题展开，文字表现出明显的攻击性特点。例如：

> “好的，我会偶尔放松一下。那有什么大不了/这和你有什么关系呢？我告诉你默文，如果你不放过我/我就会把你结痂了的伤疤再撕下来，你听见了吗？/就像我快疯了一样。下次你再在自助餐厅当众叫我那个名字/我就会把你拉开踢一脚，这样你才能感觉到/就好像我不会生气一样。那我就让你感受一下吧/好好地修理你一顿。”

在以上歌词内容中鲍勃·迪伦表示要把“结痂了的伤疤再撕下来”，还要“踢你一脚”，而“踢”（kick）这个带有强烈攻击性的动词在《狼蛛》全书中出现了十四次之多。由此读者能明显感觉到，虽正文中没有直

① 格雷尔·马库斯. 地下鲍勃·迪伦与老美国［M］. 董楠，译. 上海：上海译文出版社，2008：7.

② 伊恩·贝尔. 曾几何时：鲍勃·迪伦传［M］. 修佳明等，译. 北京：中国人民大学出版社，2017：190.

接出现“狼蛛”字眼，《狼蛛》一书其实暗含了鲍勃·迪伦刻意营造的与读者间的一种距离感，使人们易于产生困惑、排斥等不适感，让读者“感受到鲍勃·迪伦含有恶意的啃咬”①，令人不由得再次联想到狼蛛的进攻性动作。

再次，《狼蛛》1966年已经正式完成并获得了版号，但迟迟未见问世，主要原因也在于鲍勃·迪伦。从其1971年初版的该小说前言部分我们可以得知，自从知晓《狼蛛》因鲍勃·迪伦出摩托车事故不得不推迟出版后，“一些人非常愤怒”。不断有人质问，“鲍勃·迪伦承诺的那本所谓的书在哪里？”等待的时间越长，他们就“越感到好奇和愤怒”，甚至有些人开始陷入疯狂的追星状态，失去理智地说，“这是不是他的作品并不重要”“他想要什么并不重要”。发布如此言论的人或许是因为他们坚信只要作者是鲍勃·迪伦，封面上有他的头像，就会是他们喜爱的作品。更为疯狂的是，一些急不可耐的粉丝，在鲍勃·迪伦仅写出初稿，还未真正意义上完成全书的时候，就“设法弄到了一两个副本，并且开始复制这些副本”，甚至有一些媒体人士也推波助澜，他们未经作者、出版商允许，擅自“决定出版该书的部分内容，以及长篇评论、推测和谴责”。以上种种言论和行为都使得鲍勃·迪伦更加不愿出版一部符合读者期待的作品，而试图以“另类”写作对抗大众对他的无形压迫。从《狼蛛》正式出版后外界的复杂反应来看，面对在文体上“四不像”、内容上晦涩难懂，与此前鲍勃·迪伦歌曲的一贯风格迥然相异的作品，他们一方面抗拒着此书带来的精神冲击，另一方面又似乎“中毒不浅”。当《狼蛛》出版后，“读者注意到这并非期待中由鲍勃·迪伦所创作的小说”②，他们立即表示抗议并严厉抨击。于是，“这本书遭受不解、讥讽、嘲笑、揶揄、愤怒、恶毒的玩笑、直白的侮辱”，而且“直到现在，对《毒蜘

① VERNEZZE，PETER，and CARLJ. PORTER. Bob Dylan and Philosophy［M］. Open Court Publishing Co，2006：167.

② 霍华德·桑恩斯. 沿着公路直行：鲍勃·迪伦传［M］. 余淼，译. 南京：南京大学出版社，2014：277.

蛛》做出任何一点正面评价仍会被认为是反常的行为”①。对此也许可以这样解释，正是因为鲍勃·迪伦通过《狼蛛》释放的“蛛毒”渗入了他们的大脑，仍然影响着他们的神经，所以他们才持续发动对《狼蛛》的抨击。在此意义上，《狼蛛》一书正好体现了鲍勃·迪伦对狼蛛毒性强之特点的文学创作借鉴和转化再现。

二、“狼蛛”的文化创新

事实上，在借用了部分“狼蛛”形象和特性的同时，鲍勃·迪伦还赋予其意念中的“狼蛛”独特的思想内涵，并展示其独特的文化价值。

首先，鲍勃·迪伦笔下的“狼蛛”可以被认为是勤奋工作的“隐身主角”——鲍勃·迪伦自己。虽然他写此书有无可奈何的隐衷，但他为创作《狼蛛》还是做了大量精心的准备。据古德柴尔德在考察《狼蛛》成书历程之后所言，鲍勃·迪伦“在这部作品背后付出了认真、慎重、近乎绝望的努力”“他写下了这本书，这本书也同样刻画了他”。在得知这桩经纪人骗来的出书生意后，鲍勃·迪伦不仅向好友、著名垮掉派诗人艾伦·金斯堡寻求帮助，也曾与另一位垮掉派诗人、旧金山“城市之光”书店出版人劳伦斯·费林盖蒂通信，请教如何用一种非常垮掉派的“像蜘蛛一样在星际间迅速蔓延的风格”写作。并且，《狼蛛》部分内容早在1965年夏天通过盗印版本广为人知，却时隔六年才正式问世，这体现了鲍勃·迪伦的心意——他在1966年发生车祸后暂时压下了此书的出版，继续修订。在1971年正式出版时，出版商在前言部分对此书推迟出版做出如下解释：“鲍勃·迪伦不想这样，因为他还没有准备好‘做出改变’”“除非鲍勃想要出版这本书，否则它不会问世”。要言之，《狼蛛》从标题、结构到内容都体现了鲍勃·迪伦的独特

① 伊恩·贝尔. 曾几何时：鲍勃·迪伦传［M］. 修佳明等，译. 北京：中国人民大学出版社，2017：366.

运思。

其次，鲍勃·迪伦的创作思想也在《狼蛛》创新性的文体结构中贯穿始终。距离《狼蛛》正式出版已近半个世纪，其文体属性仍然是个谜。虽然鲍勃·迪伦自己曾认为它是一部“小说”，但目前对其文体结构还有“散文诗”或者诗化散文、诗歌、实验性自由诗、“唱片说明文”和“歌本”五种意见。事实上，从现行的各类文体标准来看，《狼蛛》无法完全符合任何一类。可以说，“作为一种写作，这本书难以定义”，它的文体与结构也与众不同，“没有一个固定的结构，取而代之的是图式和持续不断的节奏”，碎片化的结构和语言表达更是加深了其内容的不易理解性，文字晦涩难懂，其中有“一连串虚假的开端，碎片化的集合，一系列交织的声音”，很难找到一条叙事的主线。[①] 对此，鲍勃·迪伦以其惯有的戏谑语气自我调侃，《狼蛛》“根本不具备一本书应有的某些价值，甚至连个基本结构都没有……由各种零碎的语句拼凑而成，无法形成一个整体的框架。”[②] 如果我们就此听信鲍勃·迪伦的意见，就可能落入了他设计的圈套。基于对鲍勃·迪伦独特个性和语言表达方式的了解不难判断，他极有可能是在自我解嘲或拒绝通过此书被人再次定义，以达到他用另类写作表示抗议的目的。

透过鲍勃·迪伦主观或客观上布置的多种迷障，我们还必须追问：这样一种别具一格的写作模式除了怪诞、难懂、难以定义，就毫无意义了吗？众所周知，任何作者对文体结构、写作模式的选择绝不会毫无考虑，“在特定情形下，对某种文体的选择就已经是对相应意义的默示与捍卫”，而且“那些以微妙的方式呈现的东西，那些蕴含在文体形式之中的东西，才是情感与

---

① 伊恩·贝尔. 曾几何时：鲍勃·迪伦传［M］. 修佳明等，译. 北京：中国人民大学出版社，2017：366-367.

② 罗伯特·谢尔顿. 迷途家园：鲍勃·迪伦与音乐生活 2［M］. 滕继萌，译. 重庆：重庆大学出版社，2018：254.

思想的焦点之所在。”[①] 鲍勃·迪伦与其撰写的这部小说正是如此。其实，至少在一定程度上，鲍勃·迪伦的创作思想在其所用的这种难以捉摸的文体结构中暗暗地发出光芒。已经有人看到，“尽管（《狼蛛》）里面有不少多余的话，但仍不乏前卫的喧嚣和严肃的优雅。”[②] 鲍勃·迪伦通过他怪诞的“实验小说”表达出了一些真实的思想和情感。古德柴尔德曾在揣摩鲍勃·迪伦的创作心态后指出“如果《狼蛛》有个主题，那应该是关于混乱以及为寻找一种艺术形式所表达出这种混乱所做的挣扎”。从这个角度来看，《狼蛛》结构之谜有望破解，它其实反映出鲍勃·迪伦面对社会存在的种种问题内心的混乱，努力地寻找答案，这也恰如谢尔顿所述，鲍勃·迪伦“一边接受喧嚣，一边寻找秩序”。

与此同时，值得注意的是，上面提到“碎片化”书写是《狼蛛》的一大特点，但是“碎片化”的特征在全书接近尾声的部分却表现得并不十分明显。在《鲍勃·迪伦与哲学》一书中，作者指出《狼蛛》中有一个明显的结构转折点——“大约在《狼蛛》全文四分之三的时候，写作发生了变化：片段变长了，更加连贯了。”这种写作风格的明显变化或许正如迪克斯坦所说：“时世每况愈下，艺术家们要么提供答案，要么加重问题。”鲍勃·迪伦也许是借此告诉读者他已经从迷雾中找到了前进的方向。虽然“没有人给他建议”，鲍勃·迪伦还是向读者道出了心声，难怪有人说“《狼蛛》中寄予潜在读者们的话充满了建议感。”诸如以下所示的建议性内容在《狼蛛》中随处可见：

“记住，当你评价一块黄油时/其实你在谈论自己，所以你最好签上你的名字……/再见，如果你幸运的话，可以来参加基勒夫人的蛋糕节/

---

① 张辉. 文体即意义？——试论穆齐尔、尼采对这一问题的思考与回答［M］. 北京大学学报（哲学社会科学版），2014（3）.

② 伊恩·贝尔. 曾几何时：鲍勃·迪伦传［M］. 修佳明等，译. 北京：中国人民大学出版社，2017：366.

扫雪的漂浮者敬上/备注：你是我的朋友，我想要帮助你。”

在这里，鲍勃·迪伦用了类似“书信体”和对话的形式，化身为“扫雪的漂浮者”，但是却没有写上通常的信件抬头，而是模糊了对话的对象，似乎在跟任何一个人交谈，这其实是他在建议潜在的读者们“最好签上你的名字”，而不单独指向特定的人。此外，鲍勃·迪伦在结构明显变化的一节“地下思乡蓝调和金发华尔兹”中，用很长的文字描述了“我”在同一时刻所处的梦境与真实发生的事件。两个平行的场景中，虚幻与真实相对，“我”一直在唱歌。不同的是，在真实场景中，被纵火焚烧了的公寓和牺牲了的人们在“我”知晓前已经遇难；在梦中，燃烧着的公寓和唱歌的“我”同在，而当“我”面对大火时，却依旧只能唱歌，无力回天，这是因为虽处于同一时刻，却在不同的空间。而且，“我”不为这种无能为力而感到内疚，原因就是“我”出现在大火前并非“我”的本意，而是被“不可思议的力量”所支配。而且，在这一小节的最后又出现了类似“书信体”的文字：

“我拒绝成为如此浅薄死亡的一部分/——每个人都在谈论中世纪，似乎这真的就在中世纪一样——我将不顾一切逃离这里——/……如果你一直想送给我什么东西的话/请送我一把钥匙——我将会找到那扇适合它的门/即便这将用尽我的余生。”①

不论是鲍勃·迪伦刻画的奇怪却真实的梦境，还是署名为“你的朋友”的一段文字，尽管看起来不是那么合理，但蕴含一定哲理。其实，这些也许可以看作是鲍勃·迪伦的建议，是他对过去大众口号式的呼唤自由、民主和平等的行为并没有改变社会现状的反思和内省。他还是渴望实现其“平等、自由的价值和理想”的追求，却常常被迫扮演“代言人”的身份，他逐渐地意识到这种理想也许是在一种自身创造及发展自我价值上的精神需求。因此，

① DYLAN，BOB. Tarantula［M］. The Macmillan Company，1971：109.

鲍勃·迪伦才在此继续反思，并把这些思想转化为建议性的文字以帮助读者认清其所处的现实环境和自身的价值——“因为我们不需要一个气象员去说风往哪里吹，所以我们把《狼蛛》留在这里”①。究其本质，鲍勃·迪伦试图留下的是“狼蛛”的精神——告诫人们要挣脱各种束缚，探索时代进步的方向，除了自己的思考与行动，没有人能充当这个时代和自己的“气象员”。

第三节　以“狼蛛”之名对自我的建构

受移民国家政治、经济、文化等综合因素影响，美国社会上很早就形成了显著的个人主义价值观，个人主义虽然在不同的历史发展时期呈现不同的表现形式，但是强调自由、自我的核心观点从未改变。实际上，“自我观”也是美国文化中较为核心的内容。正所谓，“自我观在美国人的思想中占据了主导性地位，它以个人主义的形态渗透在人们的行动之中。”② 因此，作为一位出生、成长于明尼苏达州，之后又成名于纽约的犹太移民后代，鲍勃·迪伦的价值观不可避免地受到美国文化的影响。然而，虽然美国个人主义强调自由、自我，但事实上它并没有“给自我表达提供多大的自由。”显然，鲍勃·迪伦也意识到了这一点，表现之一就是其自 1964 年开始的创作风格突变，转向侧重于自我情绪的表达。在《狼蛛》中也是如此，一方面，鲍勃·迪伦表达了一个与“狼蛛”有着类似特质的真实性自我；另一方面，他又用“狼蛛”般攻击性的方式建构出一个叛逆性自我。这种看似矛盾的自我表达与建构其实就如同对鲍勃·迪伦影响深远的垮掉派作品一样，与其“在看似颓废的表象后面发出精神层面的真实的信仰的呐喊”类似。换言之，鲍勃·迪伦也是在似“狼蛛”般令常人难以捉摸透彻的表象下表达着自我的诉求。

① VERNEZZE, PETER, and CARLJ PORTER. Bob Dylan and Philosophy [M]. Open Court Publishing Co, 2006: 168.

② 爱德华 C·斯图尔特，密尔顿 J·贝尔特. 美国文化模式：跨文化视野中的分析 [M]. 卫景宜，译. 天津：百花文艺出版社，2000：177.

一、真实性的自我

鲍勃·迪伦在《狼蛛》中一方面展示了向过去“真诚”的自我告别的决心，另一方面也集中展现了其“真实”的自我。在此，首先需要明确“真诚”的自我与“真实性”的自我间的差异。真诚的自我“把社会看成一种手段、一个先决条件”，而真实的人“力图变成他自己，而不是仅仅作为他自己：自我必须被创造和夺取，而不是被简单地发掘出来”①。可见，真实性的自我更加注重自我本身，而不是外在的社会环境。在1964年之前，鲍勃·迪伦是一个典型的民谣音乐家，其创作带有民谣固有的政治性，推出了多个批判社会、揭露丑陋现实的作品，希望借此来实现其“一直珍爱的平等、自由的价值和理想的目标。”实际上，鲍勃·迪伦在20世纪60年代前期所表现出的政治性姿态只是由于他认为这样能实现自己梦想中的平等、自由罢了。正因为他误认为这样就能实现理想，所以才在一定程度上抑制了对自我情绪的表达和自我实现的追求。然而，时过境迁，鲍勃·迪伦渐渐发觉这样并不能改变社会现状，特别是在总统林登·约翰逊上台（1965年）之后，越南战争不断升级，鲍勃·迪伦认清了战争愈演愈烈的现实，意识到之前的种种反战努力均徒劳无功，因而他感到失望。而且，因其作品中体现出的政治性意味，他还被媒体和大众贴上了“时代代言人”的标签，这更是严重歪曲了他的本意。因此，此后鲍勃·迪伦的创作明显地更加注重个人情绪的表达，力求做回他真实的自我。这种思想转变也必然影响到了同一时期的《狼蛛》创作。

此外，在《狼蛛》中，我们能看到鲍勃·迪伦不少个人情感的真实流露。自从结婚生子后，鲍勃·迪伦一直都很疼爱孩子，毫不掩饰地表达对孩子们的感情，专门为孩子们创作了多首儿歌，如《永远年轻》（1973）、《人为百兽命名》（1979）等，这些都是其自我中真实性的流露。鲍勃·迪伦还

① 莫里斯·迪克斯坦. 伊甸园之门：六十年代的美国文化［M］. 方晓光，译. 南京：译林出版社，2007：202-203.

曾在自传中多次强调了他保护家人的决心，“我已经居住在黑暗之中。我的家庭就是我的光明，我将不惜一切代价来保护它。这是我为之献身的所在，无论过去、将来，还是现在”①。他在《狼蛛》中也不止一次表现出对家庭的重视，如：

> “亲爱的市长瓦格纳。有人曾告诉过您和詹姆斯·阿尼斯长得像吗/我写信是想告诉您是我儿子的偶像/您可以在方便时将您的日程安排表和曲目连同一张亲笔签名的照片寄给他吗/他会非常感激的/因为他只播放您的唱片，在他的朋友面前为您辩解/我非常希望您能读到这封信，而不是秘书。”②

在这里，鲍勃·迪伦以其标志性的叙事手法，巧妙地捕捉并表现出人类情感的细微之处。在上述片段中，鲍勃·迪伦通过一封写给市长瓦格纳的信，刻画了一个名为威利并极具亲情的父亲形象。短短几行文字中，不仅展现了父亲对儿子的深厚爱意，还折射出父亲为满足孩子愿望所做出的努力和期待。首先，这封信显然并非普通的官方恳求，而是充满了真诚和温情。威利并没有选择一种正式、冷漠的语调，而是几乎是用对话的方式与瓦格纳市长交流。这种写作风格使得读者能够感受到写信者内心的迫切和温暖。他对儿子偶像的了解，以及为儿子的梦想所付出的努力，都在这些细腻的笔触中展露无遗。其次，鲍勃·迪伦通过这封信展现了父爱中最为珍贵的一面：对孩子无条件地支持和理解。威利不仅知道儿子喜欢瓦格纳市长，甚至知道儿子为他辩解，这意味着威利与儿子之间有着深厚且开放的交流。这样的情感交流和理解并非每个父亲都能做到，而鲍勃·迪伦通过简单的几行文字，让读者感受到威利对儿子的关心已经超越了一般的父子之爱，达到了一种精神上的契合。此外，鲍勃·迪伦在这段文字中巧妙地表露出对日常生活细节的关注。威利请

① 鲍勃·迪伦. 编年史［M］. 徐振锋等，译. 南京：江苏人民出版社，2015：125.

② DYLAN，BOB. Tarantula［M］. The Macmillan Company，1971：29.

求瓦格纳市长将日程安排和曲目连同签名照片寄给他，这看似简单的请求实际上饱含了对生活细微处的观察。这种细节刻画不仅增强了文字的真实感，也进一步充实了威利作为一个慈父的形象。

在表达父爱时，鲍勃·迪伦展现了他深刻和真实的一面。他没有借助宏大的辞藻或复杂的叙述来描述父爱，而是通过日常生活中的小事，让读者切身感受到情感的真挚和纯粹。这种真实自我的表现，使《狼蛛》不仅成为一部跨文类的文学实验，更是一部充满人性光辉的经典之作。通过这简短的片段，我们不仅看到了威利的形象，更感受到了鲍勃·迪伦对家庭、亲情的深刻理解与热爱。

二、叛逆性的自我

众所周知，鲍勃·迪伦并不喜欢大家强贴给他的诸如“时代代言人”“抗议歌手”之类的标签。在1964年之前，他写的歌词被人用作攻击各种社会不公现象的武器，其人也被圣化。对此，鲍勃·迪伦十分抗拒和抵触。他在自传中回忆道，“最大的麻烦是媒体总想把我当成话筒、发言人，甚至是一代人的良心。”① 于是1964年之后鲍勃·迪伦做出了撕掉标签的一系列动作——他告诫那些试图定义他的人，警告他们不要再干涉他的生活，他并没有也不想为任何人发声。这种心态必然也影响到随后一年开始创作的《狼蛛》。譬如，在《狼蛛》中鲍勃·迪伦并没有满足大众的期待去明确表示他对越南战争的态度。对此，古德柴尔德在分析《狼蛛》时指出，“尽管左派分子谴责鲍勃·迪伦没有在这本书中对越南战争明确表态，但是读者仍能感受到鲍勃·迪伦在书中多次提及越战。”可是，这也只是读者的猜想而已。鲍勃·迪伦确实并没有明确表示过他对越战的态度，除了广泛意义上的“战争”，书中并没有直接提及“越南战争”。而且，在进行《狼蛛》写作的同年

① 鲍勃·迪伦. 编年史［M］. 徐振锋等，译. 郑州：河南大学出版社，2015：117.

（1965年），鲍勃·迪伦在接受记者采访时，同样给出了模棱两可的回答，“关于越战应该什么都不做。”① 这种含糊不清的表达使得媒体和大众无法继续推其为“代言人”。

同时，鲍勃·迪伦也在《狼蛛》中表达了他对“代言人”身份的极度厌恶。虽然他从未承认这个身份，但却总是被理所当然地视为“代言人”。人们甚至还会为其对该身份标签的推脱进行辩护。就在鲍勃·迪伦发表了“越南战争应该什么都不做”的言论后，“大家都假定他偷偷地珍藏着自己的信仰。”因此，鲍勃·迪伦在《狼蛛》中再次猛烈地抨击这个外界强加给他的身份。正如前面引文所述，鲍勃·迪伦化身为“我”怒斥大众对其生活的干预，拒绝“那个名字”，也放言如果继续发展下去，他会以大众意想不到的方式——“生气”、报复性地“踢人”，摆脱“那个名字”。因此，在发生车祸后，鲍勃·迪伦开始隐居生活也就不难理解了。他的选择是想摆脱那个身份标签，也正是他用具有攻击性的方式表达自我叛逆性一面的实例。

2016年瑞典文学院因其歌词写作在继承美国民谣传统的同时创造出新的诗歌意境而授予鲍勃·迪伦诺贝尔文学奖，这无疑是对他在歌词创作上取得的巨大成就的高度认可。鲍勃·迪伦的成就主要源自他对待写作严谨的态度，如其在谈论“重访61号公路”这一专辑名时所言：“实际上，给歌曲起名也需要进行一番斗争。就好比我爬上一个高高的梯子，各种各样的词汇在我身旁乱舞，等到最后一个词站出来投降‘好吧，他想起什么名字，就让他起什么名字。’我方才罢休。为专辑选歌的过程也是一场谈判，但我选的每首歌都是有意义的，都经过了我的斟酌和推敲。我也信心十足，确信自己的选择是正确的。”② 由是观之，以“狼蛛”命名，这部似歌本又似唱片说明文，耗费鲍勃·迪伦大量心血的“小说”也体现了作者的良苦用心，是我们认识鲍

① 伊恩·贝尔. 曾几何时：鲍勃·迪伦传［M］. 修佳明等，译. 北京：中国人民大学出版社，2017：356-357.

② 罗伯特·谢尔顿. 迷途家园：鲍勃·迪伦与音乐生活［M］. 滕继萌，译. 重庆：重庆大学出版社，2018：214.

勃·迪伦多维艺术创作不可或缺的重要文本。从理解被借用作为书名的“狼蛛”起步，借由体认西方文化史上“狼蛛”的意象和文化意味，可见“狼蛛”与鲍勃·迪伦其人其作或隐或显的相似性和差异性，继而感知鲍勃·迪伦对“狼蛛”文化意义的借用与创新，也就不难想象出鲍勃·迪伦在受制于自身与外界诸多不可控因素的情形下完成《狼蛛》的创作，犹如一位舞者被迫戴着镣铐跳舞，于局限中奋力寻求自主舞动空间，充分展示出独特的艺术功底与魅力。由此，与《狼蛛》相关的诸多谜团可以得到一定的合理解释，我们也就能更深刻地认识到鲍勃·迪伦通过创意写作对自我的表达与建构曾经做出的努力，逐步形成对鲍勃·迪伦写作艺术的全新认识，这对于了解当代美国文学与文化的发展也不无益处。

第五章　艺术人生的追寻之旅：回忆录《编年史》

西方传记文学具有悠久的历史，早在古罗马时期，就有西方传记文学鼻祖普鲁塔克的《希腊罗马名人传》，这部著作是西方纪传体著作之滥觞。传记文学通常将个人故事与伟大时代紧密相连，使得读者在了解个体生命的同时，亦能感受到整个社会和人类发展的脉动。在这样特殊的文学情境下，名人传记自然而然成为众多传记作家的青睐对象。而鲍勃·迪伦作为一位举世闻名的伟大艺术家，其卓越的音乐才华和独特的个人经历不仅塑造了他的传奇人生，也自然而然地激发了国内外无数学者和作家对他生平传记的深入探讨与研究。

在这些异彩纷呈的传记作品中，作者们通过细腻的笔触和严谨的学术研究，揭开了鲍勃·迪伦复杂而丰富的艺术生命。不可否认，这些传记作品为了解鲍勃·迪伦助益颇大，但是传记和自传是不能相互替代的。正如赵白生在《传记文学理论》一书中论及自传事实时指出："自传作家往往强调自己给自己写传时所具有的得天独厚的优势，思想的来龙去脉，信仰的皈依过程，理想的灰飞烟灭，外人很难有切肤的体验。"[①] 鲍勃·迪伦对此也深以为然，

① 赵白生. 传记文学理论［M］. 北京：北京大学出版社，2003：14-15.

并拒读别人以他为原型撰写的传记。如此，鲍勃·迪伦于911事件发生后开始创作，历时三年才完成的自传体回忆录《编年史：卷一》仿佛透露出一种宣示话语权的意味，也令读者体会到鲍勃·迪伦试图从公众、媒体和评论界的过度诠释中还原、夺回自己隐藏在巨大名声之下的生命的倔强。或许是厌倦了别人眼中的自己，厌倦了别人给他贴上的标签。正如他自己的话："别人眼中的自己并不是真实的，我的人生不需要别人来定义，我的笔才忠于自己"。作为鲍勃·迪伦首部也是迄今为止唯一一部自撰的回忆录，《编年史》问世以来备受赞誉，其诗性叙事手法和文学价值广受评论家认可，曾跻身《纽约时报》最佳畅销书榜单达19周，助力鲍勃·迪伦获得普利策文学奖（2008），并最终助力鲍勃·迪伦折桂诺贝尔文学奖。

《编年史》记录了鲍勃·迪伦青年时期在追寻自由与自我之途上所遭遇的种种曲折与惶惑，经历的艰难尝试与探索，以及最终收获的成功与思考。无论外界声音如何喧嚣，鲍勃·迪伦始终矢志不渝地追寻自由的艺术世界，坚守本真的人格自我。在这本自传中，鲍勃·迪伦将自己的生活和职业生涯分散在不同的时间片段里，编织成一幅丰富而多彩的编年画卷。从早期在格林尼治村的艰苦奋斗，到成名后面对的种种压力和挑战，鲍勃·迪伦以其独特的视角与笔触，细致刻画了那些关键时刻和影响深远的人物。此外，鲍勃·迪伦不仅讲述了音乐创作背后的灵感来源和心路历程，还深入分享了他对社会、文化和历史的深思。这部回忆录充满了对蓝调、民谣、摇滚等音乐形态的深情回顾，同时也透露出他对文学和艺术的挚爱。无论是描写家乡明尼苏达州的淳朴风光，还是在纽约这座大都市中的独特感受，鲍勃·迪伦的文字总是充满了诗意与哲思。读《编年史》，犹如与鲍勃·迪伦本人进行了一次跨时空的对话。我们在他的记忆流动中，领略到一位艺术家在时代洪流中的坚持与蜕变，感受到那份对音乐和生活的不懈追求。这不仅是一本关于过去的回忆录，更是一场持续进行的探索与追寻，让每一位读者在与鲍勃·迪伦的旅程中，找到属于自己的感动与共鸣。

《编年史》文字可读性强，内容真实感人，吸引着大众读者反复热忱阅读与学术界不断深入研究。通过分析《编年史》中青年鲍勃·迪伦在艺术之维“永葆童心，随风飘荡”般的境界追寻，媒介之路“灵活延伸，一往无前”的不断拓展，人生之途“背离束缚，放任自流”式的洒脱态度，可以揭示出蕴含在鲍勃·迪伦艺术与灵魂中自由不羁的本质特征，并为我们如何在现今社会于艺术和人生之外冲破藩篱，最终飞往没有枷锁的自由王国给予些许启示。

第一节　艺术之维：永葆童心，随风飘荡

鲍勃·迪伦对待音乐是纯粹而本真的，如果用其歌曲来加以概括，《永葆童心》（*Forever Young*）和《随风飘荡》由标题字面意义衍生而来的诗学内涵可谓是鲍勃·迪伦音乐创作态度的最佳注解。如鲍勃·迪伦在《编年史》中所言，“大多数演唱者都想着让人记住他们自己，而不是他们唱的歌，但我不在乎这些。对我来说，我所做的一切都是为了让人记住我唱的歌。”① 在音乐创作方面，鲍勃·迪伦在流行与古典之间不断开拓音乐创作空间，在外界推动力量起着宣传和加速的作用下，继承传统但更勇于突破传统，在传统和创新之间赋予了音乐创作空间的广阔性。在文学创作方面，《编年史》独具特色的散文式叙事、诗情共融的语言，独具艺术特色的表达手法，成就了具有“鲍勃·迪伦风格”的自传。鲍勃·迪伦代表的不仅是诗歌与文学的联结者，还有一种在流浪中勇于拼搏、追寻自我的精神。在艺术创作的道路上，鲍勃·迪伦一方面坚守自我，永葆追寻纯粹音乐的初心，另一方面马不停蹄地更迭艺术表达的内容与形式，让音乐的答案自由呈现，随风飘荡。

一、题材内容

鲍勃·迪伦的艺术作品内容意蕴丰富，透露出深刻的自由与自我追寻意

① 鲍勃·迪伦. 编年史［M］. 徐振锋等，译. 南京：江苏人民出版社，2015：18.

识。如歌曲《像一块滚石》“感觉如何/孤身一人/找不到回家的方向/像个彻头彻尾的无人认识者/像一块滚石?”和《暴雨将至》“噢，我那蓝眼睛的孩子，你曾去往何方?噢，我那年轻的情人，你曾去往何方?”不约而同地揭示出漂泊者失去家园的迷惘和世事动荡的大时代背景下个人被命运洪流裹挟的无力。这种属于流散者的似乎永远站立在路途中央，以及永远无法皈依心灵家园的漂浮感与矛盾性，不仅涉及了“你是谁?你从哪里来?你到哪里去?”的人类经典哲学问题，也传达出潜藏在彷徨情结与无尽流浪背后对自我与自由究竟为何的困惑与追寻。这种漫无目的而又苦心孤诣的寻觅不仅体现在他于歌曲和音乐王国中对自由与自我的反复诘问和上下求索，也成为《编年史》的代表性主题之一:“我是个流浪者，我是个赌徒。我离家千里。”“我不是任何一代人的宴会司仪，这个概念应该被彻底清除。我自己的自由和我爱的那些人应该是安全的。”无论是为了艺术梦想不惜离家千里的赌徒不断拷问自我流浪与放逐的意义，还是声名鹊起之后被大众神化、追捧以至于围追堵截、无孔不入的渗透，最终导致鲍勃·迪伦灵魂深处产生对自由无尽的渴求，这些都表明，自由与自我的追寻有意或无意间确已成为鲍勃·迪伦在抒写自身音乐史与生命史的过程中最为关切的人生命题之一。

二、艺术形式

除了内容和题材方面内蕴自由与自我追寻意识，鲍勃·迪伦的艺术在表现形式上也烙印了其鲜明的色彩，彰显出鲍勃·迪伦广泛吸纳艺术精粹，拒绝类型化标签，以及永葆纯粹音乐初心的独特姿态和自由观念。如鲍勃·迪伦的缪斯女神苏西·罗托洛所言，他“像海绵一样不断汲取着各种音乐的养分”①，认为“音乐有好坏之分，但和类型无关”。起初鲍勃·迪伦演唱和改编创作的曲目都是最纯粹彻底的民谣，后来在艾伦·洛马克斯的顶楼上观看

① 苏西·罗托洛. 放任自流的时光［M］. 陈震，译. 北京：光明日报出版社，2017：226. 下文所引此书中内容，不再一一标记。

了迈克·西格的歌曲表演后，鲍勃·迪伦获得了一种精神上的体验与启示，并决心做出改变并驾驭改变，创作具有新形式的民谣，树立“某种不会被消耗掉的哲学身份”。遇到苏西后，鲍勃·迪伦受其强烈而自觉的政治意识熏陶，开始在歌曲中加入民权运动、反战祈愿、自由吁求等鲜明政治元素，创作了《随风飘荡》《战争狂人》（*Masters of War*）、《时代正在改变》等抗议歌曲，由此在大众印象里完成了民谣歌手向抗议歌手身份的转变。

然而，鲍勃·迪伦并不愿意让自己被迫贴上抗议歌手的刻板化标签，从而失去艺术创新的勇气与自由，他开始考虑转换角度审视自己的歌曲，并尝试通过音乐的方式传达自己内心本真的声音和自我对艺术纯粹的关切。专辑《鲍勃·迪伦的另一面》（*Another Side of Bob Dylan*）就被鲍勃·迪伦有意赋予了这样的期望与使命。该专辑中“除了一首被视作鲍勃·迪伦最后的抗议歌曲《自由的钟声》（*Chimes of Freedom*）外，更多的歌曲不仅有嘲讽自己过去的《我的过去》（*My Back Pages*），还有质疑运动本身的《给罗曼那》（*To Ramona*）。他对歌中献身民权运动的女子说，你被骗了。”① 此外，在《编年史》中，鲍勃·迪伦也试图廓清众人对其创作歌曲的误解，“它们不是抗议歌曲，它们是反叛的歌谣……”与此同时，鲍勃·迪伦加紧向优秀艺术家吸取音乐创作与表演精粹的脚步。他通过汉克·威廉姆斯的唱片《漂流者路加》（*The Luke the Drifter*）学习大理石柱子般的歌曲结构和完美的数学对称感；在某个不知名小酒吧的老爵士歌手的演奏和歌声中领会演唱技巧，与“感恩而死”乐队完成了那场“漫长的耗人气力的演出”；从伍迪·格斯里的歌曲中挖掘蕴藏在旋律和歌词中无限的人性，并由此“发现了自我控制的本质”，找寻到了属于自身的音乐系统，他直言，“这个系统感觉比任何时候都更像我自己。”

鲍勃·迪伦的音乐之心是纯粹的，他永远在艺术创新和追寻自由的路途

---

① 陆新和．打碎与再造：鲍勃·迪伦和他那个时代［J］．青年学报，2017（2）：68-72．

上，他不同于任何其他人。如苏西所言，“他踩着另一种鼓点前进——他只是想写出最好的歌。”正因如此，在鲍勃·迪伦的世界里，音乐没有答案，重要的意义在于追寻自由与自我，正如鲍勃·迪伦所唱的那样，“答案啊，吾友，在茫茫的风中。”

第二节　媒介之路：灵活延伸，一往无前

荀子有言，“君子生非异也，善假于物也。”从一文不名到天下皆知，鲍勃·迪伦之所以能够在纽约众多民谣歌手中崭露头角，并凭借个人才能消融音乐与文学的边界，最终问鼎诺贝尔文学奖，这既缘于鲍勃·迪伦自身无出其右的才华与天赋，又依托于他对媒介和传播艺术的大胆运用，从而像巨大的滚石那般一往无前，直至抵达世界舞台的中央，收获全球歌迷的热烈拥护与喜爱。以《编年史》为主要考察中心，鲍勃·迪伦对于媒介和传播艺术出神入化的运用主要体现在三个方面。

一、融汇传播媒介

鲍勃·迪伦以先锋的姿态和高瞻远瞩的眼光，预见性地融汇视觉、听觉等媒介形式和多模态传播方法，极大地拓展了自己的艺术疆域，并以卓然超群的姿态宣告自身对自由与自我的执着追寻。最初作为一名传统的民谣歌手，鲍勃·迪伦演绎歌曲时通常使用的乐器是木吉他，后来在1965年的新港民谣音乐节和森林小丘音乐会上，鲍勃·迪伦不顾嘘声四起的台下观众，史无前例地将木吉他换成了电吉他，演奏起了摇滚乐。他坚定地做本真的自我，传达出不为世俗所羁绊的自由之声。在那个时代，吉他一旦插上电，再配以激情洋溢，振聋发聩的摇滚乐，鲍勃·迪伦的歌声得以自由地响彻在更大的舞台，这也意味着他的歌声将被更多人听见，让更多人着迷。历史证明，鲍勃·迪伦的决定是正确，伟大且富有纪念意义的，从那一刻起，他开创了民

谣摇滚时代。鲍勃·迪伦似乎拥有某种未卜先知的能力和预见改变的敏锐嗅觉，并且他热爱改变，也一直在积极改变和追寻自由与自我的路上。如其所言，“有时你知道有些事必须改变，也一定会改变，但你只能感觉到——就像山姆·库克（Sam Cooke）的那首歌《改变即将到来》——但你不能清楚地知道。有些小事情预示着将来，但你可能一时看不出。而接着就会马上发生一些事情，世界就变了，你跃入这个未知的世界，对它有一种本能的理解——你就自由了。”① 鲍勃·迪伦乐此不疲地在他的音乐王国里追寻着自由与自我，试图向全世界传达自己独特动人的歌声，因而他一直不满足于目前的媒介传播形式，总是不断超越，不断创新。20 世纪 60 年代，作为民谣歌手的鲍勃·迪伦开始尝试打造一个属于自己的标志性形象，为此他和女友苏西花了很长的一段时间确认最贴合自身形象的服饰搭配，并通过专辑封面、摄影录像等形式记录和保存下来。视觉形象一旦被镜头凝固，无论时隔多少年，人们只要翻阅到它，就依然会在记忆深处泛起一阵温暖的涟漪，并加深对鲍勃·迪伦的认同感和熟悉度。此后，鲍勃·迪伦如同一块蓄满能量的滚石，接连推出了《纳什维尔地平线》《自画像》《新的早晨》等 30 多张专辑。即便生命的长度横跨到二十一世纪，79 岁高龄的鲍勃·迪伦仍然创作不息，在 2020 年发布了一首长达 17 分钟的原创新歌《最肮脏的谋杀》（*Murder Most Foul*）。可以说，鲍勃·迪伦的歌曲代表性地见证了一整代人的听觉历史，并且，每次一经推出的新作不断激活大众对鲍勃·迪伦的文化共鸣与记忆共振。

二、利用多模态传播

除了视觉与听觉媒介形式的有效传播，鲍勃·迪伦还紧跟时代潮流，自由灵活利用多模态传播方式持续扩大自身影响力。1966 年，鲍勃·迪伦遭遇了一场车祸，卧床养伤的他在妻子的熏陶下执起画笔。这场绘画的旅程于

① 鲍勃·迪伦. 编年史［M］. 徐振锋等，译. 南京：江苏人民出版社，2015：64.

2007年的德国开姆尼茨美术馆与大众见面，鲍勃·迪伦举办了第一次个人画展，展出了1989年到1992年自己用画笔记录下的所见所闻所感。这些饶有深意的绘画与鲍勃·迪伦的歌曲、照片形成互文共生的关系，一同诠释鲍勃·迪伦艺术哲学的内涵。此外，鲍勃·迪伦还涉足文学创作领域、电影和纪录片领域等——1971年出版超现实主义小说《塔兰图拉》，2004年出版自传性回忆录《编年史》，2022年底出版诗学著作《答案在风中飘：现代歌曲的哲学》，并参演纪录片《迷途家园》（*No Direction Home*），电影《我不在场》（*I' m Not There*）等。鲍勃·迪伦似乎成为一个无处不在的文化符号，以各种多模态交融的方式渗入大众生活的方方面面，因此融汇交叉地向观众展示出真实自我的各类剪影，并在众人多彩各异的幻想与猜测中完成了缥缈难寻的形象建构。

三、依附意见领袖

鲍勃·迪伦智慧地依附于众多意见领袖的权威性和知名度，从而在很大程度上扩大了自身的影响力。无论是作为巡演嘉宾与“民谣皇后”琼·贝兹在新港音乐节共同演绎美轮美奂的歌曲，还是“货真价实的音乐人”约翰·哈蒙德的坚定推崇与如雷贯耳的哥伦比亚唱片公司签署的民谣歌手身份，抑或在美国黑人民权运动领袖马丁·路德·金发表《我有一个梦想》的著名演讲会上倾情演唱，都表明鲍勃·迪伦对于意见领袖为自己代言从而扩大自身影响力的不二法门熟稔于心。再次，鲍勃·迪伦擅长于对自我形象进行清楚定位，神秘渲染和独特塑造，因此他的魅力在大众心中经久不衰。有人如此评价，“满头乱发、一把吉他、沉默寡言、声音粗哑、唱词含混，往往是鲍勃·迪伦献艺时的‘标配’形象。”[①] 很明显，鲍勃·迪伦非常善于在生活中找准自我定位，并且在各类大大小小的表演中一以贯之。如苏西所言，“登

① 刘火雄. 历历来时路——诺贝尔文学奖获奖作品在华出版传播研究［M］. 南京：南京大学出版社，2019：187.

上舞台后，他总是动个不停，一会儿从口袋里取出几把不同调性的口琴，把它们放在旁边的凳子上，一会儿又摆弄下吉他上的变调夹或是头上那顶灯芯绒帽。随后，他会把口琴架上的口琴位置调整好，或是换上另一把口琴。等调好吉他弦后，再把凳子上的口琴整理好。舞台上的他很少说话。他会飞快地咧嘴一笑或做个怪相，或者“骚扰”下某个正在忙乎的工作人员。”① 鲍勃·迪伦正式表演前的略显笨拙和幽默的动作成为他表演的独特前奏，给大众留下深刻的记忆点。

通过上述分析，我们认为鲍勃·迪伦在运用媒介技术和传播方法来宣传自我追寻自由方面可称得上是一位大师。但是，媒介就像一把双刃剑。鲍勃·迪伦即便作为技艺高超的执剑人也会不可避免地被手中的剑误伤。鲍勃·迪伦通过媒介的延伸与传播发出的歌声以及在众人面前展示的别具一格的自我灵魂，也经常因为传播路径的复杂性和社会人心的光怪陆离，出现扭曲、变形甚至失真、谬误。如鲍勃·迪伦在《编年史》中自述，“无论反主流文化是什么，我已经看够了它。我对人们把我的歌词推而广之的做法非常厌烦，它们的含义被颠倒，用来论战，我也被圣化成叛逆的佛陀，抗议的牧师，不同政见的沙皇，拒绝服从的公爵，寄生虫的领袖，变节者的国王，无政府的主教，头等重要的人物。”② 更可怕的是，这种疯狂的关注与狂热的追捧不仅曲解和束缚了鲍勃·迪伦本身，还以一种指数增长式的波动辐射到鲍勃·迪伦最亲密的家人和朋友身上。这直接导致了鲍勃·迪伦与初恋女友苏西的分手，“我讨厌被人称作鲍勃的‘小妞儿’，不愿成为他吉他上的一根琴弦。我是鲍勃的女友，这并不意味着我就要跟在他屁股后面，捡起他扔在地上的糖果纸。”鲍勃·迪伦曾经有一段时间在公众铺天盖地的嘈杂声中对自我意义产生困惑，也曾无可奈何地失去了他珍爱的宝贵的自由。

于是，我们便解读到了这样一个耐人寻味的悖论：鲍勃·迪伦在媒介方

---

① 苏西·罗托洛．放任自流的时光［M］．陈震，译．北京：光明日报出版社，2011：138-139.

② 鲍勃·迪伦．编年史［M］．徐振锋等，译．南京：江苏人民出版社，2015：121.

面的自由运用反噬了鲍勃·迪伦自身，这导致他丧失了苦苦追寻与宣传的自由与自我。或许，我们可以大胆猜想，鲍勃·迪伦不断地转换艺术领域，永无止境地创新，其中一个重要原因是鲍勃·迪伦对于公众对自我标签化的审视目光已经疲惫不堪，因而永不停歇地推动自己向着追寻自由和自我的艰难之途中一次又一次重新出发，由此给大众留下像滚石那般一往无前的形象和“答案啊，吾友，在茫茫的风中”的自由幻想。

鲍勃·迪伦是自由的，他深谙传播之道，灵活地借助媒介艺术恰到好处地塑造个人神秘独特的形象，因而使得作为普通个人意义上的鲍勃·迪伦，逐步蜕变成隶属于一个时代意义上的镌刻有文化标记的鲍勃·迪伦。但正如任何一枚硬币都有正反两面，鲍勃·迪伦在自由地依托媒介宣传自己的同时也不可避免地被大众媒介的洪流裹挟。在这个意义上，媒介与鲍勃·迪伦的主客关系发生了微妙的颠倒，鲍勃·迪伦似乎成了某种特殊的文化媒介，而媒介本身则摇身一变成为主人，肆无忌惮地利用鲍勃·迪伦这个媒介宣传于自己有利的东西，从而给鲍勃·迪伦强加上类似于“先知，弥赛亚，救世主”等“难以下咽”的称呼。因此，鲍勃·迪伦又是不自由的。

所以，我们认为，一方面，鲍勃·迪伦自由地利用媒介不断拓展身体的延伸，让越来越多的人认识和喜爱自我，另一方面，鲍勃·迪伦被媒介的藤蔓紧紧缠绕、裹挟，并渐渐失去自由呼吸的空间，迫使自身不停地改变媒介形式与传播手段以保证内心真实的声音自由发出。鲍勃·迪伦就像一块巨大的滚石，自由大胆地通过碾压无数像沙砾一般的媒介，发出自己的歌声，同时也在纷扰喧嚣的碎石滋裂声中不断地寻觅原本属于自我的声音。

第三节 人生之途：背离束缚，放任自流

“鸟儿真的自由吗？”他问道，“它们被束缚在天空中，被迫在那里飞翔。所以，它们真的自由吗？”——在苏西的回忆录《放任自流的时光》，记录了

鲍勃·迪伦这样一段自言自语式的发问。的确，鲍勃·迪伦也曾为自由的概念苦恼甚至被“激得火冒三丈”。自由是神秘的，也是鲍勃·迪伦终其一生追寻的人生命题之一。纵观鲍勃·迪伦在《编年史》中自述的人生历程，他对自由与自我的追寻主要是在一次次的背离与反叛中完成。他放任自流，生命中的一切都曾坦然接受，最后也都命中注定般的由他主动完成反叛与背离——政治、爱情、朋友、公众、媒介，甚至艺术形式，一切的一切，但凡束缚他追寻自由与自我的东西，他统统在拥抱过后弃而不顾。鲍勃·迪伦清醒而自知，如他所言，“我的命运就是随遇而安，这与代表任何一种文明毫不相干。真实地面对自己，这是最重要的事。”

《放任自流的鲍勃·迪伦》专辑发行后，鲍勃·迪伦一跃成为公众心目中时代的最佳代言人，并被美国老左派寄予厚望。他们期待鲍勃·迪伦接过象征革命斗争的崇高的火炬，但鲍勃·迪伦却对此保持怀疑：“似乎这个世界总是需要一只替罪羊——一个带领大家抵抗罗马帝国的人。但美国不是罗马帝国，必须另有别人挺身而出，自告奋勇。”鲍勃·迪伦拒绝了左派人士递来的火炬，郑重其事地表明自己不愿意卷入其中，他深知自己确实从来都只是他自己——“一个民谣音乐家，用噙着泪水的眼睛注视灰色的迷雾，写一些在朦胧光亮中漂浮的歌谣。”

鲍勃·迪伦背离了爱情，更准确地说，背离了初恋女友苏西。在那些声名鹊起的日子里，鲍勃·迪伦追寻自由和艺术梦想的滚烫之心不由自主地向民谣皇后琼·贝兹靠拢。不仅如此，鲍勃·迪伦炙手可热的名声更让他与苏西产生无法缝合的裂痕。鲍勃·迪伦请求苏西嫁给他，但他无法与苏西进退维谷的处境感同身受。苏西“不愿成为他吉他上的一根琴弦”，而鲍勃·迪伦天性要做一个与吉他相依为命的浪子，在音乐的世界里放任自流。他终究不愿意牺牲自我与自由，于是“最终命运之旗一挥”，他们的感情戛然而止。

鲍勃·迪伦热爱创作，就像一束亟待亲吻镰刀的稻谷，饥渴地在稻田里吸收养分，努力生长。“他对音乐的渴求是如此强烈，人们看在眼里，都想帮他一把。每个认识他的人，不管是不是音乐家，都会被他狂热的学习热情所感染。朋友们一听到什么好歌，或是写出了什么有趣的新作，都会不自觉地拿给他看、弹给他听。当鲍勃发现自己很感兴趣的音乐时，他也一样会和朋友们分享。”这种对待音乐的纯粹之心有时会迫使他不由自主地超越学习的范畴，比如将戴夫·范·朗克（Dave Van Ronk）的歌曲偷偷据为己有。但是，“当他吸收了自己想要的一切后，他就会继续前行、越走越远，把他们抛在了身后。”在音乐创作上，鲍勃·迪伦如同一条长河，放任自流，但他过于自由不羁，这注定他最终与朋友背离。

“随着鲍勃的成名，喧闹的牛群接踵而至。”他们闯进鲍勃·迪伦的家，试图窥探他不为人知的惊天秘密；他们堂而皇之地宣称鲍勃·迪伦为“一代人的良心，并要求鲍勃·迪伦站出来为他们指路；他们把鲍勃·迪伦的脸和马尔克姆·X、肯尼迪和卡斯特罗的脸拼接在一起，试图想传达出某种意义，而鲍勃·迪伦本人对此困惑难堪，深恶痛绝。“我觉得自己就像一片肥肉，被什么人抛给了狗群。”鲍勃·迪伦无法忍受公众对自己身体和灵魂的禁锢，也不愿意在一片喧嚣声中迷失自我。他说：“不知道别人的幻想是什么，但我幻想能够朝九晚五地工作，在绿树成荫的地方有一所带白色栅栏的房子，庭院里盛开着粉红色的玫瑰。那会很好。那就是我最深邃的梦想。”于是，他背离了公众——不断搬家远离公众的视线，出版自传性回忆录《编年史》表明自己放任自流的态度，开始思考换一种策略建立自己的形象以避免外界对自己的生活投入过多的关注。

如前文所述，鲍勃·迪伦与媒介的关系似乎是一个悖论。在媒介运用方面，鲍勃·迪伦是自由的，同时也是不自由的。在面对后者情境时，生性热爱自由的鲍勃·迪伦一方面向媒介挥出了自己的拳头，比如把一瓶威士忌倒在自己头上，然后睡眼惺忪地走进百货商店引得人们议论纷纷，故意让新闻四处流传，由此为自己的家庭“争取一点呼吸的空间。”另一方面，鲍勃·迪伦执着地打造盾牌，比如使自己“尽量沉浸于田园生活和世俗琐事”，从而让作为公众人物的鲍勃·迪伦销声匿迹。鲍勃·迪伦背离了艺术形式。从1965年的新港民谣音乐节鲍勃·迪伦给吉他插上电演奏摇滚乐开始，鲍勃·迪伦就一直行走在艺术创新的路上。如前文所述，鲍勃·迪伦从来不拘泥于一种载体来传达自己的艺术理想与人生哲学。

他的艺术世界是广博而自由的，鲍勃·迪伦踏足之处，横跨音乐、美术、文学、电影、纪录片等多个领域。艺术形式如此异彩纷呈，这也表明鲍勃·迪伦一直在不断接受新的艺术形式，背离落后于时代的旧的艺术形式。他如一条放任自流的河流，一路上高歌猛进，不断吸纳溪流分支，最终将自己汇聚成汪洋大海。

富有传奇意味的是，预示鲍勃·迪伦即将成为一颗冉冉升起的明星的专辑名为《放任自流的鲍勃·迪伦》，这似乎向我们传达出某种信息。在几乎同名的著作《放任自流的时光里》，苏西提到了“放任自流”一词的由来：“‘放任自流’（Freewheeling）一词似乎是约翰·哈蒙德或阿尔伯特·格罗斯曼想出来的，不过把最后一个字母‘g’去掉则是鲍勃的主意。他砍掉最后一个字母，就如同一个手持弯刀的拓荒者在荆棘丛中劈开了一条道路。”“放任自流”最后一个字母“g”的去掉似乎代表了鲍勃·迪伦追寻艺术与标榜自我的态度，而“鲍勃·迪伦”则明显地指向自身。从鲍勃·迪伦第一张专辑遭遇滑铁卢，到第二张专辑以鲜明姿态表明自我的大红大紫，冥冥之中似乎有一种旨意暗示鲍勃·迪伦，提示他已经找到了正确的道路，那就是——放任自流。

无论是鲍勃·迪伦在艺术之维“永葆童心，随风飘荡”般的境界追寻，抑或在媒介之路“灵活延伸，一往无前”的不断拓展，还是人生之途“背离束缚，放任自流”式的洒脱态度，它们都不约而同地锚定鲍勃·迪伦的信仰与灵魂深处的本质——对自由与自我的追寻。那么，蕴含在鲍勃·迪伦艺术与灵魂中自由不羁的特征又能给予现今社会的我们以何种启示呢？或许，鲍勃·迪伦试图启迪我们的是对自我与初心的不懈坚守，对艺术与自由的永恒热爱。鲍勃·迪伦一直清醒地记得自己是谁，一刻未曾忘记对艺术与自由的执着追求，正如他在《编年史》中所说，“无论我到哪里，我都是一个60年代的游吟诗人，一个摇滚民谣的遗迹，一个从逝去时代过来的词语匠人，一个从无人知晓的地方来的虚构的国家首脑。我处在被文化遗忘的无底深渊之中。你们为它命名。我无法撼动它。走出丛林，人们看到我走来。我知道他们在想什么。我必须对得起所做的事情。”① 现今时代，我们或许被物质的东西捆绑，或许深陷媒体喧嚣的言论泥潭，或许我们无法确认什么才是真正的自我，或许我们永远也无法抵达完全自由的理想境地。但是，倘若我们像鲍勃·迪伦一样记得我们的名字，树立我们的姿态，永恒保持对自由与自我的向往和追寻，终有一天，我们将于艺术和人生之维冲破思维的藩篱，就如同鲍勃·迪伦歌曲《随风飘荡》配套的绘本里那贯彻始终的纸飞机一般，去往没有枷锁的自由王国，皈依心灵的自在境界。到那时，当我们再次被人追问自我与自我何处可寻时，我们就可以回赠以鲍勃·迪伦的经典词句，“答案啊，吾友，在茫茫的风中。”

① 鲍勃·迪伦. 编年史［M］. 徐振锋等，译. 南京：江苏人民出版社，2015：202.

第六章　创作人评歌：《现代歌曲的哲学》

第一节　鲍勃·迪伦与乐评的渊源

鲍勃·迪伦，这位美国民谣和摇滚的传奇人物，与乐评界有着错综复杂的渊源。自他在1960年代崭露头角以来，鲍勃·迪伦便以其独特的声音与诗意的歌词深深打动了一代又一代的听众。然而，乐评界对他的评价并非始终如一。从早期被赞誉为“反叛时代的代言人”，到转型电声时期引发争议，鲍勃·迪伦的每一次音乐创新都成了评论界激烈讨论的焦点。

《纽约时报》刊登的音乐评论在美国家喻户晓，在英语国家乃至欧洲也有着不可忽视的影响力。1961年9月29日，乐评家罗伯特·谢尔顿因深受鲍勃·迪伦现场演出的感染，在《纽约时报》上刊登了一篇改变鲍勃·迪伦命运的乐评，称他为一位“风格独特的民谣歌手”，对他的演出表现大加褒奖，并宣称鲍勃·迪伦一定会有一个辉煌的未来。谢尔顿在《纽约时报》主持音乐评论栏目多年，他在业界的影响力为鲍勃·迪伦带来了极大关注度。这篇乐评也宣告了一个民谣新星的诞生。据鲍勃·迪伦自己透露，看过谢尔顿的这篇评论后，哥伦比亚公司的金牌制作人约翰·哈蒙德没要鲍勃·迪伦试唱就同他签下了唱片合约。可以说，鲍勃·迪伦音乐事业的起步与发展都离不开乐评人的推波助澜，甚至鲍勃·迪伦能够成为20世纪的文化符号，与谢尔顿、马尔库斯等乐评人的摇旗呐喊有着密不可分的关系。当然，乐评人关于鲍勃·迪伦的声音并不都是正面积极的。总体来看，乐评人对鲍勃·迪伦的变化反应不一，有时甚至充满矛盾。他的大胆实验、抽象歌词和多变风格常常让评论家们迷惑却又着迷。尽管有人批评他背离了初衷，但更多的人为他不断突破音乐界限的勇气喝彩。鲍勃·迪伦在音乐界的成就不容忽视，而乐评界的反应也进一步凸显了他作为艺术家不可捉摸且引发深思的性质。可以说，鲍勃·迪伦与乐评界的关系不仅是一部个人音乐事业的发展史，更是一部社会文化的缩影，描绘了音乐如何反映和影响时代精神。

现在乐坛上广为流传的很多说法，如鲍勃·迪伦的演出中“每一个词，甚至每一次呼吸都有意味”；他的表达精炼，“没有一个多余的词”；戏称鲍勃·迪伦有“三流的唱功，二流的作曲，一流的作词”等，最早都出自流行音乐评论家之口。2015年5月，英国UNCUT编辑部发行了《经典摇滚音乐指南：鲍勃·迪伦》（*The Ultimate Music Guide*：*Bob Dylan*）一书，其中收录了对鲍勃·迪伦多部专辑所作的深度乐评和著名音乐杂志对他的独家访谈，从音乐评论的角度来剖析鲍勃·迪伦及其歌曲。如书中收录了杂志《旋律制造者》（*Melody Maker*，1965）上刊发的趣评：“有评论家认为，鲍勃·迪伦的最新作品表明他的创作才华在消失。如果这真是一个言之成理的批评，也只能说明评论家们水平下滑。”① 而在美国达特茅斯召开的鲍勃·迪伦学术研讨会上，学界乐评人路易·伦萨带着学生们把鲍勃·迪伦的专辑当作文本，对其中的文字进行严肃的文学性诠释，发现鲍勃·迪伦歌词具有玄学派诗歌特有的音韵起伏等诗性特征。

---

① 英国UNCUT编辑部. 经典摇滚音乐指南——鲍勃·迪伦［M］. 宋世超，译. 北京：北京联合出版公司，2016.

总而言之，鲍勃·迪伦始终是乐评界的“宠儿”。他的每一次演出、每一首新歌的发行、每一张专辑的面世，无不成为乐评人热议的话题。无论是正面还是负面的评价，都或多或少助推了鲍勃·迪伦的人气和声望。可以说，乐评、各类大奖、多部传记以及权威文选等诸多因素共同促成了鲍勃·迪伦作品的经典化。然而，令人惊喜和敬佩的是，在被他人反复评述了半个多世纪之后，鲍勃·迪伦不仅仅是乐评的对象，他更着实成了音乐评论文章的撰写者。通过其多部自传、专栏文章以及公开演讲，鲍勃·迪伦逐渐展现了他作为文艺评论家的独特视角和深厚的文化素养。他的文字不仅深具艺术风采，更显示出一种学术的严谨和深邃的洞见。在这一转变中，鲍勃·迪伦充分证明了他的多面才华，不仅是音乐领域的杰出代表，更是文化思考和批评的重要贡献者。这种多维度的角色，不仅让鲍勃·迪伦的艺术生涯更加丰富多彩，也为后续的音乐批评与文化研究提供了宝贵的资源和灵感。

第二节 《现代歌曲的哲学》艺术特色

作为以歌词写作享誉世界的作家，鲍勃·迪伦向来很少评论自己或他人的歌曲。直到 2010 年，他才萌生了撰写乐评，回顾 20 世纪流行音乐发展历程，探寻经典歌曲魅力之源的想法。历经 12 年的不懈努力，鲍勃·迪伦最终完成了一部乐评文集《现代歌曲的哲学》（*The Philosophy of Modern Song*）。在这部乐评集中，鲍勃·迪伦精选了 1924—2004 年这 80 年间的 66 首音乐作品作为评议对象，其中包括斯蒂芬·福斯特、埃尔维斯·科斯特洛、汉克·威廉姆斯、尼娜·西蒙等流行音乐明星的作品。最早的是戴夫·梅肯叔叔 1924 年录制的《让我的锅里总有好油水》，最晚的则是阿尔文·杨布拉德·哈特 2004 年录制的《内莉是位女士》。

自 1961 年闯荡纽约始，鲍勃·迪伦就敏锐地意识到，“美国正在改变。我有一种命中注定的感觉，我正驾驭着这些改变”“有一件事是肯定的，如果我想创作民谣，我需要某种新的格式，某种不会被消耗掉的哲学身份”。①从《现代歌曲的哲学》中可以看出，鲍勃·迪伦推崇多元文化，并试图将不同文化元素融入自己的音乐之中。他以猫王的名曲《金钱宝贝》（*Money Honey*）为例，指出歌曲具有海纳百川的包容性和多元性，允许追求自由、张扬个性。他认为艺术观念上的交流与碰撞有助于避免思想的狭隘与认识的片面；排斥任何其他民族文化的艺术形式只会流于孤芳自赏、故步自封，最终失去生命活力。

> 艺术是认识上的异见。金钱才是共识。我喜欢卡拉瓦乔，你喜欢巴斯基亚，我们都喜欢弗里达·卡洛，而沃霍尔让我们感到无聊。在这种激烈的争论中，艺术茁壮成长。这就是为什么不可能只有一种民族艺术形式存在。在此过程中，我们可以感受到人类对艺术的边缘不断拓展，努力包容所有意见，尽可能不冒犯个人观点。

60余年的艺术生涯为鲍勃·迪伦迈入乐评人行列奠定了坚实的基础，尝试撰写乐评也是他在用另一种方式表达对音乐艺术的热爱，同时也是对其海纳百川自由博大艺术理念的致敬与践行。在《现代歌曲的哲学》一书中，鲍勃·迪伦与读者分享他关于歌词写作、歌唱技法、乐曲适配和录音实践的心得；同时以别人的经典老歌为例，阐发他对艺术创作与商业运营之间的矛盾张力的认识与体会，以及他自己关于战争与和平等时代命题的深入思考。读者在“乐评人”鲍勃·迪伦的引领下，既可于纸上重温20世纪流行音乐的经典曲目，又能在掩卷之余对那些歌曲展开一定深度的哲学省思。这部新著充分体现了鲍勃·迪伦对音乐艺术探索的广度与深度。纵观《现代歌曲的哲学》的整体行文风格，我们能够强烈地感受到其中每篇文章的诗意性开头，而正文内容的叙述则更像是一场社会话题与哲学观念的交锋，火花四溢、辛辣激烈，极具鲜明的“鲍勃·迪伦式”艺术哲学特色。

---

① 鲍勃·迪伦. 编年史［M］. 徐振锋等，译. 武汉：长江文艺出版社，2019：68.

一、别开生面的故事形式

如书名《现代歌曲的哲学》，鲍勃·迪伦并不是希望写出一部关于歌曲创作或者唱歌的哲学理论，而是期待通过讲述歌曲背后的人物与故事发散出叙事与哲思。因此，以讲故事的形式介绍歌曲是鲍勃·迪伦乐评写作的一大特色。本书中，鲍勃·迪伦每一章节的乐评基本上分为两部分，第一部分以富含诗意的语言讲述一个与歌曲思想内涵在某种程度上契合而又颇具情趣的故事。例如雷·查尔斯录制的《我有过一个女人》（*I Got a Woman*），我们从中听到了一个有趣的小故事，讲述一个男人长途驾车穿过城镇去找他心爱的姑娘，“汗湿的衬衫粘在汽车座椅上，他随着‘肥头’纽曼的男高音部萨克斯风音乐，有节奏地敲击着方向盘”；爱欲驱使他在路上飞驰，“她半睡半醒，躺在沙发上等着他。开车进城后他们会在一起享受很多美好时光。起初这份爱像蜜桃。他们日夜相爱，永无抱怨，毫不挑剔。（然而）美好的时光易逝。只留长途奔波”。“爱意流转令人不知疲倦，车来人往永不停息……”其他很多章节也是以这样的方式开篇，给读者勾勒出一幅幅生动真切的故事画面后再转向对歌曲本身的解读。第二部分则用比较随性的散文笔法，详细地介绍歌曲作者及其作品。这种在故事呈现的基础上对歌曲加以阐释的方式增强了读者对作品的感知力。

二、磅礴深厚的主题内容

探讨内容广泛，涉及不同主题和领域是鲍勃·迪伦乐评写作的第二大特色。例如，在第 62 章中，鲍勃·迪伦提到了争议颇多的作者身份问题，道出了自传性歌词写作可能存在的局限性：“有的时候，歌曲作者从自己的生活中取材，导致创作内容偏于自我和狭隘，令其他人难以产生情感共鸣”“了解一个歌手的人生故事并不一定有助于你理解他的作品”“重要的是一首歌让你对自己的生活产生了新的感受”。此外，鲍勃·迪伦还对如今金钱至上的现代音乐产业进行了批判，认为过于商业化的音乐制作流水线影响了音乐的质量："今天的音乐产业被经济学家、销售人员和社交媒体主宰着……这个时代的音乐产业已经失去了自己的灵魂，成为一种商品。""美国民歌之父"皮特·西格的反战歌曲《深陷沼泽》（*Waist in the Big Muddy*，1967）因其具有极大的政治和社会意义而备受瞩目。鲍勃·迪伦以这首歌为主题，探讨了1960年代末期反战和民权运动的紧密联系，引发人们对美国社会和政治环境所面临的严峻考验等问题的思考。鲍勃·迪伦还提到了惠特菲尔德和斯特朗创作的《战争》（*War*）这首歌，并以批判性视角指出战争给人们带来深重的灾难。而对于美国人引以为傲的"民主制度"，鲍勃·迪伦则认为选举权的背后意味着沉重的责任：如果你投票支持的人选发动战争，把人们送上战场，那么你是不是成了战争的帮凶？"如果我们想找到战争罪犯，只需凝视镜中的自己即可。"因此，每个人都有责任反思战争和暴力，即使自己没有直接参与，也可能间接导致战争的发生。

三、穿越文艺的诗性哲学

穿越文艺抵达哲学，是鲍勃·迪伦乐评写作的第三大特色。鲍勃·迪伦的哲学思考建立在对66首具有代表性的西方流行歌曲思想内涵的领悟、艺术风格的分析、文化观念的比较评判基础之上。此前大多数音乐评论均以歌曲的音乐性或内容的社会性为出发点，鲍勃·迪伦则另辟蹊径，以讲故事的形式开篇，用专业的眼光直指要害，从哲学的视角切入歌曲内核，由表及里，由浅入深，全方位、多侧面地挖掘与展现20世纪流行歌曲的魅力之源。在本书中，鲍勃·迪伦探讨了人性、非理性、直觉等具有哲思性的话题，强调人的平等以及艺术家的社会责任。他说，歌曲中的人文精神会赋予音乐作品强大的思想力量，艺术家的创作应该与时代同频共振。在评论歌曲的过程中，鲍勃·迪伦也对现实社会的不公正进行了批判："吉米看透了这个世界的真相，这里不是和平美谷，而是一个充斥着企业家的欲望、人性的贪婪、肆意残忍和疯狂的世界，被催眠的大众，何尝不想摆脱这一切呢?”他真正想传达的是追求自由的精神，希望人们可以自由创造并实现自我价值。除此之外，在讨论音乐创作过程中的非理性和直觉因素时，鲍勃·迪伦认为音乐是一种情感和感性的表达，需要直觉和灵感的启示。他自己在音乐创作过程中经常遇到“黑暗时刻”，即灵感枯竭或无法创作的状态，每当此时，通过放松和专注，可以进入一种“非理性”境界，并从中获得新的想法和创作灵感。

四、自由创新的精神追求

歌颂自由、不断创新是鲍勃·迪伦终身从事艺术创作的精神追求，也是鲍勃·迪伦乐评写作的第四大特色。没有任何一个艺术家能够超越“不受束缚的艺术”和“束缚人的社会”之间的对立，他所能做的就是尽力以不受束缚的艺术作品去反抗社会的束缚。鲍勃·迪伦的人生轨迹和艺术作品无不显示出他对自由的向往和追求。在《现代歌曲的哲学》中，鲍勃·迪伦提到，约翰尼·佩查克的演艺事业在后期曾受到很多质疑，许多人认为他江郎才尽，但是他依然坚持创作，用艺术对抗外界压力。佩查克在《旧小提琴》（*Old Violin*）中唱道：“今夜我犹如一个破旧的小提琴，即将长眠箱底不再歌唱。”在认识到死亡迫近时，歌者又表现出一种超然的态度，希望脱离世俗的烦恼去拥抱自由：“突然之间，我被风绑架了，开始在无限的天空中翱翔。”① 大多数歌曲倾向于营造氛围、激发情思，而并不看重讲述完整的故事；这首歌却采用“散点透视”的叙事结构，强化其人物的情绪和思辨内涵。鲍勃·迪伦认为，歌者通过与自身的对话表达了渴望自由、打破束缚的心声。但转念一想，这又何尝不是鲍勃·迪伦自己内心深处的声音呢?

从创作歌曲、诗歌、小说、回忆录，再到如今撰写音乐评论，鲍勃·迪伦的作品总是以不同的形式为人们所喜闻乐见。鲍勃·迪伦不喜欢被别人评

---

① DYLAN BOB. The Philosophy of Modern Songs [M]. New York: Simon & Schuster, 2022.

价，更讨厌被定义。他从歌手、诗人、画家到乐评人的身份转换就像当年他给吉他插电时那样，表现出挑战与创新的勇气。自2016年荣获诺贝尔文学奖以来，老年鲍勃·迪伦接连推出新专辑和新著作，在回顾历史的同时展望未来，如同老蚌孕育出一颗颗耀眼的新珠。

细读《现代歌曲的哲学》全书，翻阅百余幅精选照片，品味梦幻般的片段，感受多媒介的融通，恰如欣赏一部恢宏史诗。鲍勃·迪伦笔下富有专业素养的真知灼见，闪烁着人文关怀与批判意识之光的文字，无疑能够引领公众透过音乐的表象和世俗的迷雾，审视文化本质，感受人生真谛。当音乐评论与历史学、文艺美学、哲学等其他人文学科进行思维的碰撞和联结，或许能够增强流行音乐传播的力度，更有助于提升歌曲鉴赏的思维深度。

综合以上三章所述，鲍勃·迪伦无论是在音乐、绘画，还是在文学领域，所展现的全才风范与其独特的艺术理念交相辉映，构成了一幅跨越六十余年的辉煌画卷，共同铸造了他作为20世纪及21世纪重要文化符号的卓越地位。他的创造力不仅在艺术形式上不断革新，更在内容上深刻映射出时代的变迁与人文关怀。鲍勃·迪伦在音乐、视觉艺术及文学的跨界融合中迸发活力，不仅是个人艺术才能的展示，更是一种对多元文化的积极回应。这一切都无不体现出他对艺术本质的深刻理解，以及他作为文化符号在推动社会变革与思想进步中的重要角色。可以说，鲍勃·迪伦的艺术生涯如同一场跨越时空的宏伟交响乐，既传递了个体的独特体验，又折射出社会的复杂面貌。他的作品无论是通过音符、画笔还是文字，都在传达出对生命、自由和人性的深刻思考，为后世留下了取之不尽的精神财富。他的艺术成就，将永远激励着未来一代的艺术创作者，续写着不朽的文化篇章。

下篇

流传：经典作品多模态解读

现当代文学在跨媒介传播的浪潮中，已从传统的文字形式演变为多样化的文本形态。现如今，文学在跨媒介传播的浪潮中，已从单一的文字形式演变为多样化的文本形态。纸质文学不再局限于纯粹的文字，而是迈向了综合性的表达，从学术精英的专属走向了普罗大众的怀抱。这种转变使得文学的平民化和大众化精神得到了前所未有的彰显，成为图像时代和数字化生存时代文学生态的独特景观。[①] 在这一背景下，鲍勃·迪伦多元复合的文艺创作天然地具有跨媒介传播的优势，他仍然是这个时代的宠儿，堪称世界流行音乐界与文学艺术界的常青树。鲍勃·迪伦不仅在音乐领域开创了令人敬仰的光辉事业，其在文学、绘画等多个艺术领域的跨界创作更是将他的多才多艺展现得淋漓尽致。他的作品以其深刻的艺术洞察力和独特的创意风格，穿越时代的界限和媒介的边界，成为现代艺术和文学领域中不可或缺的标志性存在。

在接下来的篇章“流传：经典作品的多模态阐释”中，我们将深入剖析

① 喻子涵，鲍远福. 跨媒介文学演变及其生产与传播［M］. 北京：人民出版社，2023：67.

鲍勃·迪伦的经典作品在多模态视角下的解读及其演变历程。本章荟萃了音乐学、文学批评、影视艺术等多学科的理论与方法，对鲍勃·迪伦的经典之作《随风飘荡》《永葆童心》《飓风》等进行了详尽的分析，探讨了它们丰富的内涵及其在传播中的意义演变。《随风飘荡》与《永葆童心》两首歌曲洋溢着童真、自由和浪漫的旋律，彰显了鲍勃·迪伦对儿童和年轻人的特别关怀。为了更广泛地传递这些歌曲所蕴含的理想、正义等价值，鲍勃·迪伦特邀著名画家为其歌曲进行绘本创作，精心设计的形象、画面、文字和版式，实现了绘本与歌曲间的深层意义共鸣，有效扩展了它们的影响力。《飓风》这首歌，受黑人拳击手鲁宾·卡特的不公遭遇启发，与同名电影和卡特的自传《第十六回合》形成了独特的互文性。这三者相互映照，相互增强，深化了《飓风》传达的民权理念和对公正的追求，在听众心中留下了深刻印象。通过媒介记忆理论的视角审视《随风飘荡》的传播历程，我们得以洞察鲍勃·迪伦在媒介运用和艺术作品多模态传播方面的精湛技艺。

第七章　多模态角度看绘本《在茫茫的风中》

自鲍勃·迪伦于2016年获颁诺贝尔文学奖之后，其创作歌曲正式被大众冠以“歌诗”的美誉。其中，*Blowin' in the Wind* 尤为出彩，是鲍勃·迪伦最著名的代表作。此歌生动描绘了多种自然意象，以诗意奇幻的语言表达了对社会政治问题的关切与思考，为世人广泛传唱和一再演绎。在这首蕴含着追求和平与反对战争的深意之作中，鲍勃·迪伦以其略带沙哑且充满情感的声音，辅以口琴和木吉他的悠扬旋律，吟唱出了一个充满寓言色彩的主题：人们的哀泣已不再被耳朵所捕捉，我们所听到的，不过是自己内心渴望的声音。“答案在风中飘荡”，这不仅是对无解之谜的深刻体悟，也是对答案无处不在的哲学思考。这首名曲将民谣的柔美旋律与摇滚的不羁精神完美融合，展现了音乐的无限魅力。①

早在鲍勃·迪伦获诺奖之前，此歌就因其反战色彩和诗性表达备受关注。电影《阿甘正传》（*Forest Gump*）中女主人公珍妮在舞台上弹唱 Blowin' in the Wind 的场面被无数影迷视为经典片段。遗憾的是，Blowin' in the Wind 长期以来虽经音乐、电影、诗歌集等多种媒介在音乐界、文学圈内广泛传播，

---

① 周志强. 声音与“听觉中心主义”——三种声音景观的文化政治［J］. 文艺研究，2017（11）：96.

却缺乏一种载体对其歌曲内涵予以可视化呈现。直到 2011 年，美国绘本大奖“凯迪克奖”（Caldecott Medal）得主，对东方水墨画、禅学颇有研究的琼·穆特（Jon J. Muth）与著名音乐文化批评家、“鲍勃·迪伦学”（Dylanology）权威学者格雷尔·马库斯（Greil Marcus）受邀参与制作 Blowin' in the Wind 歌曲绘本。穆特负责为歌曲配图，分享绘者手记，马库斯则提供对歌曲与绘本的评论手记。英文版绘本一经推出就引起市场热烈反响，亚马逊（Amazon）平台上有顾客评价道：“这是一本适合成人和儿童分享的好书。绘本里的图画很美，鲍勃·迪伦的歌曲与我初见它时一样深情而寓意无穷。”①

2018 年，我国引进了该绘本（见图 1），由黑龙江美术出版社编译出版发行。该汉译绘本②并未采用目前国内已有的译文版本，而是特意邀请了已有 89 岁高龄的余光中先生重译歌词。该绘本最终定名为《在茫茫的风中》，并将译文单独附于书末，以求最大限度地保留原版版式。歌曲绘本与鲍勃·迪伦其他四首歌曲的相应改编绘本③组成系列书籍，在当当网、京东等平台进行宣传，并有专人负责整理出一份手册，以便国内读者更好地了解鲍勃·迪伦及上述五部绘本。由此可见，*Blowin' in the Wind* 歌曲绘本，无论是英文原版或是汉译版，从策划到制作都煞费苦心，力求“叙事内容、字体样式、排版方式、图版设计、图片等都在作品中发挥影响”，从而充分调动读者的

① AMAZON. “Blowin' in the Wind.” [EB/OL]. https://www.amazon.com/Blowin-Wind-Bob-Dylan/dp/1402780028. 2011-11-01/2024-02-04.

② 注：国内对此歌曲标题名的翻译有较多版本，为避免混淆，本文在提及歌曲时，均使用原名“Blowin' in the Wind”，在提及绘本中译版时，则使用译名“在茫茫的风中”。文中引用的 Blowin' in the Wind 词句、译文、绘本图画以及绘者手记，皆出自：鲍勃·迪伦. 在茫茫的风中 [M]. 琼·穆特图，余光中，译. 哈尔滨：黑龙江美术出版社，2018.

③ 注：另外四本绘本简介如下：《永远年轻》（*Forever Young*）表达了对儿童养成友善、平等和诚挚道德品质的期望；《人为百兽命名》（*Man Gave Names to All the Animals*）描绘了 170 种动物，展现每一种动物自身的特点，有助于儿童感受自然界的美好、懂得尊重一切生命存活的权利；《假如狗狗们自由奔跑》（*If Dogs Run Free*）描述了狗狗们在平原无忧无虑、自由奔跑的情形，呼应了鲍勃·迪伦在原曲中对自由的向往；《假如不是为你》（*If Not For You*）围绕两只斑点狗的一系列温馨日常生活，展示平静家庭生活所带来的乐趣，表达了鲍勃·迪伦对自然、社会、历史和婚姻的思考。

听、嗅、触等感官接收途径，最大限度地发挥歌曲绘本作为“多模态文学”[1]表现形式的优势，阐释与再现 *Blowin' in the Wind* 的意境。

图 1

第一节　阐释理想价值

歌曲 *Blowin' in the Wind* 表达了对一系列理想价值观念的呼吁，寄托着人们对世界和平、独立成熟和自由平等的渴望。半个世纪后，这首歌曲充满渴求的呼喊依然在人们耳边回荡。在绘本中，歌曲的蕴含变得可视化了，其中寄寓的有志之士毕生所追求的理想、价值、观念，经由众人精心设计绘制的形象、画面、文字、版式等模态，跨越五十余年的光阴，鲜活地呈现在中

① GIBBONS, ALISON. Multimodality, Cognition, and Experimental Literature [M]. New York: Routledge, 2012: 2.

国读者面前。

一、反对战争，呼唤和平

歌曲最为人们所熟知，也属最为核心的价值追求，便是对和平的希冀："Yes，'n' how many times must the cannonballs fly/ Before they're forever banned?"以及"Yes，'n' how many deaths will it take till he knows/ That too many people have died?"这是鲍勃·迪伦发出的振聋发聩，引人深思的追问：人类社会需要承受多少次战争和暴力事件带来的破坏与死亡，才能够真正认识到和平的重要性，才能采取行动来终止无谓的冲突和流血而实现和平？歌词以"炮弹飞舞"象征战争行为，用"永远禁止"表达终止人类之间利害冲突，追求世界永久和平的美好愿望。其实，整首歌都在探讨一系列关于自由、正义与仁爱的基本问题，认为这些问题是普遍存在的，而且答案似乎并不明确，如同随风飘荡一般难以捉摸，但又深深植根于人们心中和社会的集体良知之中，值得每个人认真思索。通过这种发自肺腑的，呐喊、呼吁般的歌词，鲍勃·迪伦试图激发听众去思考那些攸关人类命运的重大议题。当鲍勃·迪伦从现实世界中寻找经验作为质料，怀着对社会的深刻关切设计歌曲结构时，Blowin' in the Wind 便体现了鲍勃·迪伦作为艺术家应有的创作才能与社会责任感。这种责任感引起无数人的共鸣，并激励他们为了和谐美好的社会努力奋斗。

绘本用两幅画面与鲍勃·迪伦的提问相呼应（见图 2 和图 3）。在第一幅画面中，两名儿童背对着一尊大炮，手中拿着红气球和小红花。气球和鲜花正是天真无邪的孩子喜爱的物品，也是快乐与童真的象征。他们身后的大炮显然已遗弃多时，锈迹斑斑，炮身周边甚至长出了青草。第二幅画面有着同样的构图元素，大炮上覆盖着五颜六色的多国国旗，炮口还系上了那个红气球。不远处，不同种族的孩子们在开心地玩着皮球。一些象征着幸福美好的意象，与代表战争与毁灭的不祥意象并置于同一景框之中，给读者带来强烈的视觉冲击，恰切顺应歌曲的情感价值取向，即反对战争，珍视和平。这些反差意象的运用，也反映了绘者对象征、隐喻等视觉修辞的重视。穆特竭力平衡写实和写意，在写实的同时注重意境的生成，以便读者从图画中解读鲍勃·迪伦意欲表达的象征意义和隐喻指向。同时，穆特还注重绘本在内容和结构上的反复与呼应，从而与歌曲对“反复”修辞手法的使用相契合。这两幅图画交相呼应，彼此之间形成链接，使关涉战争、和平的元素反复出现，自然契合与呼应了“战争与和平”这一贯穿歌曲的主题，进一步实现绘本传递原歌深层意蕴的功能。

图 2

图 3

余光中将鲍勃·迪伦的这两节歌词译为：“是啊，炮弹要发射多少次/才会被永远禁止？”“是啊，到底要死掉多少人/他才知道死人已不计？”“炮弹”作为此句的重要意象，虽然省去了原句中作为修饰词的“cannon（加农）”，但更符合国人的说话习惯，也再现并突出了歌曲对战争与死亡的指涉。*Blowin' in the Wind* 的诗性特质内蕴于各种意象，“因小见大，以彼喻此，达到言有限而意无穷的境地”①。余光中熟谙英汉翻译原则和诗歌创作方法，刻意让译文保留这样的特点，具体做法就是尊重原歌中的“白鸽”“炮弹”“风”等重要意象，逐个译出，尽量传递出歌曲原有内涵和意境，让国内读者能充分感受到 *Blowin' in the Wind* 的诗性美感，以及歌曲作者通过不同意象间的组合体现的反战隐喻。此外，余光中将“that too many people have died”译为“死人已不计”，相较“已有太多人死去”，言简意赅，而且表达更有力度。“不计”衍变自“不计其数”，在译文中表明死者数量大到超出可计算范围，比“太多”的程度更严重，情感色彩更浓烈，蕴含着鲍勃·迪伦对战争及其造成生灵毁灭的强烈谴责与控诉。

二、向往独立，走向成熟

歌曲描述了一个人追求独立成熟的过程：“How many roads must a man walk down/Before you call him a man?”此句似与鲍勃·迪伦本人的音乐生涯有巧妙关联之处。在创作早期，鲍勃·迪伦不少歌曲借鉴了民谣圈前辈和文艺界作家的作品。当自己的创作技巧逐渐成熟时，他将文学典故、风格和句法与通俗语言融合，形成大众流行音乐和严肃文学结合的独特风格，获得了许多听众与著名批评家的肯定。从幼稚走向成熟，追求独立生存空间——鲍勃·迪伦歌曲巧妙拨动听众敏感的心弦，传达出“人生天地间，忽如远行客”的生命感悟与人生哲思，并引导读者对个体成长、社会认可、人类精神和生活意义进行深入持久的探究。

在绘本中（见图4），一个小男孩站在画面的左下角。穆特有意拉长他身边的树木，使其显得比孩子高大得多，并将前方的道路画得十分宽敞，让其

① 余光中. 余光中论诗歌［M］. 南昌：江西高校出版社，2003：11.

分成几条路径，穿过翠绿的田野，通向一眼望不到尽头的远方。当读者以上帝视角俯视整幅画面时，他们可以顺着道路移动目光，从近处的男孩望向远处的田野。随着视野逐渐开阔，读者可接收到穆特在视觉艺术表现上传递的暗示：道路前方充满希望。此处，绘者采用了散点透视法中的平远法，通过对细节的把握和色调的运用来营造图像视觉效果，达到融情入景的目的。在细节方面，抱着球的小男孩，向前蜿蜒分叉的道路，挺拔的树木，宽阔的草地和肆意生长的树叶，都在点线面组合排列的描绘下展现出明显的空间感；在色调方面，穆特综合运用浅绿、橙色、红色等明、暖色调，配以棕色暗色调，让读者在画面微妙的明暗变化中展开美好想象：男孩会如何克服沿途困难，怀揣理想与美梦，以双脚踏遍人间奇境，用双眼饱览世上风景？在这里，绘本将原本对听众的严肃提问转化为愉快的思维活动，表面上是对歌曲文本的“叛逆”，实际上则充分应和了歌曲对人生哲学的深刻探讨，同时营造出一种轻松的氛围，使读者能够自在从容地对未来进行思考。这正是“读图时代”中图像与文学之间意义张力的体现：图像似乎“在形式和表象上否定了文学”，但实际上“却以获得审美表意和叙事的合法性来呼应文学表意”①。通过绘本彩图，读者受到触动，重新思考何为“成长”，以及在漫漫人生路上该怎样秉持理想信念，坚定地踏过荆棘障碍，走向光明坦途。

图 4

① 喻子涵，鲍远福. 跨媒介文学演变及其生产与传播［M］. 北京：人民出版社，2023：547.

余光中将此句译为“一个人要走多少路/你才会认他是一个人?”其中的“认”字，比起目前人们常翻译成的“称”，与原句词义更匹配。首先，“认”既包含了“称”在言语上的肯定，也表现了施动者心中对所称对象的承认，意味着真正将被指称者视为或确认为真正意义的人；其次，歌曲在唱到“call”时用的是升调，听起来音高昂扬。余光中翻译成“认”，因为汉语第四声的声调较高，所以显得铿锵有力，和原曲调的升调相对应，使译文客观上保存了歌曲的节奏感以及语气的强烈感。这种译法也与翻译家薛范指出的歌曲译配注意事项不谋而合。薛范认为，歌曲译配时应注意节奏感，即译词服从原曲调；在配词上也要考虑到译词需符合原曲的音乐旋律和声调。① 余光中对此句译文，无论是从情感或曲调来看，都较好地传递了歌曲对“社会认可”“走向独立成熟”的思考与追求。

三、崇尚自由，呼吁平等

在歌曲的后半部分，鲍勃·迪伦继续提问，“Yes, ‘n’ how many years can some people exist/ Before they're allowed to be free?”此句影射当时争取自由平等的民权运动。在听到鲍勃·迪伦这首歌后，黑人歌手们反应强烈，认为它唤醒了文化压迫下早已麻木的灵魂。② 在与此段歌词对应的画面中（见图5），孩子们乘着一叶红舟漂浮在雾气笼罩的湖泊上，眼前是一堵高墙，上面站立着一排身着白衣的黑人。水雾弥漫在湖面上空，抵近人们站着的高墙，遮住人们的视线，使其难以看清墙外的世界，与歌曲对自由与平等前景的提问相呼应。但画面中人们挺直身板，如一群意志坚定的战士，决心为自身的合法权利而奋斗。这里的绘画语言传递出穆特对人类追求自由平等事业的信心。

---

① 覃军. 歌曲译配：一种特殊形态的翻译——歌曲翻译家薛范先生访谈录［J］. 中国翻译，2019（6）：103-108.

② 刘影等编著. 英文歌曲与现当代美国文化［M］. 西安：西安交通大学出版社，2020：132.

此部分涉及美国民权运动史，读者对于历史文化知识的熟稔程度显得尤为必要。但实际上，除了专业学者或历史文化爱好者外，一般读者可能对美国这部分历史不够了解，也就难以有足够的精力去深入学习相关知识。此时，附于绘本后的评论家手记，作为多模态绘本的组成部分，就发挥了补充说明的重要作用。在手记中，马库斯介绍了歌曲在20世纪60年代流传的时代背景：社会运动如火如荼；部分民众无家可归、无法拥有选举权；人们彼此之间互相争斗。同时，马库斯还深入浅出地分析了作品的民权思想主题，表明歌曲正是为了和平、独立、自由等观念而唱。这些文字足以使读者理解鲍勃·迪伦对自由平等的追求，跟随绘本图画，想象人们为美好未来所付出的牺牲，感受人类为此所历经的艰险，从而更加珍视对上述价值观的维护。歌曲文词、绘本彩图和手记等多模态结合，使歌曲对社会的深情关怀变得生动形象，有助于人们更好地懂得歌曲所蕴含的积极向上的价值观念，体悟前人对自由平等的不懈追求。

图5

绘本中，余光中对此句的译文为“是啊，有些人要活多少年/才会准他们自由走动？”在1971年，余光中就曾在《现代诗与摇滚乐》中给出此句的初译版：“那些人究竟要活上几年/才能够得到释放？”① 可以看出，相较于初

① 余光中. 余光中论诗歌［M］. 南昌：江西高校出版社，2003：42.

译版，重译版更重视还原歌曲的旋律和内涵。歌曲此句可分成三个部分，“Yes，‘n’”为第一部分，属于语气词；从“how”到“exist”为第二部分，描述人的存在状态；“Before”后面为第三部分，提出问题。初译版省去第一部分，直接从第二部分开始，而重译版则保留了“Yes，‘n’”以及歌曲此处语气的停顿，令译文与原句旋律尽可能吻合，从而再现歌曲作者的情感。对于“some people”，重译版用泛称的“有些人”，比起“那些人”，所指范围更大。如果说初译版似乎直指黑人，那么重译版则意在提及所有自由受到侵犯之人，能引起人们更广泛的共鸣。对原句的核心词语“free”，早期译文译作“释放”，尔后改为“自由走动”。《现代汉语词典》对“释放”的解释有两条：“①恢复被拘押者或服刑者的人身自由；②把所含的物质或能量放出来”①。比起后期改译为“自由走动”，“释放”这个词语气偏重，使听者感觉歌曲描述的是一群因违法而入狱遭囚禁的罪犯，渴望着刑满出狱。而“自由走动”，则表达出有些人因各种原因正常行动受到束缚，无法按照自己的意愿行走、活动之意，暗合了歌曲对自由平等一类民主权利的吁求。

第二节　再现博爱精神

早在1795年，德国文学家席勒（Schiller）就在其《审美教育书简》中指出，每个人如同一块孤零零的小碎片，只注意到自己，缺乏对他人的关心与帮助，因此难以实现本质的和谐。② 席勒的先见之明在如今人们的生活状态中得到了有力的佐证：人们普遍只专注于个人的生存，对他人则缺乏必要的关注与关心；在听闻他人所遭受的折磨与痛苦时，也就很难真正共情。更有甚者，视他人之苦难为茶余饭后的谈资或聊以解闷的笑料。实际上，人们

① 中国社会科学院语言研究所词典编辑室. 现代汉语词典（第7版）[M]. 北京：商务印书馆，2016：1199.

② 席勒. 审美教育书简 [M]. 张玉能，译. 南京：译林出版社，2012：14-15.

不应只在乎自己，也应关爱他人，视身边人如自己家人一般，乐他人之所乐，痛他人之所痛。唯有如此，无数个体才有望聚合在一起，形成命运共同体，最终达到席勒所期望的“本质的和谐”。

马库斯认为，共情是鲍勃·迪伦创作的动力，寄托着关怀他人的渴望。[①]这便解释了为何鲍勃·迪伦会在 Blowin’ in the Wind 中，对人们缺乏博爱精神这种现象发出拷问：“Yes，‘n’ how many times can a man turn his head/And pretend that he just doesn’t see?”在后续诗节中，他又问道：“Yes，‘n’ how many ears must one man have/ Before he can hear people cry?”这种以“how many”开头的排比问句贯穿整首歌，彼此呼应，直指现实，如当头棒喝，震醒人们麻木不仁的灵魂，也令无数自称心系天下而实际上却只“爱自己”的精致利己主义者噤声汗颜。

穆特考虑到绘本作为纸质媒介的性质，不便将歌曲辛辣的提问通过图画直接展现，因此采取了一种轻松而讨巧的变通策略：以儿童的活动来传递歌曲意境。绘者似乎也注意到了歌曲这两句在思想上的高度关联性，于是借助绘本中的图画所营造的视觉效果，展现孩童之间互相帮助的一段故事。图画内容如下：湖泊上漂荡着一艘红色小船，一个男孩坐在船上低头玩水，身边是自己的红色玩具球，背后是一把吉他浮在水面。在后两页图画中，女孩手中拿着自己心爱的吉他。此处采用倒叙的方式交代吉他所属。在第三幅图画中，女孩因吉他落水被损毁而哭泣，男孩于是将自己的红球送给她以表安慰。歌曲本身并没有具体遣词组句讲述任何故事，但穆特却借助图像模态，巧妙安排构图元素与图片顺序，引导读者调动解读图像的能力和人际交往的知识，去想象这样一个微故事：女孩有一把心爱的吉他。有一天，她在湖畔散步时，不慎让吉他掉落湖中。船上带着皮球的男孩，在听到女孩求助的呼喊后，努力将吉他捞起。然而不幸的是，吉他被水浸坏了。女孩很伤心，于是男孩将

① MARCUS，GREIL. Folk Music：A Bob Dylan Biography in Seven Songs［M］. New Haven：Yale University Press，2022：5.

自己的玩具送给女孩。图画里一望无际的湖泊和森林给读者一种自由感和空间感，其所构成的空间也向人们开放，邀请他们进入图像和文字所描绘的世界。在进入这个世界后，由于图画的组成元素较少，人物活动和故事主题更加突出醒目，读者会更关注男孩将球送给女孩这一行为，感受人类无私善良的本性，揣摩画中人物行为的寓意，领悟穆特传达的“以无声仿有声”的讯息。润物式而非说教式的方法是多模态文学的一种传播特点。[①] 图画故事突出表现人们身处困境时的互相关爱，以及人与人之间的帮助理应超越不同民族、信仰、文化和地域差异——这正是鲍勃·迪伦在歌曲中所竭力传达的博爱精神。但绘本又避免了犀利的提问和假大空的口号教育，让读者沉浸于图画世界之中的同时，悄然不觉地感受帮助别人所带来的快感与成就感，从而在以后的生活中愿意关注和同情他人，照顾他人的利益和福祉，为社会无私奉献。穆特的变通策略，看似削弱了鲍勃·迪伦歌曲原本强烈的情感和表现力，实际上是以一种将“百炼钢化为绕指柔”的方式，循循诱导读者细细思考现实，避免了歌曲原本较强的现实指涉可能使受众产生的反感，同时也充分展现了绘本浪漫美好的特点。

余光中的译文中有一亮点值得关注。歌曲第二处引句在描述被漠视的普通民众时，使用的动词是“cry”，而在余光中的译文中，该动词译成了“呼喊”，而非“哭喊”或“哭泣”。余光中如此用词，是因为他“认为人们的喊叫拥有特定对象，是想唤起大众的普遍关注”，并且“号召更多人开展行动”[②]。歌曲试图通过直击现实，让更多人参与到抗议活动中来，而余光中此处的译文，正呼应了鲍勃·迪伦的意愿，也和穆特的良苦用心相契合，让读者也能感受到歌者为了人与人之间彼此关心帮助，彰显博爱精神所做的努力。

---

① 杨肖.“混合文本”及文学的多模态传播［J］. 外国文学. 2023（4）：165-175.

② 雷昭利，吴群涛. 经典歌诗的翻译规范研究——以鲍勃·迪伦《随风飘荡》中译为例［J］. 翻译史论丛，2022（1）：80-98+181.

第三节　凸显禅学智慧

德国人类学家恩斯特·卡西尔认为，没有语言和艺术等人为媒介，人类“就不能看见或认识任何东西”。于 Blowin’ in the Wind 而言，充满诗性美感的语言与轻快活泼的民谣碰撞，擦出了温暖数代人的火花，迸发了照引前路的光亮。在此过程中，歌曲也从公认的“抗议歌曲”升华成和平、独立与自由等价值观的象征，为在不同困境中挣扎的人提供精神指引，支撑其渡过次次劫难。《在茫茫的风中》综合运用歌曲、图画、译文、手记等多模态结合的方式，再现并凸显了歌曲原本抽象的价值观念、博爱精神和禅学智慧，引起读者的深沉感动与绵延思考，使他们在阅读绘本时，不知不觉提升自己的审美能力和品德修养，最终有望与他人和谐相处，协同发展，步向光明前途。

禅学研究者、社会与文化心理学教授史蒂文·海涅（Steven Heine）指出，鲍勃·迪伦如一位禅学大师，借助美国流行音乐不断质疑所谓的社会权威，以追求真实性和自主性；他将问题从抽象的真理层面转移到现实的经验层面，从而激起人们的不安和忧虑，进而呼吁对精神解放的寻求。① 在 Blowin’ in the Wind 中，每一小节在提出三个问题之后，都会接上一个同样的结句：“The answer，my friend，is blowin’ in the wind/The answer is blowin’ in the wind”。这段歌词曾因对问题的俨然回避或曰闪烁其词而遭受许多揶揄，殊不知这是一种“欲说还休”的东方禅学智慧，它不可教、不可说、不可解，鼓励听众通过思考、反省或冥想的方式超越具体的现实生活，去寻找一种更抽象，也更有普适性的答案。正如阿伦·瓦兹（Alan Watts）在《禅之道》（*The Way of Zen*）中所述，思想的力量使人们离开事

① HEINE，STEVEN. Bargainin’ for Salvation：Bob Dylan，a Zen Master？［M］. New York：Continuum，2009：xv-xvi.

物自身，因为“观念”要比“现实”容易理解得多，“象征”要比“事实”稳定得多。[1] 歌曲大量留白，或许是鲍勃·迪伦期待人们利用自身的思考能力，越过具体“事实”，去靠近“象征”，因为这些困扰美国已久的社会问题，很难在一首不到三分钟的歌曲里寻到具体的解决办法。同时，与其由歌曲作者本人给出详细对策、方案，不如让歌曲启发不同社会阶层和种族的人来思索答案，这也更有助于各个群体之间的交流与沟通。当音乐响起，听者的思绪犹如飞在风里的纸飞机，以歌曲为指南，飞往自己心中答案所在之地。

绘者精准地感悟到了鲍勃·迪伦刻意采用的这种“引而不发”的禅学智慧，致力给读者留下足够的思索空间。针对作为全歌核心的回答“The answer is blowin’ in the wind”，同样身为禅学研究者的穆特，以非常形象的方式将此结句幻化为风中飞翔的纸飞机。禅学绘本一向简洁深邃，只保留最必要的文字和图画，其内蕴需要读者自己去品悟。有时，为了使绘本表达的主题更易懂或完整，绘者会留下手记，点出读者应多加关注的地方。相较于歌曲和绘本图画以含蓄、间接的方式传达的虚拟世界信息，绘者本人则通过手记，明确而直接地指导读者如何阅读书本。在手记中，穆特着意点出了“纸飞机”意象：“我想那些在茫茫风中的‘答案’也许是在一张纸上，可以折成纸飞机。这架飞机随处可见，承载着歌词的意蕴。这是一个可视的隐喻，也许是孩子能明白的一种方式。”滑翔在整个绘本里的纸飞机，除了象征思绪的自由外，也暗示着所谓答案贯穿于整首歌曲。在知晓纸飞机的重要性后，读者可能多次翻阅绘本，观察是否每一页图画都有纸飞机，以及纸飞机在什么地方。这些属于读者与书本之间的互动，是多模态布局的产物。[2] 读者与绘本的此类互动增强了绘本的趣味性和独特性，也使得原来缺少具体故事的

---

① WATTS, ALAN. The Way of Zen［M］. Vancouver: Vintage Books, 1989: 120.

② 玛丽娜·格里沙科娃，玛丽·劳勒·瑞安编. 媒介间性与故事讲述［M］. 段枫等，译. 上海：上海外语教育出版社，2024：339.

绘本具有更强的可重读性。纸飞机除了使绘本更有趣耐读外，还有助于读者更好感受、理解绘本。飞机形似箭头，这种箭头与阅读方向有关，是具有视觉效果的方向矢量。在多模态文学阅读中，方向矢量利用动力、方向性、定向等特性，对读者的阅读有着重要作用：落在绘本图画左页的纸飞机“箭头”牵引读者的目光从左到右移动，落在右页的“箭头”则可能使读者想象飞机从左至右飞过的画面，因此重新从左边读起。当人们的目光在“箭头”的导向下，扫过横跨两页纸的辽阔天空时，他们更易感受到想象力的自由，思考绘本对“在茫茫风中的‘答案’”的讨论，体验到绘者想要传递出的禅智。此外，倘若纸飞机与歌词分散在左右两个页面上，读者又需要考虑捕捉纸飞机图像和阅读歌词文本孰先孰后的问题。此时，由于言语和视觉交流产生了分歧，绘本图画就有了一种“言语和视觉模式之间的张力差异”，这种效应被视为“媒介内部的多模态效应”[①]，通过引起读者对图画整体布局的思索，促使其关注图画隐藏的深刻含义，进一步解读绘者意欲传递的思想感情。穆特在描绘纸飞机的同时，还在画面上留下大量空白，这种局部留白的手法，可促使读者专注于特定的构图元素，关心图像的表意与主题，同时也让绘本充盈禅的纯粹与简洁意蕴，与现代极简主义审美观相符合。读者只需要看着图画，就会不知不觉进入一种幻境，和画里的孩子一起，投掷可能写着答案的纸飞机，并望着它飞向天际。在绘本对歌曲最后一节的图画中，十余架纸飞机在天空翱翔，象征着人类最终团结起来，集思广益，共探问题答案。穆特通过精简构图元素，突出纸飞机意象，向人们发出倡议，使绘本在此处达到最高潮。

余光中着力突出歌曲所表达的答案捉摸不定、踪迹难觅的特点，以及鲍勃·迪伦对答案欲寻不得、难以言说的复杂感情，因此他将关键短语“blowin’ in the wind”译为“在茫茫的风中”，与其他版本译文如“就在风中

① 玛丽娜·格里沙科娃，玛丽·劳勒·瑞安编. 媒介间性与故事讲述［M］. 段枫等，译. 上海：上海外语教育出版社，2024：336.

飘”“随风飘荡”和“在风中飘荡”① 形成对比。这些版本同样注意到了歌曲的禅智与对“答案难寻”的暗示，根据原句中“blowin”的核心含义，将该动词译为“飘”或“飘荡”。余光中则另寻蹊径，将“飘”在此处蕴含的意义融入形容词“茫茫”中，并将“飘”隐去，似乎暗示着：答案在世界一隅，人们四处找寻，却可能始终一无所获，最后在风中回荡着的，或许是心有不甘的疑问，也可能正是众人苦苦寻觅的答案，等待着在下一次问询中被发现。此外，贯穿于整个绘本的纸飞机，正是依靠风的托举，才得以抵抗引力的束缚，在空中飞翔；而在绘本图画中，风虽然没有实体，但得益于纸飞机的映衬，却又显得处处存在，纸飞机与风彼此依存。绘本封面上，“Blowin’ in the Wind”为花体，“在茫茫的风中”为行楷，这两种字体特有的飘逸特点，则分别与“blowin”“wind”和“茫茫的风中”相契合，也和封面里舞动的树叶、有待投掷的纸飞机、孩童们飘动的头发相呼应，令人眼前一亮。“在茫茫的风中”，虽未完全遵循原歌曲措辞用语，却保留了其原有的诗意和蕴含，暗示了答案的确实存在，只是不为人们直观所见，这样再现了歌曲向人们传达的希望，又与穆特精心创造的纸飞机形象相呼应，指引着人们往后翻读绘本，寻找心中答案，充分体现了图像模态和文字模态之间所具有的高度关联性。

德国人类学家恩斯特·卡西尔（Ernst Cassirer）认为，没有语言和艺术等人为媒介，人类“就不能看见或认识任何东西”②。借助语言，人得以描述和体验世界，也影响着这个世界。于歌曲 Blowin’ in the Wind 而言，充满诗性美感的语言与轻快活泼的民谣碰撞，擦出了温暖数代人的火花，迸发了照向前方的光亮。在此过程中，歌曲被无数人提起、再演绎，也从原来公认的

① 雷昭利，吴群涛. 经典歌诗的翻译规范研究——以鲍勃·迪伦《随风飘荡》中译为例［J］. 翻译史论丛，2022（1）：80-98+181.

② CASSIRER，ERNST. An Essay on Man：An Introduction to a Philosophy of Human Culture［M］. New Haven：Yale University Press，2021：25.

“抗议歌曲”（protest song）升华成和平、独立与自由等价值观的象征，承载着每一位演绎者对人类的深切关心，以一种“引而不发”的禅学智慧，为在不同困境中挣扎的人提供精神指引，支撑其渡过次次劫难。《在茫茫的风中》综合运用歌词、图画、译文、评论文字等多模态结合的方式，再现并凸显了歌曲原本抽象的价值观念、博爱精神和禅学智慧，既联结着赋予人类生存以温暖的“明亮灿烂”之精神能源，又葆有中、西文化创造性融合的“梦笔生花”之灵性，并由此成为一种文化结晶，引起读者深沉的感动与绵延的思考，使他们在阅读理解绘本的过程中，不知不觉地提升自己的审美能力和品德修养，最终摆脱个人碎片化的束缚，迈入与他人“和谐共存，协同发展”的自由之境与光明之途。

第八章　儿童教育价值维度阐发绘本《永葆童心》

鲍勃·迪伦创作的文艺作品中，适合儿童聆听，以儿童为中心人物或专门为儿童而作的歌曲包括《永远年轻》（*Forever Young*）、《假如狗狗们自由奔跑》（*If Dogs Run Free*）、《假如不是为你》（*If Not For You*）等，这些寓意美好的歌曲宛若流行音乐中的一股清流，以“天然去雕饰”之姿涤荡尘世的喧嚣与焦躁的灵魂，令人怦然心动。2008 年，国外陆续出版一系列以上述歌曲为脚本的儿童绘本。2018 年，国内也引进出版了这套绘本。这些歌曲主题关涉儿童的价值观、伦理观、美学素养等多方面。据美国文化研究学者约书亚·克罗弗尔（Joshua Clover）在哈佛版《新编美国文学史》（*A New Literary History of America*）中所述，鲍勃·迪伦不仅熟谙美国民谣和民俗传统，对“儿童歌谣”（child ballad）也尤为了解[1]。鲍勃·迪伦的 Forever Young 一歌专为他当时四岁的儿子雅各布·鲍勃·迪伦（Jacob Bob Dylan）而写，歌词简洁晓畅，韵味悠长，寄托着对孩子“永葆童心”的殷切期待，被著名诗人艾伦·金斯堡（Allen Ginsberg）视为鲍勃·迪伦的“国歌”（national anthem）[2]。特邀画师

---

① MARCUS GREIL. & SOUERS WOLLORS ed. A New Literary History of America ［M］. Cambridge: The Belknap Press of Harvard University Press, 2012: 905.

② MARGOTIN PHILIPPE & GUESDON JEAN-MICHEL. Bob Dylan All the Songs: The Story Behind Every Track ［M］. New York: Black Dog & Leventhal Publishers, 2015: 404.

在为此歌设计绘本时，别出心裁地以鲍勃·迪伦自身成长过程入画，将歌曲作者对儿童道德品质和社会伦理身份的深厚期望予以鲜明立体地展现。

第一节 “乐-画-词”融合的歌曲绘本

歌曲 *Forever Young* 出自鲍勃·迪伦 1974 年发行的专辑《行星波》(*Planet Waves*)，该专辑问世标志鲍勃·迪伦重新以艺术家的身份投身于社会生活。在该专辑里，鲍勃·迪伦通过多首歌曲传达自我成长过程中的身份变化和伦理思考。如《非你莫属》（*Nobody' Cept You*），以儿童的视角回顾孩提美好时光；《婚礼之歌》（*Wedding Song*），以丈夫的身份抒发对妻子的眷恋牵挂。该专辑系列歌曲中，Forever Young 因其富有诗歌的韵律和歌曲的节奏，以及灵活化用美国传统文学典故而别具一格。鲍勃·迪伦将关切人类立身之本的一系列珍贵伦理道德品质的钩沉与思索，通过对孩子的祝福娓娓道来。在谈到 Forever Young 歌名翻译时，责任编辑在手记里写道：“在看到这本书的第一眼，我就在想，是不是应该译为《勿忘初心》更好一些，或者是《童心永在》，或者是《永葆青春》……”① 有公司领导借用此歌经典片段分析一个团队该如何运转，认为整个队伍若要“阔步前行”，就应“且持童心，同心聚力”②。还有一位美国法官约翰·罗伯茨（John Roberts），在儿子的中学毕业典礼上作为家长代表致辞时，也引用了此歌名，寄寓父母对孩子们怀抱的美好祈愿，希望他们在踏入社会后，能够早日找准各自的身份定位，明白公正、忠诚、同理心的重要性③。上述歌名解读和歌词引用表明，*Forever Young* 的核心观念并不在歌名表层意思上追求生理方面的“永远年轻”，而在于更深层次上、直接关涉个人伦理道德观念的“永葆童心”，即歌曲的本质内涵——

---

① 森林鱼童书馆. 留住时光留住爱：鲍勃·迪伦诗歌绘本编辑手记［EB/OL］.（2018-03-29）［2023-8-29］. https：//book. douban. com/review/9257326/.

② 许雅婷. 童心永葆“同心”共行［J］. 中国出入境观察，2023（6）：92.

③ 法律读库. 美国最高法院首席大法官在儿子毕业典礼上讲了啥［J］. 方圆，2017（14）：56.

长辈期盼后辈能够永远保持自幼养成的珍贵道德品质，即便到老也依然如孩童般善良纯真。出于对此歌的喜爱和重视，2008 年，鲍勃·迪伦亲自邀请美国画师保罗·罗杰斯（Paul Rogers）依据歌曲内容制作绘本。罗杰斯曾为《纽约时报》（*The New York Times*）、皮克斯动画（Pixar Animation）、超级碗（Super Bowl）等重要传媒及出版物设计动漫形象。

第二节　再现对儿童的道德品质期望

英国哲学家、教育家伯特兰·罗素（Bertrand Russell）认为，美德与事实相互联系①。罗杰斯运用多种视觉美学元素，结合具体现实生活场景，展现并协助读者体悟鲍勃·迪伦倡导的“友善”“平等”“诚挚”三重典型社会伦理品质，有利于发挥歌曲绘本在儿童伦理教育方面的生动效用。

一、常怀感激，知恩图报

在歌曲第三四句，鲍勃·迪伦对孩子提出了第一重期望：“愿你始终待人如己/也愿世人如此待你。”② 英国诗歌研究学者克里斯托弗·里克斯（Christopher Ricks）认为这一句强调人类的互相帮助，句中的“也”推动思绪转换，展现了人与人之间一种温柔而坚定的力量③。如图 6 所示，一名男孩怀抱吉他，倾情演唱，引得过路的行人纷纷驻足。人群中尤其显眼的是约翰·哈蒙德（John Hammond）、琼·贝兹（Joan Baez）和皮特·西格（Pete Seeger）这三位当代知名人物。他们曾在鲍勃·迪伦陷入苦厄和困窘的泥淖时，无偿地伸出援助之手。对于重如千钧的雪中送炭之情，鲍勃·迪伦非常

① RUSSELL BERTRAND. Mortals and Others [M]. London: Routledge, 2009: 61.

② 本文所分析绘本图画与中文歌词均出自此书：鲍勃·迪伦文，保罗·罗杰斯图. 永远年轻[M]. 周秦超，译. 沈阳：辽宁少年儿童出版社，2018.

③ RICKS CHRISTOPHER. Dylan's Vision of Sin [M]. New York: Harper Collins Publishers, 2004: 450.

感激，功成名就后更是竭尽心力回报他们。欣赏此幅图画时，读者处于“直示主观视角”，跟循男孩的视线面向洋溢着热情微笑的众人。主观视角的强烈代入感，使欣赏绘本图画的孩子被和谐安宁的画面氛围由衷吸引，将人群为男孩倾情演唱鼓掌的动作尽收眼底，从而让孩子的感官与歌曲作者意图传达的“常怀感恩之心”更好地接洽交融，由此潜移默化地形成知晓感恩与回报的高尚价值观。

图6　出自《永远年轻》

二、崇尚公正，追求和平

鲍勃·迪伦对孩子提出的第二重期望是“愿你根基坚实牢固/哪怕风云变幻无常”，意为如同雄伟的建筑无论历经多少风销雨蚀，依然凭借坚实的地基傲然耸立，人类也应在童年阶段反复涵养崇尚公正、和平之类高尚纯真的品质，以期不惧未来人生道路上的风云变幻。为了直观体现鲍勃·迪伦的这重期望，绘本进行了巧妙的配图处理（见图7）：不同年龄、种族和阶级的人们团结聚集在一起，参加由马丁·路德·金（Martin Luther King Jr.）、阿尔伯特·爱因斯坦（Albert Einstein）、约翰·列侬（John Lennon）等人领导的反战活动。他们高擎“STOP THE WAR（停战）!”的横联、“WE INSIST（我们坚持）!”的标语和绘有彩虹、和平鸽以及反核战标志的纸牌。这些赫赫有名的人物与无数不惧牺牲的有识之士并肩携手，为公正与和平的美好愿景奔走呼号。即便舆论压力和反对派指责如滔天巨浪般席卷而来，他们仍然不卑不亢，勠力同心，昂首向前。图画中每个人明亮坚定的双眼、结实紧握的双手无一不流露出对美好未来的期待与信心，这正是 20 世纪 60 年代的生动写照：人们团结一心，唱着当时流行的反战歌曲，反对美国政府在越南所进行的战争，向不公正和压迫发出强烈抗议。阅读这部分内容时，导读者对时代背景进行恰当阐述，孩子们对画面内容逐步形成独特的自我思考，并在循循诱导下就人物行为与同伴们交流看法，对“公正”与“和平”两种价值观念产生初步印象。绘本阅读作为儿童接受性格培养和审美教育的一种辅助手段，有益于他们将此过程中思维、行为和态度内化到自身思维观念之中，改变自己的认知方式、行为习惯和思维模式，以及提升文化修养并形成高尚的人生观。

图 7　出自《永远年轻》

三、诚实真挚，明辨真理

鲍勃·迪伦对孩子提出的第三重，也是更高的期望是：“愿你长大诚实真挚/愿你始终明辨真理。”绘本对应图画（见图 8 和图 9）如此反映——上学途中，漆有“THE FINEST SCHOOL ALL RIGHT（最好的学校，确定无疑）”字样的校车停靠在路边，孩子们手持书本排队等候上车，其中两个小男孩微笑而视，相互碰拳；在家里，孩子们惬意躺卧，手里拿着书本，或阅读或深思，房间的书架上摆满艾略特、金斯堡、莎士比亚、叶芝等名家名作，墙壁上贴有一张 1964 年的新港音乐节的海报，书桌上则陈列着鲍勃·迪伦专辑的封面。绘本在内容上反映了孩子们诚挚交流、寻求真理等活动，在形式上则多采用暖色调，使整个图画营造出一种和谐安宁，轻松愉悦的文化氛围。这种文化氛围既有助于正确塑造儿童伦理价值观，牵引其认识到人类生存的目的之一就是去追寻“善”这一真理[①]，也有助于引导儿童学会关心他人，使他们长大成人后对人类所遭受的苦难和求救的呐喊声不至于视而不见或充耳不闻。有学者认为，音乐教育应该在“与人格养成联系起来”的同时“促进人性的正常与人格的健全”[②]，而歌曲绘本作为音乐的纸质载体，也应该承载音乐的这种教育作用。*Forever Young* 将作者对儿童伦理道德品质的期待坦然表述，而绘本为歌曲提供了具体可感的平面媒介，将抽象的品质通过画面中孩童与社会人群的各种互动具象化，使儿童在享受阅读色彩艳丽，层次鲜明的图画所带来的愉悦时，接受社会伦理教育，这有助于他们领悟并养成真诚待人的良好习惯，拥有辨识真理的道德立场，对他们日后身心健康成长能产生潜移默化的影响。

图 8　出自《永远年轻》

① 苏晖. 美国文学的伦理学批评［M］. 北京：北京大学出版社，2020：122-123.
② 周钟. 21 世纪中国音乐教育的人类学转向［J］. 湖南第一师范学院学报，2014（3）：119.

图9 出自《永远年轻》

第三节 凸显儿童伦理身份构建

罗杰斯呼应鲍勃·迪伦提出的多重期待，通过生动有趣的图画，再现了对“友善”“平等”和“诚挚”价值观的推崇。同时，他借助对一系列生活场景的刻画，为儿童构筑了一个理想社会。但理想社会与儿童实际生活社会有一定距离，儿童需要在不同的成长阶段学会调整自我定位，从而适应理想社会和现实社会的差异。

一、展现儿童伦理身份构建过程

儿童建构伦理身份的谱系包括培养有教养的灵魂与有才能的智慧融合的伦理精神品质，达到与社会中他者的伦理和谐，以及努力获得共同体的承认与接纳①。参考这种谱系，儿童的成长历程大体可分为三个阶段：一是学习社会伦理品质，变得更有教养和智慧；二是在与他人相处中塑造社会伦理身份，找到自身定位、更好融入群体；三是调整伦理身份并追求进一步的个人发展，最终得到社会肯定。罗杰斯对儿童如何培养优秀伦理品质、构建合适的社会伦理身份的思考与上述伦理身份的建构步骤不谋而合。第一阶段，儿

① 张家金. 中小学生伦理身份建构的困境及其化解［J］. 教学与管理，2021（21）：67-68.

童欣赏文艺作品，学习其中内蕴的特定伦理价值和道德品质并铭记于心。绘本中，孩子们在街边入神聆听参与反战活动的歌手演唱民谣歌曲，从歌手的行动中感受对和平的向往、对友善的渴求；第二阶段，儿童以歌曲绘本中的伦理品质为价值导向，尝试与社会建立某种联系，由此确立理想的伦理身份。绘本有多幅图画呈现类似这样的情形：儿童踊跃参与环保活动、反战游行，积极思考社会问题的解决之道，并孜孜不倦地探索自己的社会身份；进入第三阶段，儿童不得不面对现实社会与读物构造的理想世界相冲突的问题，他们需要调整、明确自己的社会伦理身份，追求进一步发展，努力获得社会认可。因此，他们应该“使自己的一切才能臻于至善，方能享受到生活的一切乐与美，情感和兴趣”①。绘本中，城市里的人们各司其职，或经营酒馆店铺，或为了音乐梦想认真练习演奏，总而言之都在力图寻找适合自己的职业与身份，凭借努力成为行业佼佼者，实现人生价值，收获身心成长，促进灵魂升华。借助绘本图画讲述儿童成长过程时，罗杰斯将鲍勃·迪伦对理想社会伦理品质的倡导具象化，并巧妙回应了鲍勃·迪伦对儿童在成长过程中逐渐明确自己社会伦理身份的期望，也生动详尽地展示出儿童伦理身份的确立、调整与完善过程。

二、引导儿童思考社会伦理身份

绘本根据歌词内容模仿和再现了各种社会场景，如人们在繁华都市里享受幸福甜蜜的生活，普通民众为了光明可期的未来埋头苦干，歌手情绪饱满地为听众演唱、传递欢乐，人们为种族平等、爱与希望振臂高呼等。上述对歌词文本通过真实生活画面的模仿与再现就是一个再创作的过程，将生活的真实感移到纸上，让歌者和画家意图传达的“勤奋”“富强”“友爱”“和谐”等崇高价值观与儿童的心灵和情感世界相联通，使得抽象变得具象，艺

① MAUGHAM WILLIAM SOMERSET. The Summing Up [M]. New York: The New American Library of World Literature, Inc. 1951: 172.

术表达获得升华。正如论者所言，“图像对文字背后深层、复杂的潜意识感受的展示”，是为了“要让读者通过阅读画面产生对诗中各种感受的切实共鸣”①。绘本对于多种伦理价值观的展现，可以为儿童初步思考未来职业和社会伦理身份提供有启发意义的引导。受贯穿于绘本中的价值观的启发，儿童长大后会更倾向于选择符合此类积极价值观的社会身份。他们可能成为救死扶伤的医生、打击犯罪的警察或是传递人文关怀的作家。虽然不同性格和来自不同家庭环境的人的选择会有所不同，但它们都反映出类似的伦理身份意识，即视自我为社会未来的建设者、积极价值观的弘扬者。孩子在成长过程中，对于职业的规划乃至社会身份的定位可能会随着对自我、他人和社会的看法发生变化不断调整，但是他们对美好伦理品质的追求却可能终其一生。

三、帮助儿童调整伦理身份定位

绘本能够帮助儿童在社会生活中调整伦理身份定位。为了尽可能地构建一个理想社会，给予儿童思考自身伦理身份的空间，*Forever Young* 绘本在描绘人们日常活动时特别注重色彩运用。罗杰斯选用了高饱和的色调，追求一种栩栩如生的效果，用明显的颜色区别画中的实在物体和氛围特点②。如描绘纽约格林尼治村一条街道时，店铺招牌多以红、黄两种暖色调为主，营造出一种温暖舒适的氛围。暖色调的交织运用和生活场景的生动呈现，与歌词形成对话的关系，共同勾勒出理想社会环境的大致轮廓，由此奠定儿童对和谐社会与舒适环境的向往之情。除了注重色彩运用，罗杰斯还不忘结合后现代主义的新型叙事方式，利用“戏仿”“拼贴”等文学手法，在绘本里加入鲍勃·迪伦为人所熟知的元素，引用其中经典词句，从而打破常规。因鲍勃·迪伦歌曲作品具有较强的现实性，“戏仿”和“拼贴”手法的运用在很

---

① 胡若牧. 论诗歌绘本的表现语言［J］. 艺术广角，2023（1）：101.

② CHEN XI. When the Classic Speaks for Children：Retranslation of Bob Dylan's Songs in Bilingual Picture Books［J］. Babel，2020，66（4-5）：790.

大程度上成为绘本理想世界和现实世界联结与沟通的桥梁，儿童得以自由地在两个世界徜徉遨游，阅读空间极大扩展，审美体验提升至新的层次。如绘本大量涉及 20 世纪 60 年代美国社会的文化场所和历史人物——纽约“民谣中心”（Folklore Center）、华盛顿广场公园、民谣歌手范·容克（Von Ronk）、“披头士”乐队（The Beatles）成员保罗·麦卡特尼（Paul McCartney）等。当时美国社会中民众的生活景象在罗杰斯的画笔下历历再现，儿童超越时空的限制，仿佛亲身参与画中民众活动，共同吁求“友善”“正义”“富强”等积极价值观。阅读绘本时，儿童首先接触绘本中的理想社会，再随着日积月累逐渐对现实世界加深了解。他们会发现，现实世界并不像绘本世界一样简单美好，在生活中他们需要解决各种各样的问题。合上绘本后，儿童走出房间，面对父母；走向社会，与他人互动。随着空间的转换，他们会感到自身的伦理身份发生了改变，其伦理选择和命运走向也会受到影响①。但绘本原先给予儿童的伦理身份选择的启示会帮助他们更从容地应对身份变化，并且在绘本精神的滋养下，他们逐渐适应时空转换，适应理想与现实社会的差异，并合理地调整自己原先在阅读绘本时预想的社会身份。

① 苏晖. 美国文学的伦理学批评［M］. 北京：北京大学出版社，2020：342.

第九章　互文性范畴剖析歌曲《飓风》

《飓风》（*Hurricane*）是鲍勃·迪伦于 1976 年创作并首度发行的歌曲，收录在其专辑《欲望》（Desire）中。这首歌讲述了黑人拳击手鲁宾·卡特的真实故事，他在 1966 年被错误指控和判处谋杀罪。卡特人称“飓风”，是一位中量级拳王。1966 年 10 月 14 日，卡特和他的朋友约翰·阿提斯因为新泽西帕特森发生的一起三人谋杀案而被捕入狱。1966 年 6 月 17 日晚上，两名男子走进帕特森一家名为“拉法叶”的烧烤酒吧后开始射击。店主和一位顾客当场中弹身亡，一名女招待重伤不治，一个月后死亡，还有一位顾客也身受重伤。目击者称凶手是两个黑人，他们驾驶一辆白色汽车逃离了现场。警察根据车型查到了鲁宾·卡特。目击者指认卡特和阿提斯是凶手。尽管没有铁证，目击者的证词也疑点重重，卡特和阿提斯还是被捕并遭到起诉。最终，卡特被判处终身监禁。卡特在狱中完成了自传体回忆录与《第十六回合》（*Sixteenth Round*）①。1974 年此书出版后，卡特的律师理查德·所罗门联系到鲍勃·迪伦，鲍勃·迪伦随身将书带去了法国。鲍勃·迪伦读完自传后很受触动，回国后不久就去探望了被关押在新泽西州特伦顿的拉赫韦监狱的卡特。

① 注：此书原名为 The Sixteenth Round：From Number 1 Contender to Number 45472。此处为缩写。

与卡特交流后，鲍勃·迪伦感受到了一种真正的亲切感："我第一次看到（卡特）时，我知道一件事——这个人的哲学和我的哲学走在同一条路上，你不会遇到太多这样的人……"① 他决定为卡特写一首歌。1975 年 11 月，鲍勃·迪伦与雅克·拉维联合创作的歌曲《飓风》诞生。在鲍勃·迪伦的音乐作品中，《飓风》无疑是一首具有深远影响和深刻社会意义的歌曲。它不仅是一段激烈控诉司法不公和种族歧视的音乐叙事，同时也成了 20 世纪 70 年代美国民权运动中一个重要的文化符号。

如前文所述，鲍勃·迪伦的歌曲《飓风》因卡特入狱事件而来，是鲍勃·迪伦受到卡特传记《第十六回合》触动而作，两个作品都聚焦于卡特蒙冤入狱这一事件，写作的目的都是为卡特伸张正义、平反冤案。《飓风》与鲍勃·迪伦的其他黑人书写作品一脉相承，都以批判种族歧视为主题。歌曲《飓风》与同名电影叙述了同一事件，歌曲《飓风》的片段在电影中共出现了三次。从这个角度来看，歌曲《飓风》与《第十六回合》、鲍勃·迪伦的其他黑人书写作品和同名电影之间存在某种特别的互文关系。

互文性（Intertextuality）指的是文本之间的相互关系，它认为任何文本都不是孤立存在的，而是与其他文本建立起一定的联系和对话。该理论是文学批评和文化研究中的一个重要概念，最早由法国学者朱莉娅·克里斯蒂娃（Julia Kristeva）在 20 世纪 60 年代提出，是在西方结构主义和后结构主义思潮中产生的一种文本理论。对互文性的界定分为狭义和广义两种。狭义的定义以热奈为代表，他认为，互文性指一个文本与可以论证存在于此文本中的其他文本之间的关系。广义的定义以巴尔特和克里斯蒂娃为代表，此种定义认为：互文性指任何文本与赋予该文本意义的知识、代码和表意实践之总和的关系，而这些知识、代码和表意实践形成了一个潜力无限的网络。② 已有

---

① TAYLOR JEFF，CHAD ISRAELSON. The Political World of Bob Dylan - freedom and Justice，Power and Sin［M］. 2015：104.

② 转引自王瑾. 互文性［M］. 桂林：广西师范大学出版社，2005：9.

研究表明，互文性在鲍勃·迪伦的歌词中扮演着一种独特的修辞角色，它不仅在歌词和文本的构建中起着关键作用，反映了作者的创作理念，指向了其背后的特定社会政治背景、社会群体的身份认同与意识形态的冲突，还体现了文学艺术的美学特质、隐喻性和寓言性，是一个值得深入研究的语言文化现象。①

如需全面理解歌曲《飓风》的深层含义，我们有必要从互文性的角度出发，探讨歌曲《飓风》与回忆录书写、电影叙事以及与鲍勃·迪伦其他黑人主题作品之间的复杂关联。互文性范畴的剖析对于我们认识鲍勃·迪伦始于60年代、延续至70年代乃至当前对美国种族歧视和黑人平权的态度有着重要价值，并将帮助我们揭示出《飓风》如何通过多层次的文本链接，达成其强烈的情感表达和社会批判目标。因此，本章将借助互文性理论的视角，对鲍勃·迪伦歌曲《飓风》在多重文本之间的深层交织进行探讨，具体涉及卡特自传《第十六回合》、鲍勃·迪伦系列黑人题材作品，以及电影《飓风》三个方面。我们将剖析这些文本与《飓风》之间的互文性关联，以揭示鲍勃·迪伦对种族歧视的强烈抗议，挖掘其帮助卡特的深层动因，进一步探寻种族平等与社会正义作为鲍勃·迪伦不懈追求的核心理念，从而试图透过美学与社会批判的双重视角，全面解读鲍勃·迪伦音乐中的社会关怀与人文精神。

第一节　与回忆录《第十六回合》文本互文

克里斯蒂娃指出：“任何文本都是由引语的镶嵌品构成的，任何文本都是对另一文本的吸收和改编。”②《第十六回合》中鲁宾·卡特对枪击案的自述是鲍勃·迪伦创作《飓风》的基础材料之一，《飓风》对《第十六回合》

① 林佩璇. 多维互文性融合：鲍勃·迪伦歌词创作的文学魅力［J］. 当代外国文学，2018（2）：127-133.

② 转引自王瑾. 互文性［M］. 桂林：广西师范大学出版社，2005：9.

进行了吸收和改编，二者在文本上形成了互文关系。鲍勃·迪伦为卡特在自传中对黑人群体和自己所受种族歧视的悲叹触动，也因卡特身陷囹圄积极自救、超脱于苦难与仇恨的禅宗思想感到共鸣，并将这种触动与共鸣投射到了《飓风》之中。

一、对《第十六回合》的情节吸纳

萨莫瓦约在《互文性研究》中总结了引用、戏拟与仿作、合并与粘贴等互文手法，其中，暗含-引用（impli-citation）是合并方法的一种，暗含-引用（impli-citation），这个术语来自对乔治·佩雷克（Georges Perec）作品的评论，指引用完全隐含并融于受文（texted' accueil）。[①] 歌曲吸纳了《第十六回合》中卡特对枪击案的自述，并将其完全融进歌曲讲述的故事中。

《第十六回合》是《飓风》的源文本材料之一，也是刺激鲍勃·迪伦创作《飓风》的直接原因。《第十六回合》介绍了卡特的生平经历和枪击案的前情与后续，通篇用词简单，通俗易懂。卡特在其自传《第十六回合》的开头陈述了枪击案发生当天自己的经历，《飓风》歌词前段叙述的枪击案案情暗含-引用了卡特的自述。

歌词叙述的第一个情节"发现尸体"中枪击案的时间与地点"酒吧的夜晚"灵感均来自《第十六回合》首句："1966 年 6 月 17 日凌晨大约 3 点，新泽西州帕特森市的深夜，宁静突然被一群聚集在一家破旧的老酒吧和烤肉架前的愤怒白人的叫喊声打破。"鲍勃·迪伦将卡特的"地板上躺着四具布满弹孔、血迹斑斑的尸体"改成了"血泊中的酒保"。第三个情节"警察根据证词街头排查凶手"在自传中也有相应记叙："随着警察将车内的两名黑人乘客推到街上，喋喋不休的民众们越逼越近。"第四个情节"幸存的受害者否认卡特为凶手"，也是从卡特自传中提取的。自传详细记叙了警察与受伤

① 蒂费纳·萨莫瓦约. 互文性研究［M］. 邵炜，译. 天津：天津人民出版社，2003：24.

的受害者之间关于卡特是否是凶手的对话，而《飓风》则把重点放在了受害者左眼中弹几乎失明但警察仍让其指认凶手这一点上，前者是为了强调自己的无辜，后者是为了批判警察的办案不公。自传与歌词的结论也是一致的：受害者否认了卡特是凶手。

在《第十六回合》中，这几个情节都是事件亲历者卡特按时间顺序回忆的，除了将这些写成歌词，《飓风》前半段还安排了第二个情节“证人报警，警察来到现场”、卡特的身份介绍和枪击案发生时卡特的动向、目击者向警方交代证词等情节与细节，这些信息的穿插与补充使整个故事情节更加完整，清晰明了。《第十六回合》中关于枪击案当晚的其他描述也被鲍勃·迪伦改写后与其他细节穿插，自然地融入了歌词中。

二、与卡特禅学思想的契合

鲍勃·迪伦在《飓风》中将大众眼中犯有谋杀罪的卡特描述成带有神性的“佛陀”，这与卡特在《第十六回合》中展现的在牢狱中感悟到的超脱苦难与仇恨的佛禅思想形成了互文。鲍勃·迪伦为卡特在被判谋杀罪且上诉无门时展现出的自强不息的精神而感动，这是鲍勃·迪伦帮助卡特发声的原因之一。

绰号“飓风”的拳击手鲁宾·卡特是鲍勃·迪伦歌曲《飓风》的主人公，是种族歧视的受害者，也是一位超脱于苦难、坚强勇毅的自救者。在《飓风》的“而鲁宾却像佛陀样盘坐在十英尺见方的囚室里”（While Rubin sits like Buddha in a ten-foot cell）这句歌词中，鲍勃·迪伦将狱中的卡特描述成“佛陀”，将他灵性化，这个细节值得我们仔细体会。为什么鲍勃·迪伦会将卡特描述成“佛陀”呢？这与卡特在其自传《第十六回合》中展现的禅宗思想是分不开的。

佛陀是佛教术语，意译为“悟道者”。两汉时期，佛教从印度传入中国，后经不断发展形成了具有中国特色的宗教——禅宗。禅，原为梵文 Dhyana 音译“禅那”之略称，可以意译为“使思虑平静”。禅宗流派众多，其思想体系包括本体论、心性论、道德论、体悟论、修持论和境界论等思想要素，其中心性论是禅宗思想体系的核心内容。禅宗的基调是以心性论为基点，通过心性修持获得心性升华的心性学说，是一种摆脱烦恼、追求生命自觉和精神境界的文化理想。20世纪60年代，美国年轻人当中出现了一股不可遏制的反主流文化潮流。二战结束后，美国经济繁荣，社会物质条件极其丰富，相对和平的环境和经济的发展使美国人口出生率提高，到60年代这批婴儿长大后，美国青年人口大爆发。越南战争让青年人对美国的国家精神产生怀疑，对他们的自身价值失望至极。这一代人成了“垮掉的一代”，也就是“披头士”，他们用极端的颓废来标新立异，表达对沉闷拘谨现实社会的不满。几乎与披头士群体同时出现在美国的，是日本禅师铃木大拙。1950至1958年间，铃木大拙再度来到美国，在各大城市讲演禅法。禅宗由此开始在美国流行，禅寺、禅堂、禅宗学校、禅定中心不断出现，许多著名大学也开设了禅宗研究机构或团体，且逐年增多，还定期编译出版禅宗典籍目录。这一股“禅宗风”同样影响到了一向走在时代前列的鲍勃·迪伦。《飓风》歌词中的“佛陀”一词正是鲍勃·迪伦受到禅宗思想影响的体现。禅宗追求灵魂的解放、心灵的超脱，这为解决当时“垮掉的一代”的精神匮乏与崩溃提供了一剂良药，也给鲍勃·迪伦带来了新的精神体验。

在《第十六回合》中，卡特经历第一次审判后，在狱中共有三次大的心理变化：清醒地认识到了自己背上杀人罪名的原因、陷入情绪崩溃后又自我修复、冲动到想杀人又坚守原则放弃杀人。禅宗的核心要义是超越束缚。超越是禅宗思想的本质，超越现实矛盾、生命痛苦，追求思想解放，心灵自由，是禅宗追求的理想目标。① 卡特在狱中不断思考、感悟、渐悟、顿悟，面对苦难他积极寻求自救、在绝望中不放弃生的希望，这和禅宗心性论通过修心、

① EYOLF OSTREM. The Bob Dylan Song Book [M]. Seal, 2006.

顿悟等方式来获得自我解脱和心灵超越的思想不谋而合。在鲍勃·迪伦写作《飓风》时，卡特已入狱九年。从风光无限的拳击明星成为阶下囚，在狱中卡特经历过审判不公正、多次上诉被驳回，他有承受不住感到崩溃甚至想要自杀的时候，也有愤怒到极点想要杀人发泄的时候，但是他没有放弃自己，在狱中不断学习法律知识。最终，他选择了以写作自传将自己的冤情传播出去的方式自救，并且打动了鲍勃·迪伦，让鲍勃·迪伦创作《飓风》来帮助他。

卡特入狱多年真如在地狱中一般煎熬，但是他却在地狱中获得了重生，到最后，他已将监禁当成了修行，人生必经的磨难，以此超脱于痛苦之外的境界。卡特自传中透露出的禅宗思想——在绝境中寻求超脱尤其使鲍勃·迪伦受到极大触动。鲍勃·迪伦在歌中用佛教术语“佛陀”来形容卡特：

现在，所有罪人都穿着外套打着领带
自在地喝着马提尼看着日出
而鲁宾却像佛陀样盘坐在十英尺见方的囚室里
一名无辜者被困在活生生的地狱里

显而易见，鲍勃·迪伦这几句歌词具有讽刺意味，让人不由得想到了一个佛信徒在小屋中沉思冥想的形象。那是一个传统的十英尺见方的以纪念卑微的居士维马拉基蒂（Vimalakirti）的住所，据说他在一场天堂般的辩论中击败了佛教高僧。[①] 将卡特与居士维马拉基蒂做比，说明在鲍勃·迪伦心中，卡特不是坐牢而是冥想修行。在这首歌中，卡特成了一个现代的禅宗人物。卡特所面对的几乎是绝境，怎么才能更好地面对呢？哭泣、崩溃还是疯狂？都不是。被逼无奈的卡特选择了直面苦难，他已经把坐牢看作一场人生必经的修行，而这场修行并不是人人都能承受的。他从精神上超脱出来了，不再执着于种族主义的不公带来的痛苦，而是用平静的心去做他能做的正确的事。

① SEAN WILENTZ. Bob Dylan in America［M］. Doubleday，2010：155

此时，囚禁对他来说不再是桎梏，痛苦也不再那么令人难以忍受。

鲍勃·迪伦将卡特描述为“佛陀”，这一形象塑造不仅源自二人会面后的深刻了解，更是基于卡特在其自传《第十六回合》中展示出的坚韧不拔的精神品质。尽管卡特遭到不公正的谋杀指控，上诉亦无济于事，他却未曾自暴自弃，反而在监狱中获得了深刻的人生领悟。这种超越苦难与仇恨的禅宗思想，不仅在卡特身上得以体现，还深深激发了鲍勃·迪伦的共鸣。这种共鸣投射到《飓风》这首歌的创作过程中，使其充满了强烈的情感张力与哲学深度。鲍勃·迪伦通过卡特的故事，不仅表达了对种族不公的愤慨，更在音乐中融入了对人类尊严与精神自由的尊重与追求。

第二节　与电影《飓风》叙事互文

鲍勃·迪伦的歌词虽然看似平易近人、贴近生活，却蕴含着浓厚的诗意。他的作品中充斥着丰富的隐喻和生动的意象，巧妙地运用双关语和机智的言辞，表达了深刻的寓意。这些歌词不仅具有强烈的批判性，同时也启发人们进行深思。“很显然，鲍勃·迪伦的音乐作品，是典型的跨媒介文学形态。”① 不仅如此，他的歌曲还受到很多导演的青睐，成为多部欧美电影的插曲、主题曲等。电影《飓风》是在《第十六回合》的基础上由鲁宾·卡特真实事件改编而成的②，歌曲与电影在文本内容和叙事手法上存在互文关系，电影直接引用了《飓风》部分歌词来辅助故事情节的叙述，歌曲与电影都运用了平行蒙太奇手法来叙述枪击案与案发时卡特的行踪，两者构成了叙事上的互文。

一、电影对歌曲的三次引用

安东尼·孔帕尼翁于 1979 年系统研究了最主要的互文手法——引用。

---

① 喻子涵，鲍远福. 跨媒介文学演变及其生产与传播［M］. 北京：人民出版社，2023：39.

② 注：电影《飓风》由诺曼·杰威森执导，丹泽尔·华盛顿主演，于 1999 年 12 月 29 日在美国上映。

“引用”首先被定义为“一段话语在另一段话语中的重复”“被重复的和重复着的表述”，它是再造一段表述（被引用的文本），该表述从原文中被抽出来，然后引入受文中。[①] 电影采用歌曲《飓风》的三段重复歌词作为插曲，简短精练的歌词概括了主人公卡特的遭遇，补充了故事的重要情节，便于观众更好地理解剧情。电影对歌曲和歌词的引用，赋予了这些音乐作品在新的语境中焕发出全新的意义，使其即使在问世二十多年后，依然拥有强烈的情感感染力与社会震撼力。通过将鲍勃·迪伦的《飓风》嵌入电影的叙事结构中，作品之间交织出一种深刻的互文性，使歌曲不仅仅是情感宣泄的载体，更成为文化批判与社会反思的媒介。在这一新的叙事语境中，鲍勃·迪伦的词句得以重生，重新唤起观众对种族不公与社会正义的关注。这种成功的跨媒介引用，彰显了艺术作品跨越时空、打破界限的持久影响力。影片通过对歌曲的巧妙引用，使经典音乐作品在现代语境中依然能够深深打动人心，持续激发人们对人与社会关系的深刻思考。

在歌曲《飓风》中鲍勃·迪伦巧妙地运用了重复的手法来向大家介绍卡特的故事，鲍勃·迪伦要让大家注意到卡特，一起去帮助他，解救他。重复的歌词作为主旨句高度概括了整首歌的大意，既组成了整篇歌词的大框架，也是歌词中情节发展的线索。重复的歌词第一次出现在证人发现枪击案之后，一句“‘飓风’的故事开始了”是提示大家要仔细听。“这个男人被当局定罪了/基于他从没干过的事”，简洁地告诉听众这是一位杰出的黑人拳击手蒙冤入狱的故事。“基于他从没干过的事”说明了卡特的无辜，而“要不是入狱，他本可成为世界冠军”又点出了“飓风”的优秀与其遭遇的不幸。这段歌词第二次出现在警察让几乎失明的枪击案受害者辨认卡特是否是凶手之后，“是的，‘飓风’的故事开始了”，比起第一处多了一个“yes”，再次肯定、强调这是“飓风”的悲伤故事，值得我们关注。随着受害者一句“不是

---

① 蒂费纳·萨莫瓦约. 互文性研究［M］. 邵炜，译. 天津：天津人民出版社，2003：24.

他!”，再次点明了卡特的冤情，也为后文卡特依然被判谋杀罪的判决不公埋下了怀疑的种子。第三次出现在歌词的结尾处，这里又与之前的歌词有细微的差别，鲍勃·迪伦用“这就是‘飓风’的故事”来收尾，总结全歌。接着不再陈述卡特的冤情，而是直接地呼吁：“这个故事不会终结，除非他们洗刷了他的罪名!”

在电影中，这三段高度重复的歌词也出现了三次，是卡特故事发展的隐线，推动了情节的发展。同时，电影也为歌曲提供了一个媒介和平台，有利于歌曲的广泛传播。在电影中，歌曲点明了卡特所涉案件的真相，推动了剧情的发展，也牵动着观众的心。电影中歌曲三次响起，反复向观众强调了卡特的经历是多么的冤枉和悲惨。当卡特被警察押送到医院让枪击案幸存者辨认时，幸存者表示卡特不是凶手，一直盯着卡特的探长却表示一定要将卡特整垮。接着，歌曲《飓风》第一次在电影中响起，歌曲一边播放，画面中卡特在狱中写着自传，然后就是这部名为《第十六回合》的传记在了大街小巷售卖。歌曲第一次在电影中响起是为卡特的故事定性，此时电影还未展示枪击案的全部细节，但通过歌曲，我们可以知道：这是一个黑人拳击手的故事，他未杀人却被判谋杀罪入狱，真凶却逍遥法外。歌曲在电影中第二次响起是在卡特入狱七年后。当时许多黑人相信他是无辜的，自发为他重获自由而游行，希望他被释放出狱。这次歌曲响起时，电影播放了鲍勃·迪伦演唱歌曲《飓风》时的录像。这时，卡特在监狱中已由最初的排斥、反抗变得渐渐平静下来，但卡特的故事随着时间逝去并未被人遗忘，反而是发酵，越来越多的人对此事愤愤不平，想要为卡特沉冤昭雪。歌曲在电影中第三次响起是在卡特被当庭无罪释放后，卡特走出法院的大门，阳光照在他的脸上。在这一刻，他的冤情终于得以平反，他终于获得了自由，虽然它来得太迟了。伴随着歌声，故事终于迎来了令人欣慰的结局。正如《飓风》中这句歌词所说：“这个故事不会终结，除非他们洗刷了他的罪名”，世界不会放弃鲁宾·卡特，只有洗刷了卡特的罪名，故事才能结束。

电影中三段歌词的引用，第一次与歌词在《飓风》中都是为了概括卡特的遭遇、为听众和读者解惑；第二次引用表明民众已经意识到了卡特的悲惨，鲍勃·迪伦创作《飓风》的目的在电影中已初步达成；第三次引用显示电影给了歌曲呼吁的解救卡特最好的回应，洗刷了冤屈的卡特重获自由。通过反复引用，歌曲和电影实现了良性互动。结合电影与音乐，视觉与听觉的双重感官刺激也使得观众对电影、歌曲和原型事件产生了新的认识。

二、歌曲与电影的叙事互文

歌曲就像一个电影的脚本，讲述了枪击案和卡特蒙冤入狱的前因后果。电影（*The Hurricane*）是一部以歌曲《飓风》背后故事为原型改编的电影，歌曲与电影对枪击案和卡特蒙冤入狱这一事件在讲述上都运用了蒙太奇叙事手法，存在互文关系。

《飓风》的歌词是由鲍勃·迪伦和朋友雅克·拉维共同创作的。鲍勃·迪伦写作《飓风》时距他写上一首主题民谣已经有十二年之久，他已不知如何来讲好这个故事，于是他邀请拉维与他共同创作歌词。拉维是一名音乐剧导演，他对歌曲《飓风》创作的帮助尤其宝贵，他试图在歌词里填充复杂的角色阵容和与主题似乎相互矛盾的证词，为陷入创作困境的鲍勃·迪伦写作这首抒情诗般的歌曲增添了戏剧性的色彩。① 利维对戏剧创作非常熟悉，这对鲍勃·迪伦的歌词创作也有帮助，在参与长篇大论时他更具有逻辑性，也更善于讲故事。② 歌曲《飓风》的叙事就如同电影的镜头一般，将人物形象塑造、场景设置、情节发展一步步推进。歌词还具有强烈的画面感，一幕幕场景让人身临其境。歌词中采用的“平行蒙太奇”叙事手法离不开利维的帮助。“平行蒙太奇”，是指“两条或两条以上情节线索的并列表现、分头叙述

---

① TERESA RYAN MANZELLA. How to Analyze the music of Bob Dylan［M］. ABDO Publishing Company，2012：88.

② TYMON ADAMCZEWSKI. All Along Bob Dylan America And The World［M］. 2021：118.

而统一在一个完整的情节结构中，或几个表面毫无联系的情节（或事件）互相穿插交错表现而统一在共同的主题中”。[①] 歌曲与电影都运用了这种手法来展现情节，使叙事更加波澜起伏，扣人心弦。

电影中第一处使用平行蒙太奇是描述枪击案现场和案件发生时卡特的状态，枪击案是由帕蒂发现尸体引出的，随后帕蒂报警，警察很快赶到了现场。同一时间，卡特正在开车兜风，他毫不知情地在街上被警察拦了下来。“与此同时，远在小镇另一端/鲁宾·卡特正和几个朋友开车兜风/当一位警察把他拽到了路边/这位中量级拳王的头号争夺者/并不知会遇到怎样的倒霉事情/就和上次和上上次一样”。这两个情景虽然是以发生的先后顺序排列，但却是同时发生的，间接暗示听众卡特不可能是枪击案的凶手。两个情节看似毫无关联，却又被枪击案凶手均为两名开着白色车的黑人这一线索勾连，成为两个情节各自行进最后相交的枪击案的后续。电影先以倒叙手法讲述了卡特在狱中的生活，交代了枪击案的审判结果，然后运用平行蒙太奇叙事手法将凶手闯入酒吧杀人和卡特开车出门放松两个同时发生的情节以镜头交错的形式呈现出来，电影在歌曲的基础上利用镜头的剪切与拼贴使得画面更具视觉冲击力。

歌曲中第二次运用平行蒙太奇在歌词后段，鲍勃·迪伦将被囚于狱中的卡特与想象中逍遥法外的凶手放在一起，三人似乎同处一个时空，无辜的人在监狱受刑，而真正有罪的人却在游戏人生：“现在，所有罪人都穿着外套打着领带/自在地喝着马提尼看着日出/而鲁宾却像佛陀样盘坐在十英尺见方的囚室里。”边饮美酒、沐浴在旭日初升的辉煌光芒中，这幅画面无疑是极尽美丽与享受的象征。然而，在这表面上的诗意与宁静背后，却隐藏着讽刺与残忍的不和谐真相。酒杯中的甘醇与朝阳的光辉尽管表现出人与自然和谐共处的理想图景，但这一场景背后却潜藏着杀人凶手的逍遥快活与监狱中卡

---

① WAGG STEPHEN. Who killed Davey Moore? Some thoughts on Bob Dylan and boxing [J]. Sport in Society, 2020.

特的潦倒落魄。真相的隐匿与世事的不公似乎被这暂时的美好所掩盖，但如此双重性的讽刺景象，实际上演绎出鲍勃·迪伦对卡特的深切同情与对真凶的强烈憎恶。这一对比不仅引发了对美学的冥思，更唤起对世人公平与正义的深刻反省。

第三节 与鲍勃·迪伦其他黑人书写作品主题互文

著名的叙事学家杰拉尔德·普林斯在其《叙事学词典》中对互文性下了一个较为清楚易懂的定义：一个确定的文本与它所引用、改写、吸收、扩展或在总体上加以改造的其他文本之间的关系，并且依据这种关系才可能理解这个文本。[①] 歌曲《飓风》与鲍勃·迪伦其他黑人书写作品具有相似的主题：对司法不公或对种族歧视的批判。这些黑人歌曲在主题上一脉相承，《飓风》则因鲍勃·迪伦对卡特事件的积极干预具有独特性。《飓风》与鲍勃·迪伦其他黑人书写作品同时受到鲍勃·迪伦这个创作主体的影响，从某种程度上来说，歌曲《飓风》可以被视为鲍勃·迪伦黑人书写作品的代表，与鲍勃·迪伦其他黑人书写作品互为参照，在主题上存在文本内部的关联与互文。将《飓风》与鲍勃·迪伦的其他黑人书写作品相比较，我们能更好地理解《飓风》的主题和它的独特之处。

一、批判歧视与不公

批判种族歧视与社会不公一直是鲍勃·迪伦黑人书写作品的主题。鲍勃·迪伦的黑人书写作品主要包括诞生于民权运动期间的歌曲“埃米特·蒂尔之死”“牛津镇”“乔治·杰克逊”“海蒂·卡洛尔的寂寞之死”“只是游戏中的一个棋子”“谁杀死了戴维·摩尔”以及在民权运动陷入低谷之后问

① 转引自王瑾. 互文性［M］. 桂林：广西师范大学出版社，2005：9.

世的《飓风》等。鲍勃·迪伦为遭受歧视的黑人写作，针对不同的黑人受迫害的典型事件，鲍勃·迪伦在歌曲中体现了他不同的关切点。“埃米特·蒂尔之死”与“海蒂·卡洛尔的寂寞之死”都聚焦于讽刺黑人因黑肤色而被打死，法官却因凶手的白肤色而对其宽容对待的荒谬“肤色论”。“谁杀死了戴维·摩尔”与“乔治·杰克逊”聚焦于批判对黑人死亡无动于衷的看客。“牛津镇”与“只是游戏中的一个棋子”则聚焦于系统性种族问题。这一系列的黑人书写作品的主题都是批判司法不公或批判种族歧视。从20世纪60年代到70年代，一系列的黑人书写作品表明鲍勃·迪伦一直关注着黑人的社会处境，且一直在为黑人所受种族歧视压迫发声、为黑人平权而呐喊。

在歌曲《飓风》中，鲍勃·迪伦直接而辛辣地表达了对黑人所受种族歧视的愤懑和对司法不公的批判。可以说，枪击案只是卡特背上杀人罪名的一个契机，种族歧视与种族不公才是他蒙冤的根本原因。《飓风》歌词中多处展现了陪审团全白人的构成、法官审判不公正、警方贿赂证人、证人当庭作伪证等司法不公事件。《飓风》中“纯白人的陪审团表示同意”一句歌词体现了陪审团成员的组成极其不合理——几乎全部由白人组成（十四名成员中只有一名是黑人），这样的审判对作为黑人的卡特来说不公平。《飓风》描写了警方贿赂证人作假证的背后操作：“记得酒吧里发生的那场谋杀案吗?”/“记得你说你看到过逃逸的车辆吗?”/“你觉得你愿意和法律合作?”/“想想看，那晚你看到的逃犯会不会是那个拳击手?”这些连环问句带有极强的暗示与压迫感，一步步引导证人将凶手与卡特联系起来。歌曲中提到警方没有找到作案的枪支，但是检察官却断定卡特就是凶手：尽管他们无法出示那把枪/但公诉人说他就是凶手。歌曲中还讽刺了法官不公正的审判，表达了对证人作伪证的愤怒：“鲁宾·卡特遭遇了不实的审判/罪名是一级谋杀，猜猜谁作的证？/贝洛和布拉德利，他们都撒下了弥天大谎”。同时，鲍勃·迪伦在歌中直言为生活在把公正当作儿戏的这片土地而感到羞耻：“看着他明显遭到陷害/我不禁为生活在把公正当儿戏的土地上而感到羞耻”。陪审团十四名陪审员中仅有一名黑人，审判书中存在大量与事实不符的证词，几位重要证人当庭作了伪证。在第一次案件审判过程中，律师的发问和质疑被主审法官多次发火打断。这些都表明在对卡特的审判中，司法程序具有随意性与不公性。

在鲍勃·迪伦众多黑人书写作品中，谁杀死了《谁杀了戴维·摩尔》中的主人公与《飓风》的主人公身份高度相似，戴维·摩尔与卡特同为黑人拳击手。在一场拳击比赛中，戴维被与他同场对战的另一名拳击手活活打死，而裁判、观众、戴维的经纪人、赌徒和拳击作家这些在场的和不在场的旁观者都没有及时阻止这场悲剧的发生。可以说，这一群看客都对戴维的死都负有一定的责任。鲍勃·迪伦在《谁杀了戴维·摩尔》中以旁观者推卸责任的口吻来讽刺看客的冷漠与懦弱。《谁杀了戴维·摩尔》想要表达的是在人为制造的种族歧视的“潜规则”下，黑人的生命变得“不值钱”，在系统性种族歧视观念下的残忍的白人共同导致了黑人的惨死。虽然所有人都认为不是他们杀死了戴维·摩尔：但他们都是凶手。

《飓风》的主人公“飓风”则是因种族歧视而被冤谋杀他人，又因司法不公而被审判有罪。鲍勃·迪伦在歌词前半段揭示了案发地帕特森镇的种族歧视现象：“在佩特森事情就是如此/如果你是黑人最好别出现在大街上/除非你想引火上身”。这也为后面卡特被判谋杀罪做了铺垫。警察审讯证人时说了一句：“别忘了你是白人”。这一句话极尽讽刺，似乎白人与黑人天然就是敌对的。在这里鲍勃·迪伦将白人和黑人划分成了两个互不相容的群体，尽管黑人没有犯罪，白人却一定要置黑人于死地。在种族主义思想毒害下，白人似乎已经丢失了理智，只剩下残忍。“White”与前面提到的“Black”形成鲜明对比，黑与白在帕特森代表了两个不同的阶级，白人联合起来维护自身特权，将黑人狠狠踩在脚下。歌曲《飓风》中传达的信息很明显：种族主义在美国继续存在，而肤色仍然可以掩盖真相。虽然1964年美国国会通过了

《民权法案》，废除了种族隔离和种族歧视政策，但绝大多数美国人对非裔的态度和待遇并没有随着新法律的出台而立即改变，出于种族动机的犯罪也没有停止。所以迪伦为遭受迫害的黑人发声也没有停止。迪伦创作此歌曲的目的显然是要引起公众的注意，谴责种族歧视暴行，这也是迪伦 20 世纪 60 年代到 70 年代一直在追求的目标。同时，《飓风》反映出的法律不完善、国家机器不公正、不作为等问题也值得所有人深思。

二、尊重生命与自由

在《飓风》的歌词和滚雷巡演中，为了解救卡特于谋杀罪名和监狱刑罚，鲍勃・迪伦都展现出了一种积极行动、及时干预的姿态，这是鲍勃・迪伦之前创作的黑人书写作品里没有的，鲍勃・迪伦在《飓风》中展现的这种积极救人的急迫姿态体现了他对生命与自由的尊重。在创作《飓风》之前，鲍勃・迪伦其他黑人相关作品的主人公都已死亡，无论歌曲影响有多大，人死不能复生，鲍勃・迪伦没有一种要救人的急迫感。但在鲍勃・迪伦创作《飓风》之前，当事人卡特在监狱中艰难度日，因此鲍勃・迪伦迫切地想要拯救卡特，这种迫切体现在“飓风”的歌词夸张和鲍勃・迪伦在滚雷巡演之前对公众强烈呼吁。

（一）歌词的刻意夸张

《飓风》中部分歌词存在夸张、与事实不符等问题，鲍勃・迪伦这样安排歌词也是试图以歌曲《飓风》来挽救生命的一种体现。鲍勃・迪伦首先夸大了卡特的拳击事业：“要不是入狱，他本可成为世界冠军”。鲍勃・迪伦在这段歌词中断言如果不是因为受到了不公正的审判，卡特本可以成为世界冠军。但事实上，卡特的拳击事业在当时已经处于下滑期。鲍勃・迪伦还称卡特是中量级拳击冠军的最佳争夺者，事实上，卡特确实曾与卫冕中量级冠军乔伊・贾德罗争夺冠军，但在 1964 年底，他在一次决赛中输了。在各类体育杂志上，卡特的排名从未超过第三名。《飓风》中第二处与事实不符的是鲍勃·迪伦在《飓风》的第一版歌词中称贝洛打劫了尸体："我不过是在打劫尸身（上的财物），希望你能明白"（I was only robbing the bodies I hope you understand），但事实是贝洛和布莱德利从未因在案发现场抢劫尸体而受到指控，他们也并未洗劫尸体。1975 年，《飓风》第一版录制结束后，哥伦比亚的律师觉得歌词中贝洛和布莱德利"洗劫尸体"这一说法可能会导致诉讼。在多次激烈的争论后，鲍勃·迪伦最终妥协，将"洗劫尸体"改成了"洗劫收银柜"（robbing the register），为什么鲍勃·迪伦要夸大事实呢？因为夸张的表述更能在短时间内引起更大关注。鲍勃·迪伦要提升听众对卡特故事的关注度，激发听众对卡特的同情，为他声援，依靠民众力量来拯救卡特。鲍勃·迪伦将卡特夸张地描述成中量级冠军的最佳争夺者且本可以成为世界冠军，凸显了卡特被冤入狱这件事的悲剧性，让听者为卡特感到深深遗憾，也体现了鲍勃·迪伦性格中悲天悯人、匡扶正义的一面。一个超出人们接受范围的故事总是比平淡的情节更能吸引人们的眼球。鲍勃·迪伦在第一版歌词中称贝洛洗劫了尸体，既体现了鲍勃·迪伦对贝洛的厌恶，也在听众心中留下了对贝洛的不好印象，有利于激起听众的愤怒，使听众更加同情卡特的遭遇。无论是对卡特成就的夸大，还是对贝洛和布莱德利的贬低，都体现了鲍勃·迪伦想要帮助卡特，想让大家关注枪击案背后真相的决心。鲍勃·迪伦在歌词中的夸张和违背事实，是为一个被冤枉的黑人发出更大声音的手段。

（二）宣传的不遗余力

在诗歌创作方面，鲍勃·迪伦在《飓风》一曲中展现了他前所未有的积极与迫切，这在他以往的黑人书写作品中是少见的。鲍勃·迪伦在《飓风》的宣传与推广过程中，亦表现出罕见的投入与热忱。从歌曲的构思、录制、发行，到后续的巡演和慈善演出，每一环节都昭示着他对这首歌的深沉用心与急切之情。鲍勃·迪伦不仅在音乐创作的细节上穷尽心力，更通过实际行动传达出他对鲁宾·卡特案件的深切关注与不平。其对于此曲的全心投入，不仅仅是艺术创作的巅峰展示，更是社会正义的强烈呼声。《飓风》因此成了音乐与社会行动完美结合的范例，彰显了鲍勃·迪伦在艺术与社会运动之间的跨界能力与影响力，将其对抗不公、追求正义的精神具象化在旋律与歌词之中。通过这一系列精心策划的举措，鲍勃·迪伦不仅赋予了这首歌曲跨越时空的持久感染力，更以音乐为媒介，唤醒了公众对公正与良知的关切。

在歌曲的录制和发行上，鲍勃·迪伦展现了飞速的行动力。1975 年，鲍勃·迪伦邀请好友雅克·利维一起创作《飓风》的歌词。由于歌词中有几处与事实不符，第一版歌词被哥伦比亚公司的律师驳回，在与公司交涉无果后，鲍勃·迪伦和团队连夜制作了新的版本。1975 年 9 月，在“滚雷巡演”正紧锣密鼓准备时，为了在滚雷巡演上演唱《飓风》来达到最大地为卡特宣传的效果，鲍勃·迪伦希望哥伦比亚唱片公司能尽快推出他有关卡特的单曲。即使会因此影响后续正式专辑《欲望》的售卖，鲍勃·迪伦也坚持要在发行正式专辑之前发行单曲《飓风》。单曲如期在 11 月问世，这是巡演期间唯一能在市面上买到的《欲望》专辑中的一首歌，而这非同一般。在那个时代，艺术家及所属唱片公司仍定期通过巡演来促销新唱片。从商业角度来说，鲍勃·迪伦在 1975 年秋天举行巡演并没有什么意义，因为《欲望》专辑迟至新年之后才发行。但鲍勃·迪伦只想尽快演唱《飓风》，好让更多人知道卡特的冤情，也为卡特筹措资金翻案。鲍勃·迪伦在滚雷巡演前的公开喊话和他随后为卡特举办的几场慈善演出也体现了鲍勃·迪伦为解救卡特付出了非常积极的努力。1975 年 10 月 30 日，滚雷巡演开始了。在滚雷巡演开始之前，鲍勃·迪伦曾表示，他希望卡特将在 90 天内获释：“这就是我们的口号，90 天放人，否则开战。”12 月 8 日，鲍勃·迪伦在纽约麦迪逊广场花园举办“飓风之夜”慈善音乐会为卡特筹集资金；12 月底鲍勃·迪伦又在休斯敦举办了公益演出。他在麦迪逊广场花园和休斯敦太空馆组织了义演，并设立了飓风信托基金。

如前文所述，我们可以看出，在《飓风》一曲中，尽管有几处歌词与历史事实略有出入，仍不能掩盖这首歌曲的独特性与重要性。单曲《飓风》的提前发行、鲍勃·迪伦在“滚雷再演”巡演前的明确宣告以及他为鲁宾·卡特筹集资金而组织的多场义演，均表明这首歌曲在鲍勃·迪伦的创作生涯中具有与众不同的地位。与鲍勃·迪伦以往关于黑人主题的作品相比，《飓风》无疑是他表达急迫感与迫切行动最为突出的一个例证。鲍勃·迪伦从未如此执着地推进一首歌曲，因为他深知，对于卡特而言，时间或许象征着生命的延续或毁灭。这种紧迫感不仅体现于音乐创作的过程中，更贯穿于整场社会运动的每一个细节。《飓风》不仅是一首激昂的抗议歌曲，更是鲍勃·迪伦通过音乐对社会正义的迫切呼吁。鲍勃·迪伦的每一个音符与歌词都蕴藏了他对卡特命运的深切关注和对种族不公的强烈质疑。通过提前发布单曲、发起巡演以及举办义演，鲍勃·迪伦展示出一种前所未见的决心与行动力，试图通过音乐的力量引发公众对卡特遭遇的广泛关注与同情。这一连串的举措不仅赋予《飓风》以艺术深度，更彰显了鲍勃·迪伦作为音乐家的社会责任感和历史使命感。在这场声势浩大的声援行动中，《飓风》凝聚了鲍勃·迪伦对真理、正义与人性的深刻追求，成了音乐史上一座不朽的丰碑。这首歌超越了单纯的音乐作品，而成了一场历史见证，见证了鲍勃·迪伦以音乐为武器，与不公正决然抗争的坚定信念。

《飓风》是鲍勃·迪伦的一首抗议歌曲，鲁宾·卡特事件是当代美国种族主义问题的鲜活写照。从互文性视角出发将《飓风》与《第十六回合》、鲍勃·迪伦的其他黑人书写作品和电影三个层面进行对比探究，我们可以了解鲍勃·迪伦创作《飓风》为卡特申冤的直接原因，《飓风》平行蒙太奇的叙事手法，挖掘出《飓风》背后创作的主体——鲍勃·迪伦对种族歧视的批判、对黑人平权的支持和对自由平等的永恒追求。种族主义问题与人类文明创建息息相关，对种族歧视的批判是鲍勃·迪伦黑人书写作品中常驻的主题，也是《飓风》要传达给大众的信息。此外，从现实意义层面来说，《飓风》与鲍勃·迪伦的各项行动实实在在地推动了卡特平反的进程。鲍勃·迪伦为卡特创作《飓风》并在巡演中演唱，向公众传播了卡特的冤情，为卡特赢得了公众的关注和支持；在资金方面，鲍勃·迪伦举办了“飓风之夜”慈善音乐会和多场公益演出，为卡特筹措了资金。在卡特上诉进展方面，在鲍勃·迪伦等人歌曲的推动下，司法体系也加快了给卡特平反的进程。鲍勃·迪伦、歌曲和电影《飓风》都实实在在地推动了卡特平反的进程。1985 年，美国联邦法院判定卡特因种族歧视而非谋杀获罪，卡特重获自由。这一结局对卡特、鲍勃·迪伦以及《飓风》来说，都是最好的反馈。

通过对《飓风》这首歌曲多层面、多角度的互文性解读，我们深刻感受到鲍勃·迪伦对弱势群体的关注以及他为帮助这些群体所付出的实际行动，展现了他卓越的品质与人格魅力。这不仅有助于我们更全面地理解鲍勃·迪伦的音乐与文学才华，还深化了我们对其社会责任感和人道主义精神的认识。《飓风》作为鲍勃·迪伦创作的高峰之一，其歌词与现实事件紧密交织，表现出独特的艺术品格和社会价值。通过剖析这首歌曲与其他文化文本的互文性，我们不仅能够领略鲍勃·迪伦在词曲创作上的非凡才华，更能洞察他在社会正义问题上的坚定立场和不懈努力。鲍勃·迪伦在《飓风》中的表现，不仅是对艺术的一次大胆探索，更是对社会公正的一次深刻诉求。

此外，鲍勃·迪伦为《飓风》所进行的种种努力和义举，不仅体现出他作为音乐家的责任感，还彰显了其作为公民的道德勇气。鲍勃·迪伦利用自己的影响力，不遗余力地推动社会变革，这种行为不仅反映了他对艺术的敬畏，更显示了他对人生价值和社会意义的深刻追求。通过《飓风》的互文性解读，我们得以见证鲍勃·迪伦如何以音乐为媒介，深刻探讨并挑战社会的不公。这种跨越音乐与社会行动的结合，使我们对鲍勃·迪伦的艺术贡献有了更丰富的理解，也加深了我们对他作为一位音乐家、诗人及社会活动家的尊敬与感佩。在这篇交织着艺术灵光与社会关怀的篇章中，鲍勃·迪伦不仅留下了不朽的音乐作品，更铸造了自己在历史长河中不朽的精神丰碑。

总而言之，跨媒介融合与多模态建构本就是鲍勃·迪伦惯于用来创作的艺术手法，在其作品流传的过程中，它们又成了推动这些作品经典化为集体记忆、社会记忆，乃至文化记忆的法宝。这些跨媒介艺术实践不仅丰富了他的文艺作品，也共同构筑了他文艺创作成就的深厚底蕴。本章不仅展示了鲍勃·迪伦在多模态创作中的巧妙艺术手法，更揭示了他的作品如何在多层次的文化语境中形成和传播，成为永恒的艺术经典。通过多模态的视角阐释这些作品，我们更能体会到鲍勃·迪伦创作的广阔与深邃，以及他在跨越时空的艺术传承和文化记忆中的重要地位。

结　语

在音乐与文学的交汇处，鲍勃·迪伦以其深邃的文艺创作，塑造了一个时代的文化符号。他的作品，如同一把锋利的剑，刺破了时代的迷雾，让我们得以窥见那些被忽视的真理和被遗忘的角落。无论是通过个人故事揭示时代弊病的《蒂尔之死》，还是象征深刻的反叛精神和自由探索的《像一块滚石》，抑或《坎坷喧嚣的道路》《随风飘荡》《永葆童心》等其他经典歌曲作品，我们都能从歌曲旋律与用词等方面品味到耐人寻味的天然诗性哲学。鲍勃·迪伦的每一首歌曲，都如同一篇独立的诗篇，或激昂奋进，或哀伤沉郁，或讽刺辛辣，或深沉厚重，但无一例外地饱含着对生活的深刻理解与对人性的深邃洞察。某种意义上，鲍勃·迪伦的歌曲不仅仅是对现实的生动描绘，更是对理想的不懈追求，对自由的热切呼唤。

如今，鲍勃·迪伦的音乐艺术已然炉火纯青，融合民谣、摇滚、蓝调等多种元素，缔造出一种独树一帜的艺术风格。这种风格，不拘泥于传统的框架，而是像一块永不停歇的滚石一般，在源源不断地探索和创新中，展现出全新的生机与活力。从籍籍无名的小镇青年罗伯特·艾伦·齐默曼，蜕变为家喻户晓的诺贝尔文学奖得主鲍勃·迪伦，这一切似乎都在他决意踏上理想之地纽约的那一刻埋下了预兆。然而，我深知，如此简短的一句话不足以囊括鲍勃·迪伦富有传奇性的一生，也无法让我们清楚地洞悉鲍勃·迪伦文艺创作道路及文艺思潮演变的轨迹。有鉴于此，本书在前辈学者研究硕果的基础上，结合鲍勃·迪伦的文艺创作生平，有意识地进行了一定的拓展性和综合性探讨。同时，笔者对鲍勃·迪伦的文艺作品及其各个艺术创作阶段提出了一些独具特色的思考与解读，希望通过透彻的解析和精妙的呈现，能够引领那些致力于鲍勃·迪伦研究的学者，乃至单纯热爱其艺术的读者，领略迪伦文艺创作历程中的深邃变迁与特质。通过深入挖掘和系统梳理，读者得以窥见迪伦音乐背后那复杂而丰盈的内涵，体会其艺术语言的精辟独到和诗性思想的哲学意味。

在上篇“诞生：歌曲模仿与创新”的三个章节中，我们探讨了鲍勃·迪伦早期音乐创作中的模仿与创新。此部分重心在于分析鲍勃·迪伦如何在传承传统民谣与布鲁斯精髓的基础上，创作出独树一帜的民谣音乐风格，揭示其早期作品中情感表达与社会关怀的复杂维度。譬如，通过剖析《蒂尔之死》的特殊的创作背景与复杂的演绎历程，我们得以窥见迪伦在表达艺术性与历史真实性之间寻求平衡的艺术探索，并大致复现与重绘了他逐步走向创作成熟、呼吁社会公平正义的轨迹。在《像一块滚石》的赏析过程中，我们借助叙事学的理论与方法，对歌曲的语言、情节、主题进行了详尽的分析，细致描绘出迪伦如何通过叙事学手法构建歌曲，打破传统与质疑权威精神哲学的种种尝试，挖掘了这首歌曲在叙事维度上的独特魅力。这种管中窥豹的探究同样延续至《坎坷喧嚣的道路》专辑的解读，并在此达到了高峰。在《坎坷喧嚣的道路》的每一段歌词中，无论是对个体死亡的关切还是对政治谋杀的诘问，迪伦都拒绝独白式的断言，坚定地主张以对话的方式全面、客观地呈现各种观点。为了鼓励大众参与对话、激发强烈情感，鲍勃·迪伦智慧性地选取了复调的艺术技法融入歌曲，期望每个个体能充分发挥主观能动性，共同抵抗被美国社会主流话语所裹挟所导致的失语状态。鲍勃·迪伦如同那块一往无前的滚石，在艺术创新、人生态度、道德践行等方面，竭尽全力，呕心沥血。

中篇“跨界：著作文类杂糅”旨在深入探讨鲍勃·迪伦在音乐之外的文学创作及其跨文类尝试的独特贡献。通过细致剖析其歌词、文学作品以及跨界创作，我们审视了不同文类之间彼此交织的动态关系，探讨了这些生动的艺术表达如何丰富和拓展了鲍勃·迪伦的艺术表达疆域。如实验性著作《狼蛛》融合了小说、散文、诗歌和戏剧等多种文体，以创新和不拘一格的风格，使其形成了一个复杂却极具吸引力的叙事结构；自传体回忆录《编年史》以独特的视角和细腻的笔触，深情回望了鲍勃·迪伦在青年时期追寻自由与自我之途上所遭遇的种种曲折与惶惑，经历的艰难尝试与探索，以及最终收获的成功与思考；乐评文集《现代歌曲的哲学》记录了鲍勃·迪伦富有人文素养的真知灼见，闪烁着深厚的人文关怀与睿智的批判性思维，引领我们透过音乐的表象和世俗的迷雾，审视文化本质，感受人生真谛。鲍勃·迪伦在文类杂糅方面所做出的大胆创新，无疑为后来的文艺创作者树立了先进的典范。其作品不仅是一位音乐大师的跨界尝试，更是文艺创作领域的宝贵遗产，兼具学术价值与艺术魅力。

下篇“流传：经典作品多模态解读”厘清了鲍勃·迪伦经典作品在多模态视域中的解读及其变迁。这一部分结合音乐学、文学批评和影视艺术等多领域的理论与方法，对鲍勃·迪伦经典作品的多层次意涵及其流传过程中所发生的意义转换进行了细致入微的分析。《在茫茫的风中》与《永葆童心》洋溢着童趣、天真、自由与浪漫的气息，是鲍勃·迪伦专为儿童以及青年人创作的歌曲。为了最大限度地传播歌曲中寄寓的理想、正义等价值诉求，鲍勃·迪伦别具匠心地邀请著名画师对歌曲的绘本进行精心设计和绘制，使形象、画面、文字、版式等多模态要素彼此呼应，进而实现绘本与歌曲之间的内在意义关联，极大地扩大歌曲本身的影响力。歌曲《飓风》由黑人拳击手鲁宾·卡特入狱的真实故事改编而来，与电影《飓风》，回忆录《第十六回合》以及鲍勃·迪伦的其他黑人书写作品建立起独特的互文性。三者犹如合唱团里的三重奏，相互应和，彼此增强，从而使《飓风》意图传达的民权思想与公平正义等观念更加深入人心。在媒介应用和经典作品的多模态传播方面，鲍勃·迪伦得心应手。其作品不仅具备较高的艺术价值，更通过巧妙的媒介策略，拓展了作品的传播范围和影响力。通过这种方式，鲍勃·迪伦不仅传递了深刻的文化和社会观念，更与观众形成了全方位、多层次，宽领域的互动与共鸣。如此多样且丰富的文艺创作及其传播方式，共同构筑了鲍勃·迪伦文艺创作论的丰厚内涵，这无疑为后来的文艺创作者提供了宝贵的参考与借鉴。

通过对鲍勃·迪伦文艺创作的总体研究，我们深刻认识到，所谓的文艺创作不仅仅是关于音乐，更是关乎艺术、生活与思想。鲍勃·迪伦向我们揭示了艺术创作远非简单的模仿与重复，而是充满了不断探索与创新的需要，是勇敢直面现实的勇气，是真诚表达自我的执着。他的音乐和歌词凝聚成一股强大的力量，激励我们思考、行动并且改变世界。鲍勃·迪伦通过其作品，赋予了艺术创作以深刻的生命力与思想性。

当然，尽管我们的研究已经揭示了许多鲍勃·迪伦创作的独特魅力，但仍存在诸多可以改进的地方。首先，由于篇幅所限，我们选择性地分析了鲍勃·迪伦的部分经典作品，虽然论述精微，但也不可避免导致行文内容的挂一漏万。这使得我们在整体上把握鲍勃·迪伦的文艺创作特色时，留下了一些未竟的缺憾。其次，我们的研究中尚缺乏对鲍勃·迪伦与国内相关重要诗人、歌手的比较与研读。让鲍勃·迪伦的创作艺术精粹与中国本土歌手及艺术家的思想火花碰撞交融，探讨其如何演变、如何交织成为人类共同的诗性哲学瑰宝，将是我们未来研究的重要方向。这一领域的深入探究，不仅能深化我们对鲍勃·迪伦创作的理解，还能拓宽我们对全球艺术交互与文化融合的视域。如今的短暂欠缺，反倒激励我们向更广泛深入的方向努力。通过更全面、更系统的研究，我们期待能为鲍勃·迪伦文艺创作的研究贡献更多智慧，也为东西方文艺创作的交流互鉴提供崭新的学术视野与可能性。这些努力将不仅彰显我们对文化多样性的尊重，同时推动全球艺术创作在更高层次上实现思想共鸣，从而成就现代诗性哲学的共同瑰宝。

在当今多元化、快节奏的时代背景下，鲍勃·迪伦的文艺创作理论依然具有深远的价值。它提醒我们，无论时代如何变迁，艺术的力量永远不会消逝。鲍勃·迪伦的创作鼓励我们，借助艺术连接过去与未来，通过创作交流不同文化和思想，用音乐触动每一个人的心灵。如鲍勃·迪伦所言，“艺术是生命的呼吸，是灵魂的表达。”每一次呼吸不可逆转也无法复制，而每一个灵魂的舞步，注定在某个瞬间凝固为永恒。鲍勃·迪伦以其深邃的艺术创作和高尚的道德践行，揭示了其唯美歌曲及文类杂糅能俘获众多心灵的原因——他如同一块滚石，永远在旅途中，永不停止对创新的追求和对自由与生命的敬畏。直到今天，鲍勃·迪伦依然沉浸在自己的艺术王国中，孜孜不倦地追求新意与深度。没有人能预见鲍勃·迪伦还将为世人带来怎样的惊喜，但毫无疑问的是，鲍勃·迪伦及其作品本身就是全世界人民共同的艺术渊薮和精神瑰宝。至于鲍勃·迪伦的其他未解之谜，不妨让我们静下心来，聆听他经典作品中的箴言——“答案啊，吾友，在茫茫的风中。”

参考文献

[1] BALL, GORDON. Dylan and the Nobel [J]. Oral Tradition, 2007, 22 (1).

[2] BOWDEN, BETSY. Performed Literature: Words and Music by Bob Dylan (2nd ed.)

[M]. New York: University Press of America, 2001.

[3] CARTER, RUBIN. The Sixteenth Round: From Number 1 Contender to Number 45472 [M]. Chicago: Chicago Review Press, 2011.

[4] CASSIRER, ERNST. An Essay on Man: An Introduction to a Philosophy of Human Culture [M]. New Haven: Yale University Press, 2021.

[5] CHEN, XI. When the Classic Speaks for Children: Retranslation of Bob Dylan's Songs in Bilingual Picture Books [J]. Babel, 2020, 66 (4-5).

[6] DETTM AR, KEVINJ. H. ed. The Cambridge Companion to Bob Dylan [C]. Cambridge: Cambridge University Press, 2009.

[7] DYLAN, BOB. Tarantula: Poems [M]. New York: Macmillan, 1971.

[8] DYLAN, BOB. Lyrics: 1961—2020 (Annotated edition) [M]. New York: Simon & Schuster, 2020.

[9] DYLAN, BOB. Chronicles: Volume One [M]. New York: Simon & Schuster, 2004.

[10] DYLAN, BOB. The Philosophy of Modern Song [M]. New York: Simon & Schuster, 2022.

[11] GILL, ANDY. Bob Dylan: Stories behind the songs 1962—1969 [M]. London: Carlton Books, 2011.

[12] GILMOUR, MJ. Tangled Up in the Bible: Bob Dylan and Scripture [M]. Edinburgh: A&C Black, 2004.

[13] HEYLIN, CLINTON. Revolution in the air: The songs of Bob Dylan, 1957-1973 [M]. London: Constable & Robinson Ltd, 2009.

[14] MARCUS, GREIL and WERNER SOLLORS ed. A New Literary History of America [M]. Cambridge: The Belknap Press of Harvard University Press, 2012.

[15] MARCUS, GREIL. The old, weird America: The world of Bob Dylan's basement tapes [M]. London: Picador, 2011.

[16] MARGOTIN, P. & GUESDON JEAN-MICHEL. Bob Dylan All the Songs: The Story Behind Every Track [M]. New York: Black Dog & Leventhal Publishers, 2015.

[17] MARQUSEE, M. Wicked messenger: Bob Dylan and the 1960s [M]. New York: Seven Stories Press, 2005.

[18] MEISEL, P. The Myth of Popular Culture: from Dante to Dylan [M]. New Jersey: Wiley-Blackwell, 2010.

[19] RICKS, CHRISTOPHER. Dylan's Vision of Sin [M]. New York: Harper Collins Publishers, 2004.

[20] ROGOVOY, SETH. Bob Dylan: Prophet, Mystic, Poet [M]. New York: Simon and Schuster, 2009.

[21] SHELTON, ROBERT. No direction home: The life and music of Bob Dylan [M]. London: Omnibus Press, 2011.

[22] SOUNES, HOWARD. Down the highway: The life of Bob Dylan [M]. New York: Grove Press, 2011.

[23] STUART, HALL et al. Representation: Cultural Representations and Signifying Practices [M]. Sage Publications: The Open University, 1997.

[24] TAYLOR, JEFF & CHAD ISRAELSON. The Political World of Bob Dylan: Freedom and Justice, Power and Sin [M]. Palgrave Macmillan, 2015.

[25] THOMAS, RICHARDF. Why Dylan Matters [M]. London: William Collins Publishers, 2017.

[26] TYSON, T. B. The Blood of Emmett Till [M]. New York: Simon & Schuster, 2017.

[27] VERNEZZE, PETE R and CARLJ. PORTER. Bob Dylan and Philosophy [M]. Chicago: Open Court Publishing Co, 2006.

[28] WILENTZ, SEAN. Bob Dylan in America [M]. New York: Doubleday Books, 2010.

[29] WILSON, ROB. Bob Dylan in China, America in Bob Dylan: Visions of Social Beatitude and Critique [J]. Boundary 2, 2014: 159-178.

[30] WILLIAMSON, NIGEL. The Dead Straight Guide to Bob Dylan [M]. Red Planet Publishing Ltd, 2015.

[31] 爱德华C·斯图尔特、密尔顿J·贝尔特. 美国文化模式：跨文化视野中的分析 [M]. 卫景宜，译. 天津：百花文艺出版社，2000.

[32] 阿莱达·阿斯曼. 记忆中的历史：从个人经历到公共演示 [M]. 袁斯乔，译. 南京：南京大学出版社，2022.

[33] 阿斯特莉特·埃尔，冯亚琳主编. 文化记忆理论读本 [M]. 余传玲等，译. 北京：北京大学出版社，2012.

[34] 鲍勃·迪伦. 答案在风中飘：现代歌曲的哲学［M］. 董楠，译. 北京：中信出版集团，2023.

[35] 鲍勃·迪伦. 鲍勃·迪伦诗歌集：1961—2012（典藏版，全3册）［M］. 奚密，李皖，西川，胡桑，陈黎，张芳龄等，译. 桂林：广西师范大学出版社，2022.

[36] 鲍勃·迪伦. 狼蛛［M］. 罗池，译. 桂林：广西师范大学出版社，2020.

[37] 陈恒汉，方质. 隐喻·见证·哲思——鲍勃·迪伦战争书写的三个维度［J］. 当代外国文学，2023（1）：112-120.

[38] 戴维·道尔顿. 他是谁？探寻真实的鲍勃·迪伦［M］. 郝巍，译. 桂林：广西师范大学出版社，2015.

[39] 菲利普·马戈汀，让-米切尔·古斯登. 鲍勃·迪伦的歌：492首歌背后的故事［M］. 江岭等，译. 郑州：河南大学出版社，2018.

[40] 顾悦. 论鲍勃·迪伦的诗人身份［J］. 当代外国文学，2019（1）：110-116.

[41] 格雷尔·马库斯. 地下鲍勃·迪伦与老美国［M］. 董楠，译. 上海：上海译文出版社，2008.

[42] 韩帮文. 1966年《人民日报》对鲍勃·迪伦的引介［J］. 文化研究，2022（1）：112-124.

[43] 霍华德·桑恩斯. 沿着公路直行：鲍勃·迪伦传［M］. 余淼，译. 南京：南京大学出版社，2014.

[44] 克里斯·托弗里克斯. 罪之瞳：鲍勃·迪伦歌曲中的罪之想象［M］. 姜涛，王海威，译. 桂林：广西师范大学出版社，2022.

[45] 罗伯特·谢尔顿. 迷途家园：鲍勃·迪伦的音乐与生活1［M］. 滕继萌，译. 重庆：重庆大学出版社，2017.

[46] 罗伯特·谢尔顿. 迷途家园：鲍勃·迪伦与音乐生活2［M］. 滕继萌，

译. 重庆：重庆大学出版社，2018.
[47] 罗兰·斯特龙伯格. 西方现代思想史［M］. 刘北成等，译. 北京：中央编译出版社 2004.
[48] 雷昭利，吴群涛. 经典歌诗的翻译规范研究——以鲍勃·迪伦〈随风飘荡〉中译为例［J］. 翻译史论丛（第五辑），2022 年 9 月，外语教学与研究出版社.
[49] 李保杰. 矛盾中前行：鲍勃·迪伦的创作与时代［J］. 外国文学，2017（6）.
[50] 林佩璇. 多维互文性融合：鲍勃·迪伦歌词创作的文学魅力［J］. 当代外国文学，2018（2）：127-133.
[51] 刘火雄. 一桩诺贝尔文学奖的“图书生意”——论鲍勃·迪伦作品的出版及跨界融合［J］. 出版广角，2017（18）.
[52] 陆正兰. 戴上了桂冠的民谣诗人［J］. 新产经，2016（11）：96.
[53] 陆正兰. 歌词学［M］. 北京：中国社会科学出版社，2007.
[54] 陆正兰. 歌词艺术十二讲［M］. 北京：北京大学出版社，2015.
[55] 莫里斯·迪克斯坦. 伊甸园之门——60 年代的美国文化［M］. 方晓光，译. 南京：译林出版社，2007.
[56]［美］玛丽娜·格里沙科娃，玛丽-劳勒·瑞安编. 媒介间性与故事讲述［M］. 段枫等，译. 上海：上海外语教育出版社，2024.
[57] 马汉广. 鲍勃·迪伦事件与文学边界［J］. 探索与争鸣，2017（12）：158-166.
[58] 让-多米尼克·布里埃. 鲍勃·迪伦：诗人之歌［M］. 文蕴，译. 长沙：湖南文艺出版社，2017.
[59] 苏西·罗托洛. 放任自流的时光［M］. 陈震，译. 北京：光明日报出版社，2017.
[60] 谭冰若. 抗议·思索与创造——美国流行歌手鲍勃·迪伦［J］. 音乐爱

好者，1986（4）.
［61］陶锋. 从现代美学的四个论争看鲍勃·迪伦艺术［J］. 外国文学，2017（4）：69-79.
［62］滕继萌. 论鲍勃·迪伦的创作［J］. 外国文学，1996（2）：36-51.
［63］滕继萌. 鲍勃·迪伦：一位摇滚艺术家、诗人的生平［J］. 外国文学，1996（2）：34-35.
［64］王恩铭. 美国反正统文化运动：嬉皮士文化研究［M］. 北京：北京大学出版社，2008.
［65］王刚. 鲍勃·迪伦《编年史》的人类命运共同体意识［J］. 上海交通大学学报（哲学社会科学版），2019（6）.
［66］王廷信. "在跨界融合中迸发活力"——2016 年艺术学理论学科扫描［J］. 艺术评论，2017（1）：22-26.
［67］王恩铭. 美国多元文化主义：理论与实践［M］. 上海：上海外语教育出版社，2022.
［68］许平，朱晓罕. 一场改变了一切的虚假革命：20 世纪 60 年代西方学生运动［M］. 上海：上海人民出版社，2004.
［69］徐思园，田俊武. 文学伦理学和数字人文视域下鲍勃·迪伦歌曲中的爱情伦理［J］. 外语教学，2021（2）：108-112.
［70］肖恩·威伦茨. 鲍勃·迪伦与美国时代［M］. 刘怀昭，译. 北京：中国政法大学出版社，2018.
［71］肖祥. 鲍勃·迪伦歌词的叙事艺术［J］. 华中学术，2021，12（3）：179-187.
［72］袁越. 来自民间的叛逆［M］. 北京：新星出版社，2018.
［73］英国 UNCUT 编辑部. 经典摇滚音乐指南——鲍勃·迪伦［M］. 宋世超，译. 北京：北京联合出版公司，2016.
［74］于雷. 鲍勃·迪伦、仪式性与口头文学［J］. 外国文学，2017（5）.

[75] 伊恩·贝尔. 曾几何时：鲍勃·迪伦传 [M]. 修佳明等，译. 北京：中国人民大学出版社，2017.

[76] 张卫东. 鲍勃·迪伦的歌是文学吗？[J]. 国外文学，2017 (3).

[77] 赵梅. 美国反文化运动探源 [J]. 美国研究，2000 (1).

[78] 赵雪梅. 从《直到我找到你》看鲍勃·迪伦的音乐对嬉皮士身份认同的影响 [J]. 外国文学研究，2017 (5)：127-136.

[79] 赵炎秋. 鲍勃·迪伦事件与诺奖评委会的文学观 [J]. 中国文学研究，2018 (1)：29-32.

[80] 郑春生. 论 20 世纪 60 年代鲍勃·迪伦形象的自塑与他塑 [J]. 上海师范大学学报（哲学社会科学版），2020 (1)：124-133.

附录 I　鲍勃·迪伦生平及文艺创作年表

◉ 1941 年

5 月 24 日，罗伯特·艾伦·齐默尔曼（Robert Allen Zimmerman）出生于美国明尼苏达州德卢斯一个中产阶级犹太家庭。

◉ 1947 年

随父母搬家，在北方的矿业小镇希宾（Hibbing）长大。

◉ 1959 年

在高中接触摇滚乐队，进入明尼苏达大学，开始参加校园音乐活动；在一家唱片店听到欧蒂塔（Odetta）的歌，用手头的电吉他换了一把原声吉他，开始弹奏民谣音乐；受到伍迪·格思里（Woody Guthrie）、汉克·威廉姆斯（Hank Williams）等民谣和乡村音乐家的吸引。

◉ 1960 年

从大学退学，只身前往纽约市，进入当地民谣圈，希冀能见到偶像伍迪·格思里。化名“鲍勃·迪伦”，开始在格林尼治村的民谣俱乐部演出，迅速积累了一批忠实听众。两年后正式更名为“鲍勃·迪伦”。

◉ 1961 年

9 月，他在戈德民谣城（Gerde's Folk City）演出，获得音乐评论家罗伯特·谢尔顿（Robert Shelton）撰写乐评并在《纽约时报》发表。经过约翰·哈蒙德（John Hammond）的推荐，鲍勃·迪伦与哥伦比亚唱片公司签约。11月，他作为支持演员参加了著名民谣歌手卡尔·帕金斯（Carla Permans）的演唱会。

◉ 1962 年

哥伦比亚唱片公司发行了他的首张专辑《鲍勃·迪伦》（*Bob Dylan*），销售情况并不理想，但他引起了一些音乐评论家的注意。

◉ 1963 年

第二张专辑《放任自流的鲍勃·迪伦》（*The Freewheelin' Bob Dylan*）发布，其中《随风飘荡》和《暴雨将至》成为标志性的反战和平运动歌曲。鲍勃·迪伦开始与琼·贝兹合作，并成为民权运动的积极分子，参加了华盛顿民权游行。

◉ 1964 年

发布《时代正在改变》（*The Times They Are A-Changin'*），其中包括同名歌曲，成为时代的经典。随后发布《鲍勃·迪伦的另一面》（*Another Side of Bob Dylan*），展示了他更多的个人化和诗意的表达。

◉ 1965 年

鲍勃·迪伦发布了两张重要专辑：《席卷而归》（*Bringing It All Back Home*）（标志着他从纯民谣到电声摇滚的过渡）和《重访 61 号高速公路》（*Highway 61 Revisited*）（其中包括《像一块滚石》）。他在纽波特民谣音乐节（*Newport Music Festival*）上大胆使用电吉他，导致一些传统民谣爱好者的不满。

◉ 1966 年

鲍勃·迪伦发布双碟专辑《金发如云》（*Blonde on Blonde*），被认为是摇滚音乐史上最伟大的专辑之一。7 月，他发生了摩托车事故，这使他短暂退出公众视野。

◉ 1967 年

在康复期间，他和乐队（The Band）在纽约州伍德斯托克合作录制了大量歌曲，但这些录音未立即发布，后于 1975 年以《地下录音带》（*The Basement Tapes*）形式面世。《约翰·韦斯利·哈丁》（*John Wesley Harding*）专辑发布，其风格显著简约。

◉ 1969 年

发布《纳什维尔天际线》（*Nashville Skyline*），展示了他对乡村音乐的偏爱。

◉ 1970 年

发布备受关注的专辑《自画像》（*Self -Portrait*）和《新晨》（*New Morning*）。

◉ 1973 年

参与影片《帕特·加勒特与比利小子》（*Pat Garrett and Billy the Kid*）的制作，并创作了经典歌曲《敲响天堂之门》（*Knockin' on Heaven's Door*）。

◉ 1974 年

与乐队（The Band）重聚并进行巡演，发布了专辑《行星波》（*Planet Waves*）。

◉ 1975 年

发行《轨道上的血迹》（*Blood on the Tracks*），被广泛认为是他最个人化和情感最丰富的作品。此时，他与妻子萨拉·劳登（Sara Lownds）关系恶化，最终于 1977 年离婚。

◉ 1976 年

发布专辑《欲望》（*Desire*），包括著名的《飓风》（*Hurricane*），描述拳击手鲁宾·卡特（Rubin Carter）的冤屈。

◉ 1978 年

重新组建乐队并进行全球巡演。

◉ 1979 年

鲍勃·迪伦宣布改宗基督教，发布宗教主题专辑《慢车开来》（*Slow Train Coming*），包括有争议但极具影响力的宗教歌曲。

◉ 1980—1981 年

连续发布宗教主题专辑《得救》（*Saved*）和《一针爱》（*Shot of Love*）。

◉ 1983 年

发布专辑《异教徒》（*Infidels*），在宗教与政治之间取得平衡。

◉ 1985 年

参与《天下一家》（*We Are The World*）慈善单曲的录制，又发布了回归作《帝国滑稽剧》（*Empire Burlesque*）。

◉ 1988 年

与乔治·哈里森（George Harrison）、罗伊·奥宾森（Roy Orbison）、汤姆·佩蒂（Tom Petty）和杰夫·林恩（Jeff Lynne）组成超级乐团“旅行吉卜林”（Traveling Wilburys）。进入摇滚名人堂，引介人是布鲁斯·斯普林斯汀（Bruce Springsteen）。开始“永不落幕的巡演”（持续到今天）。

◉ 1989 年

发布获广泛好评的专辑《哦，仁慈》（*Oh Mercy*）。

◉ 1990 年

旅行的差错乐队重组（除了已去世的奥比森），录制第二张专辑《旅行的差错 第三辑》（*The Traveling Wilburys vol.* 3）。发行《红色天空下》（*Under the Red Sky*）专辑，参与专辑录制的有乔治·哈里森、斯莱西（Slash）、斯蒂维·雷·沃恩（Stevie Ray Vaughn）和埃尔顿·约翰（Elton John）。接受“艺术和文学勋章”（法国的最高文化荣誉）。

◉ 1991 年

在格莱美颁奖礼上接受终身成就奖，演唱了《战争专家》抗议第一次伊拉克战争。《私录系列 1-3 辑》（*The Bootleg Series Vol.* 1-3）发行，收录了不少过去被剔除但如今受到赞扬的录音。

◉ 1992 年

发行《我对你这么好》（*Good as I Been to You*）专辑，用原声伴奏唱民谣老歌。

◉ 1993 年

发行原声布鲁斯专辑《世界出了错》（*World Gone Wrong*）。

◉ 1994 年

在伍德斯托克 25 周年音乐节上登场。在 MTV 电视台的“不插电”节目中表演，并发行一张用原声乐器表演自己的经典电声歌曲的现场专辑。

◉ 1996 年

9 月 28 日，第一次获得诺贝尔文学奖提名。

◉ 1997 年

发布专辑《被遗忘的时光》（*Time Out of Mind*），获得当年格莱美奖年度专辑。

12 月 7 日，在白宫受到克林顿总统的接见，获得总统颁发的肯尼迪中心演艺奖。

◉ 1998 年

秋季，与范·莫里森（Van Morrison）和琼尼·米切尔一起巡演。1966 年在皇家阿尔贝特音乐厅的传奇演出，由哥伦比亚唱片公司发行为唱片。

◉ 2001 年

为电影《奇迹小子》（*Wonder Boys*）写的歌曲《事情变了》（*Things Have Changed*）赢得一项格莱美奖、一项金球奖和奥斯卡最佳歌曲奖。带着奥斯卡小金人巡演，表演时置于音箱上。9 月，发布专辑《爱与偷》（*Love and Theft*），备受赞誉。

◉ 2004 年

著作《编年史：卷一》（*Chronicles：Volume One*）出版，这是他迄今为止唯一的回忆录。

◉ 2005 年

马丁·斯科塞斯导演的四小时纪录片《没有家的方向》（*No Direction Home*）通过电视与大量美国观众见面，又发行为 DVD，内有未发行过的 20 世纪 60 年代早期私录录音。为电影《北国》（*North Country*）录制歌曲《告诉老比尔》（*Tell Old Bill*）。

◉ 2006 年

录制发行专辑《摩登时代》（*Modern Times*），再度获得格莱美奖。这是 30 年来鲍勃·迪伦的第一张排行榜冠军专辑。65 岁的鲍勃·迪伦成为登上过榜首的最年长的在世艺术家。他还开始做内容多样的电台节目《主题时间广播》（*Theme Time Radio Hour*）。

◉ 2008 年

4 月，获得普利策特别奖，表彰他“对流行音乐和美国文化作出了卓越贡献，他的歌词具有非凡的诗性力量”。

9 月，鲍勃·迪伦在《纽约客》发表了两首诗《17》和《21》。它们选自后来出版的书《好莱坞摄影修辞：丢失的手稿》（*Hollywood roto-Rhetoric: The Lost Manuscript*）。哥伦比亚唱片公司宣布将在 10 月发行私录系列《第 8 辑：迹象》（*Bootleg Series Vol. 8, Tell Tale Signs*），收录 1989—2006 年未发行的珍稀录音。

◉ 2009 年

发布专辑《共度此生》（*Together Through Life*）和《心中的圣诞》（*Christmas in the Heart*）。

◉ 2010 年

2 月 10 日，在白宫为奥巴马总统演唱《时代正在改变》，不久获颁“白宫艺术奖”。

◉ 2012 年

发布专辑《暴风雨》（*Tempest*）。

◉ 2015 年

发布《夜晚的阴影》（*Shadows in the Night*），翻唱标准歌曲。

◉ 2016 年

发布《堕落天使》（*Fallen Angels*），再度探索标准歌曲。

荣获诺贝尔文学奖，表彰他在音乐与文学交融上的杰出贡献。

◉ 2017 年

发布三碟专辑《一式三份》（*Triplicate*），继续翻唱经典标准歌曲。

◉ 2020 年

发布专辑《坎坷喧嚣的道路》（*Rough and Rowdy Ways*）。这是鲍勃·迪伦在 2020 年 6 月 19 日发布的个人最新原创专辑，时隔八年，获得评论界高度关注。专辑以双 180 克黑胶和双 CD 两种介质发行，包含了《我包含万象》（*I Contain Multitudes*）、《错误的预言家》（*False Prophet*）、《我创造的你》（*My Own Version of You*）等曲目。这张专辑被认为是鲍勃·迪伦最伟大的一张专辑之一，通过十首歌曲建构了一部人类文明史。

◉ 2021 年夏季

鲍勃·迪伦带来了一场名为《影子王国》（*Shadow Kingdom*）的线上演唱会。虽然大部分歌曲都来自他生涯早期，但全新的改编赋予了这些歌曲再创作的特质。专辑中包括了清新的原声吉他和口琴，以及更加亲切悠扬的手风琴。

◉ 2022 年

出版乐评集《现代歌曲的哲学》（*The Philosophy of Modern Song*）。这是鲍勃·迪伦自获得诺贝尔文学奖以来的第一本新书，也是他继 2004 年的自传《编年史》之后的第一部书。书中剖析了 66 首其他艺术家创作的歌曲，虽然标题为“现代歌曲”，但大部分歌曲都来自他成长的年代，只有 3 首是 21 世纪的。这本书一部分是“音乐鉴赏课”，一部分是播客式的独白，展示了鲍勃·迪伦广博的音乐知识和倾听的深度。

◉ 2023 年

继续“Rough and Rowdy Ways”巡演。这场全球巡演自 2021 年开始，旨在推广他 2020 年发布的同名专辑。演出足迹遍及北美、欧洲和亚洲等多个地区。

6 月 2 日，发布了新专辑《影子王国》。这张专辑包含了他重新演绎的一些经典歌曲，并且是他在 2021 年暑期的虚拟音乐演出“Shadow Kingdom：The Early Songs of BobDylan”的延续。

附录Ⅱ　精选鲍勃·迪伦歌词中英文对照

（按照此书行文顺序，以下列出展开了专题分析的

部分歌曲歌词的原文和译文）

1. The Death of Emmett Till

The Death of Emmett Till	埃米特·蒂尔之死
Twas down in Mississippi not so long ago When a young boy from Chicago town stepped through a Southern door This boy's dreadful tragedy I can still remember well The color of his skin was black and his name was Emmett Till	这事发生在密西西比州，就在不久之前 有个芝加哥少年，踏进了南方的一扇门 这少年的悲惨遭遇，至今我仍记得清楚 他的肤色黝黑，名叫埃米特·蒂尔
Some men they dragged him to a barn and there they beat him up They said they had a reason, but I can't remember what They tortured him and did some things too evil to repeat There were screaming sounds inside the barn, there was laughing sounds out on the street Then they rolled his body down a gulf amidst a bloody red rain And they threw him in the waters wide to cease his screaming pain The reason that they killed him there, and I'm sure it ain't no lie Was just for the fun of killin' him and to watch him slowly die	有人把他拖进谷仓，对他拳脚相加 他们说有理由，但我记不清是什么 他们折磨他，所施暴行不堪回首 谷仓里传来尖叫，街面上却笑声不断 然后在血红雨水中他们把他的躯体滚入河湾 将他扔进宽阔的水域，以止息他的痛苦尖叫 我相信他们杀害他确有原因，这绝非谎言 其原因就是杀人取乐，看他慢慢死去而获快感

续表

The Death of Emmett Till	埃米特·蒂尔之死
And then to stop the United States of yelling for a trial Two brothers they confessed that they had killed poor Emmett Till But on the jury there were men who helped the brothers commit this awful crime And so this trial was a mockery, but nobody seemed to mind I saw the morning papers but I could not bear to see The smiling brothers walkin' down the courthouse stairs For the jury found them innocent and the brothers they went free While Emmett's body floats the foam of a Jim Crow southern sea	然后为了平息美国民众呼吁审判凶手的声浪 两兄弟坦白承认杀害了可怜的埃米特·蒂尔 陪审团中有人曾协助兄弟二人犯下可怕罪行 所以这场审判成了笑柄，但似乎无人在意 我看到了晨报新闻，却实在不忍目睹 那兄弟俩微笑着走下法庭的台阶 因为陪审团判他们无罪，兄弟俩便逍遥法外 而埃米特的尸体，还浮在吉姆·克劳统治下的南方海域
If you can't speak out against this kind of thing, a crime that's so unjust Your eyes are filled with dead men's dirt, your mind is filled with dust Your arms and legs they must be in shackles and chains, and your blood it must refuse to flow For you let this human race fall down so God-awful low! This song is just a reminder to remind your fellow man That this kind of thing still lives today in that ghost-robed Ku Klux Klan But if all of us folks that thinks alike, if we gave all we could give We could make this great land of ours a greater place to live	如果你不能站出来大声反对这种事情， 如此不公正的罪行 你的眼中塞满了死人的埃土， 你的脑中充满了灰尘 你的手脚必定被枷锁束缚，你的血液拒不流淌 因为你让人类堕落到了如此可怕的低谷！ 这首歌只是一个提醒，提醒你的同伴 这样的事情，在那幽灵般的三 K 党中如今依然存在 但如果我们所有想法一致的人，竭尽所能付出一切 我们会让这片伟大的土地变成一个更了不起的家园

2. Blowin' in the Wind

Blowin' in the Wind	随风飘荡
How many roads must a man walk down Before you call him a man? Yes, ' n ' how many seas must a white dove sail Before she sleeps in the sand? Yes, ' n ' how many times must the cannonballs fly Before they' re forever banned? The answer, my friend, is blowin' in the wind The answer is blowin' in the wind	一个人要走多少路， 才能被叫做人？ 白鸽要越过几重海， 才能在沙滩上休眠？ 加农弹要掠过几次， 才能被永远禁止？ 这答案啊，吾友，随风飘荡， 答案正随风飘荡
How many years can a mountain exist Before it's washed to the sea? Yes, 'n' how many years can some people exist Before they're allowed to be free? Yes, 'n' how many times can a man turn his head Pretending he just doesn't see? The answer, my friend, is blowin' in the wind The answer is blowin' in the wind	一座山能历经多少年， 才会被冲入海洋？ 一些人会活多久， 才能获得自由？ 一个人要转几次头， 装作视而不见？ 这答案啊，吾友，随风飘荡， 答案正随风飘荡。
How many times must a man look up Before he can see the sky? Yes, 'n' how many ears must one man have Before he can hear people cry? Yes, 'n' how many deaths will it take till he knows That too many people have died? The answer, my friend, is blowin' in the wind The answer is blowin' in the wind	一个人要仰望多少次， 才能看见天空？ 一个人要有几只耳朵， 才听得见人们的呐喊？ 还要夺去几条生命， 他才知道 太多人已死去？ 这答案啊，吾友，随风飘荡， 答案正随风飘荡。

3. Like A Rolling Stone

Blowin' in the Wind	随风飘荡
Once upon a time you dressed so fine	曾几何时你衣着那样光鲜
Threw bums a dime in your prime, didn't you?	志得意满中随手扔硬币给乞丐，不是么？
People'd call, say, "Beware doll, you're bound to fall"	有人警告说，"小心点姑娘，你定会堕落。"
You thought they were all kiddin' you	你觉得他们都在跟你说笑
You used to laugh about	你惯于嘲笑那些
Everybody that was hangin' out	外出闲逛的家伙
Now you don't talk so loud	现在你说话不那么高声了吧
Now you don't seem so proud	现在你不显得那样高傲了吧
About having to be scrounging for your next meal	当你得为获取下顿饭东奔西跑
How does it feel	感觉如何
How does it feel	感觉如何
To be without a home	无家可归
Like a complete unknown	像个彻头彻尾的无人认识者
Like a rolling stone?	像一块滚石？
You've gone to the finest school all right, Miss Lonely	没错，孤傲小姐，你上过最高级的学校
But you know you only used to get juiced in it	可你很清楚，你不过在那儿醉生梦死
And nobody has ever taught you how to live on the street	没人教过你怎么在街头求生
And now you find out you're gonna have to get used to it	现在你发现非得习惯这境况不可
You said you'd never compromise	你说你永远不会妥协

续表

Blowin' in the Wind	随风飘荡
With the mystery tramp, but now you realize	向那些神叨叨的流浪汉低头，如今你意识到
He's not selling any alibis	他可不是在贩卖推诿托词
As you stare into the vacuum of his eyes	当你瞪着他眼中的虚空
And say do you want to make a deal?	问他你想不想做一桩买卖？
How does it feel	感觉如何
How does it feel	感觉如何
To be on your own	孤身一人
With no direction home	找不到回家的方向
Like a complete unknown	像个彻头彻尾的无人认识者
Like a rolling stone?	像一块滚石？
You never turned around to see the frowns on the jugglers and the clowns	你从不曾转身看杂耍人和小丑皱起的眉头
When they all come down and did tricks for you	当他们过来给你变把戏
You never understood that it ain't no good	你从来不明白这样不对头
You shouldn't let other people get your kicks for you	你不该让别人帮你找乐子
You used to ride on the chrome horse with your diplomat	你习惯和你的外交官骑那匹镀铬的马
Who carried on his shoulder a Siamese cat	他肩头还扛着一只暹罗猫
Ain't it hard when you discover that	你发现这一点，是不是特别难受
He really wasn't where it's at	他真的并不处在核心位置
After he took from you everything he could steal	在他从你这儿把一切能偷的都拿走之后
How does it feel	感觉如何
How does it feel	感觉如何
To be on your own	孤身一人
With no direction home	找不到回家的方向
Like a complete unknown	像个彻头彻尾的无人认识者
Like a rolling stone?	像一块滚石？

续表

Blowin' in the Wind	随风飘荡
Princess on the steeple and all the pretty people They're drinkin', thinkin' that they got it made Exchanging all precious gifts But you'd better take your diamond ring, you'd better pawn it babe You used to be so amused At Napoleon in rags and the language that he usedv Go to him now, he calls you, you can't refuse When you ain't got nothing, you got nothing to lose You're invisible now, you got no secrets to conceal	高塔上的公主啊，所有时髦人物 他们酩酊大醉，自命成功人士 把各种珍贵礼物交换来交换去 但你现在得取下钻石戒指，宝贝你得当掉它 你过去嘲笑拿破仑的 褴褛衣衫和寒碜谈吐 现在去他那儿吧，他叫你呢，你拒绝不了 当你什么也没有，也就没什么可失去 你现在是个隐形人，没啥秘密要保护
How does it feel How does it feel To be on your own With no direction home Like a complete unknown Like a rolling stone?	感觉如何 感觉如何 孤身一人 找不到回家的方向 像个彻头彻尾的无人认识者 像一块滚石？

4. Forever Young

Blowin' in the Wind	随风飘荡
May God bless and keep you always May your wishes all come true May you always do for others And let others do for you May you build a ladder to the stars And climb on every rung	愿上帝的庇护与你同在 愿你的梦想都将成真 愿你永远乐于助人 也让别人有助于你 愿你建造一架抵达繁星的云梯
May you stay forever young Forever young, forever young May you stay forever young	愿你永葆童心 永葆童心，永葆童心 愿你永葆童心
May you grow up to be righteous May you grow up to be true May you always know the truth And see the lights surrounding you	愿你长大后正直无私 愿你成年后真挚善良 愿你永远明了事理真相 并看到身边环绕的光亮
May you always be courageous Stand upright and be strong May you stay forever young Forever young, forever young May you stay forever young	愿你永远勇敢无畏 正直挺拔，意志坚强 愿你永葆童心 永葆童心，永葆童心 愿你永葆童心

续表

Blowin' in the Wind	随风飘荡
May your hands always be busy May your feet always be swift May you have a strong foundation When the winds of changes shift May your heart always be joyful May your song always be sung May you stay forever young Forever young, forever young May you stay forever young	愿你的双手总是充实繁忙 愿你的脚步永远迅捷快当 愿你有一个坚强的基座 当变革之风转向时 愿你的心总是充满快乐 愿你的歌曲永远被人传唱 愿你永葆童心 永葆童心，永葆童心 愿你永葆童心

5. Hurricane

Blowin' in the Wind	随风飘荡
Pistol shots ring out in the barroom night Enter Patty Valentine from the upper hall She sees the bartender in a pool of blood Cries out, "My God, they killed them all!" Here comes the story of the Hurricane The man the authorities came to blame For somethin' that he never done Put in a prison cell, but one time he could've been The champion of the world.	枪声响彻酒吧的夜晚 帕蒂·瓦伦丁从楼上大厅进来 她看到了血泊中的酒保 哭喊道："天哪，他们把他们都杀死了！" 下面是"飓风"的故事 当局对这个男人予以问罪 就因他从没干过的事 要不是被关入监牢，他本可成为 世界冠军

续表

Blowin' in the Wind	随风飘荡
Three bodies lyin' there does Patty see And another man named Bello, movin' around mysteriously "I didn't do it," he says, and he throws up his hands "I was only robbin' the register, I hope you understand I saw them leavin'," he says, and he stops "One of us had better call up the cops." And so Patty calls the cops And they arrive on the scene with their red lights flashin' In the hot New Jersey night.	三具尸体倒在那里帕蒂的确看到了 另一个叫贝洛的男人，诡异地走来走去 “不是我干的，”他边说边抬起双手 “我只是在抢劫收银柜，希望你能明白， 我看到了他们的离开，”他说着，又停了下来 “我们中最好有人叫警察来” 于是帕蒂就报了警 随后警察来到现场，红色警灯闪烁不停 在新泽西这个闷热的夜晚
Meanwhile, far away in another part of town Rubin "Hurricane" Carter and a couple of friends are drivin' around. Number one contender for the middleweight crown Had no idea what kind a shit was about to go down When a cop pulled him over to the side of the road Just like the time before and the time before that. In Paterson that's just the way things go. If you're black you might as well not show up on the street 'Less you wanna draw the heat.	与此同时，远在小镇另一端 鲁宾·卡特正和几个朋友开车兜风 当一位警察把他拽到了路边 这位中量级拳王的头号争夺者 并不知会遇到怎样的倒霉事情 就和上次和上上次一样 在帕特森城事情就是这样发生和发展的 如果你是黑人最好别出现在大街上 除非你想引火上身

续表

Blowin' in the Wind	随风飘荡
Alfred Bello had a partner and he had a rap for the cops. Him and Arthur Dexter Bradley were just out prowlin' around He said, "I saw two men runnin' out, they looked like middleweights They jumped into a white car with out-of-state plates." And Miss Patty Valentine just nodded her head. Cop said, "Wait a minute, boys, this one's not dead" So they took him to the infirmary And though this man could hardly see They told him that he could identify the guilty men.	艾尔弗雷德·贝洛有个同伙，他向警察供述 他和亚瑟·德克斯特·布拉德利当时正在外面闲逛 他说："我看到两个人跑了出来，体型中等 他们跳进了一辆外州牌照的白色轿车" 帕蒂·瓦伦丁小姐只是点了点头 警察说："等一下，伙计们，这个人还没死" 他们随后把他送去了医院 虽然这个人近乎失明 但他们告诉他，他可以指认罪犯
Four in the mornin' and they haul Rubin in, Take him to the hospital and they bring him upstairs. The wounded man looks up through his one dyin' eye Says, "Wha'd you bring him in here for? He ain't the guy!" Yes, here's the story of the Hurricane, The man the authorities came to blame For somethin' that he never done. Put in a prison cell, but one time he could've been The champion of the world.	清晨四点，他们拖来了鲁宾 把他带到医院，弄上了楼 那个受伤的人睁开一只快瞎的眼，抬头看着他 说："你们干吗带他来这儿？不是他！" 是的，这就是"飓风"的故事 这个男人当局开始追责问罪 基于他从没干过的事 要不是被关入监牢，他本可成为 世界冠军

续表

Blowin' in the Wind	随风飘荡
Four months later the ghettos are in flame, Rubin's in South America, fightin' for his name While Arthur Dexter Bradley's still in the robbery game And the cops are puttin' the screws to him, lookin' for somebody to blame. "Remember that murder that happened in a bar?" "Remember you said you saw the getaway car?" "You think you'd like to play ball with the law?" "Think it might-a been that fighter that you saw runnin' that night?" "Don't forget that you are white"	四个月以后、贫民区沸腾了 鲁宾正在南美为名誉而战 亚瑟·德克斯特·布拉德利仍深陷抢劫案里 警察不断向他施压，就为了找人担责顶罪 "记得酒吧里发生的那场谋杀案吗?" "记得你说你看到过逃逸的车辆吧?" "你觉得你愿意和法律合作?" "想想看，那晚你看到的逃犯会不会是那个拳击手?" "别忘了你是白人"
Rubin could take a man out with just one punch But he never did like to talk about it all that much It's my work, he'd say, and I do it for pay And when it's over I'd just as soon go on my way Up to some paradise Where the trout streams flow and the air is nice And ride a horse along a trail But then they took him to the jailhouse Where they try to turn a man into a mouse	鲁宾只用一记重拳就能送对手出局 但他从来就不太喜欢谈论这事 他会说，这是我的工作，干活赚钱而已 一旦结束，我就会立刻上路 去个极美的地方 那儿鳟鱼溪水潺潺流淌，空气清新 还可以沿着小径骑马 但他们却把他关进了牢房 在那里他们试图把人变成鼠

续表

Blowin' in the Wind	随风飘荡
All of Rubin's cards were marked in advance The trial was a pig-circus, he never had a chance The judge made Rubin's witnesses drunkards from the slums To the white folks who watched he was a revolutionary bum And to the black folks he was just a crazy nigger No one doubted that he pulled the trigger And though they could not produce the gun The D. A. said he was the one who did the deed And the all-white jury agreed	鲁宾所有的牌都被事先做了标记 审讯就是场“猪马戏”，他没有任何生机 法官把鲁宾的证人当作来自贫民窟的酒鬼 对监视他的白人来说，他是一个革命的流浪汉 对黑人来说，他只是个疯狂的黑鬼 没人怀疑他曾扣动了扳机 尽管他们无法出示那把枪 但公诉人说他就是干那勾当的人 纯白人的陪审团表示同意
Rubin Carter was falsely tried The crime was murder "one," guess who testified? Bello and Bradley and they both baldly lied And the newspapers, they all went along for the ride How can the life of such a man Be in the palm of some fool's hand? To see him obviously framed Couldn't help but make me feel ashamed to live in a land Where justice is a game	鲁宾·卡特遭遇了不实的审判 罪名是一级谋杀，猜猜谁作的证？ 贝洛和布拉德利，他俩明目张胆撒下大谎 就连报纸也赶来凑热闹 这样一个人的一生 怎能任由傻瓜玩弄于股掌？ 看着他明显遭到陷害 我不禁为生活在把公正当儿戏的土地上 而感到羞耻

续表

Blowin' in the Wind	随风飘荡
Now all the criminals in their coats and their ties Are free to drink martinis and watch the sun rise While Rubin sits like Buddha in a ten-foot cell An innocent man in a living hell That's the story of the Hurricane But it won't be over till they clear his name And give him back the time he's done Put in a prison cell, but one time he could-a been The champion of the world	现在，所有罪人都穿着外套打着领带 自在地喝着马丁尼酒看着日出 而鲁宾却像佛陀样盘坐在十英尺见方的囚室里 一名无辜者被困在活生生的地狱里 这就是“飓风”的故事 这个故事不会终结，除非他们洗刷了他的罪名 把他服刑的时光都还回来 要不是入狱，他本可成为 世界冠军